中国书籍文学馆·小说林

葵花向阳

尹群 著

中国书籍出版社
China Book Press

图书在版编目（CIP）数据

葵花向阳 / 尹群著. — 北京：中国书籍出版社，2015.3
ISBN 978-7-5068-4785-8

Ⅰ. ①葵… Ⅱ. ①尹… Ⅲ. ①短篇小说—小说集—中国—当代
Ⅳ. ① I247.7

中国版本图书馆 CIP 数据核字（2015）第 050253 号

葵花向阳

尹　群　著

图书策划	武　斌　崔付建
责任编辑	张　娟　成晓春
责任印制	孙马飞　马　芝
出版发行	中国书籍出版社
地　　址	北京市丰台区三路居路 97 号（邮编：100073）
电　　话	（010）52257143（总编室）（010）52257140（发行部）
电子邮箱	chinabp@vip.sina.com
经　　销	全国新华书店
印　　刷	北京中华儿女印刷厂
开　　本	650 毫米 × 940 毫米　1/16
字　　数	240 千字
印　　张	15.5
版　　次	2015 年 5 月第 1 版　2019 年 4 月第 2 次印刷
书　　号	ISBN 978-7-5068-4785-8
定　　价	48.00 元

版权所有　翻印必究

序

李敬泽

"中国书籍文学馆",这听上去像一个场所,在我的想象中,这个场所向所有爱书、爱文学的人开放,不管是白天还是夜晚,人们都可以在这里无所顾忌地读书——"文革"时有一论断叫做"读书无用论",说的是,上学读书皆于人生无益,有那工夫不如做工种地闹革命,这当然是坑死人的谬论。但说到读文学书,我也是主张"读书无用"的,读一本小说、一本诗,肯定是无法经世致用,若先存了一个要有用的心思,那不如不读,免得耽误了自己工夫,还把人家好好的小说、诗给读歪了。怀无用之心,方能读出文学之真趣,文学并不应许任何可以落实的利益,它所能予人的,不过是此心的宽敞、丰富。

实则,"中国书籍文学馆"并非一个场所,它是一套中国当代文学、当代小说的大型丛书。按照规划,这套丛书将主要收录当代名家和一批不那么著名,但颇具实力的作家的长篇小说、中短篇小说集和散文集等。"中国书籍文学馆"收入这批名家和实力作家的作品,就好比一座厅堂架起四梁八柱,这套丛书因此有了规模气象。

现在要说的是"中国书籍文学馆"这批实力派作家,这些人我大多熟悉,有的还是多年朋友。从前他们是各不相干的人,现在,"中国书籍文学馆"把他们放在一起,看到这个名单我忽然觉得,放在一起是有道理的,而且这道理中也显出了编者的眼光和见识。

当代文学,特别是纯文学的传播生态,大抵集中在两端:一端是赫赫有名的名家,十几人而已;另一端则是"新锐"青年。评论界和媒体对这两端都有热情,很舍得言辞和篇幅。而两端之间就颇为寂寞,一批作家不青年了,离庞然大物也还有距离,他们写了很多年,还在继续写下去,处在最难将息的文学中年,他们未能充分地进入公众视野。

但此中确有高手。如果一个作家在青年时期未能引起注意,那么原因大抵有这么几条:

一、他确实没有才华。

二、他的才华需要较长时间凝聚成形,他真正重要的作品尚待写出。

三、他的才华还没有被充分领会。

四、他的运气不佳,或者,由于种种原因,他的写作生涯不够专注不够持续,以至于我们未能看见他、记住他。

也许还能列出几条,仅就这几条而言,除了第一条令人无话可说之外,其他三条都使我们有足够的理由对这些作家深怀期待。实际上,中国当代文学的丰富性、可能性和创造契机,相当程度上就沉着地蕴藏在这些作家的笔下。

这里的每一位作者都是值得关注、值得期待的。"中国书籍文学馆"收录展示这样一批作家,正体现了这套丛书的特色——它可能真的构成一个场所,在这个场所中,我们不仅鉴赏当代文学中那些最为引人注目的成果,而且,我们还怀着发现的惊喜,去寻访当代文学中那相对安静的区域,那里或许是曲径幽处,或许是别有洞天,或许是,众里寻他千百度,蓦然回首,那人却在,灯火阑珊处……

目 录

冬　月 / 001

白　腿 / 011

浮　生 / 023

春　节 / 035

半　生 / 047

返　城 / 058

当　兵 / 068

订婚照 / 078

解放鞋 / 088

向日葵 / 101

手风琴 / 110

红灯笼 / 121

目录

131 / 杨姑娘

141 / 采黄花

150 / 政治课

160 / 大雪纷飞

171 / 葵花向阳

183 / "盲流"大高

195 / 女同学张影

209 / 父亲的自行车

218 / 半导体收音机

226 / 看露天电影的夜晚

236 / 后　记

冬　月

进入冬月，采芹最着急而又最令她费尽心思的一件事，你恐怕猜都猜不到，其实，就是洗个澡。就是一件简简单单洗澡的事。因为，因为进入冬月，农村女孩采芹结婚的日子就要到了。采芹结婚的日子就定在冬月十六，是个双日子。我们那里的农村人无论做什么事，都喜欢看看日子，结婚是大事，当然更要看。而将结婚的日子多数选在冬天，主要是考虑冬季农闲，不但自己家里有充足的时间来张罗婚事，老亲少友也都有时间来喝喜酒，随礼份子，连捧捧场。

洗澡对于过去的农村人来说，确实是一件十分困难的事情。冬天就更困难。说起来谁都不会相信，我们那里的农村人，一年到头能洗上个两回三回澡已是新鲜。这还得说是在炎热的夏天，还得说是指那些不管不顾的男人们，夏季可以在野外的泡子里赤条条地野浴。女人们就没那么方便了，女人们最多就是夜晚的时候，在自家门前的园子里端盆水洗一洗，到野外的泡子里，白天不敢，夜晚更不敢。所以呀，整个一个漫长的冬天，没有特殊情况，几乎就没有一个人洗一回澡的。天气暖和的时候，扒掉棉衣，换上单衣，孩子们不避人，可以坦然地露出黑黑的肚皮。不但肚皮是黑的，膝盖是黑的，胳膊肘是黑的，脚丫子是黑的，甚至连露在外面的脖子和耳朵也是黑的，只有脸颊那一点点地方每日象征性地洗一洗。老师检查的时候，吓唬说要拿砖头子蹭，都把脖子缩进棉袄里。那种黑，不是蹭上去的那种黑，而是长上去的那种黑，是在皮肤之外又长了一层的皴，像鱼鳞一样的皴。其实大人也好不到哪儿去。只是大人们知道羞耻知道掩饰，换衣服的时候避开人的目光。其实女人也是。所不同的，就是脸一定洗得干干净净。只要脸洗的干净，衣服里面的身体是不是干净也就无所谓了。

问题是，现在农村女孩采芹要结婚了。所以采芹打定主意，在她的婚事来临之前一定要洗个澡，并且一直在心里暗暗谋划着这件事，这件事已经搞得她心神不定寝食难安了。也怪大人们只是考虑冬天里的农闲，忽略了寒冷的冬天洗澡有多么困难，忽略了结婚的人，尤其是要出阁的姑娘，无论如何也一定要洗洗澡啊，怎么的也得让自己干干净净的做个名副其实的新人不是。

现在有必要介绍一下我们东北农村的民居。我们东北农村的民居，怎么说呢，实在是简陋，跟关里中原地区红砖青瓦独门独院的民居没法比，跟江南水乡那种青砖乌瓦古色古香的民居也没法比。人家的房子，要什么有什么，格局讲究，设备齐全。我们东北农村的民居，由于受生活条件的限制，也由于寒冷的自然环境的关系，再加上开发较晚生产力不发达文化积淀不厚等等因素，供人居住的房子，就是那种就地取材的土坯平房。房子使用黄泥抹墙，一遍一遍的，里外都要抹上多遍，抹到不透风为止。房顶儿用芦苇，也有用秫秸的，厚厚地棚上，然后抹一层也是厚厚的黄泥，然后再抹一层还是厚厚的碱泥，就是那种油黑油黑的碱泥，是从碱沟拉回的碱土，这种碱泥不溶于水，所以夏季房子不漏的（城里的平房略好一些，房顶铺油毡纸，之后浇的沥青，造价当然也高一些，所以农村人宁肯用土）。这样几乎全部的建筑材料都是泥土的房子，再加上屋里的火炕，还算暖和，很适合东北。只是显得多少有些原始的味道。

房子的格局，设计得简单，比方说，我们东北农村通常说的两间房，往往是，从东面一头开门进屋，那么这进屋的一间就做厨房，通常叫做"外屋"。外屋进门的左手便是灶台，安一口铁锅，柴火，水缸，油盐酱醋，杯盘碗盏，包括各种各样的咸菜坛子，包括喂猪喂鸡的泔水桶，都放在这个屋里，所以那是一个各种味道混杂的房间。绕过锅台是第二道门，进了门便是家里人居住的房间。城里人所说的卧室、客厅、餐厅，到了我们东北农村，便简单得统统集中在这一个房间。这一个房间是又做卧室又做客厅又做餐厅，多功能的。南面窗台下一铺火炕，火炕跟外屋厨房的灶台相通，灶台的烟火，就是通过火炕下面的烟洞，再从西山墙内的烟囱走了，这一走一过，炕便热了，屋便暖了。如果是三间房，且又通着，最里间的南面也是一铺火炕，再与外面的火炕相连，等于是一铺比原来长了一倍的大炕，只不过中间多了一道墙，一道墙隔成了两间。若是有儿子结婚的，一般是采取中间开门的格局，小两口住到收拾得亮亮堂堂的西屋去。屋子的北面靠墙则是摆家具的地方，过去的农村，所说的家具，最多就是一口红漆大柜，柜盖上靠墙摆一溜日常随手用的小玩意，像女人用的那种白瓷瓶的雪花膏、秋月香粉什么的，富裕一点的人家，还有嘀嘀嗒嗒的马蹄表，甚至是一台木壳收音机，也一定要摆在显眼的位置。如果有自行车的话，自行车也往往靠边放在屋中的地上。还有讲究一点居住环境的，把墙用旧报纸糊了，再贴了新鲜的年画。也有讲究不上来的，连报纸也买不起，连报纸也不糊，就是黑糊糊的泥墙，但也要贴两张胖娃娃抱着大红鲤鱼的年画。这就是一家人吃饭睡觉，一年四季生活的空间。人口少的，两间平房，一铺火炕，一家人都挤在一铺火炕上睡觉，炕头是爹，然后是妈，然后是小孩子，然后是大孩子。等到孩子生了一炕，一铺火炕已经相当拥挤，就要想办法盖房子，盖大一点的，三间的，宽绰一点。这样居住条件有了改善，孩子可以跟父母分开来住了，住到里间的炕上去。

但是，这里要说的是，像采芹这样洗澡的私密事，在这样一个开放格局的屋子里，显然很难。

采芹已经谋划好几天了，别的事，像做衣裳，做鞋子什么的，都有别人给张罗，甚至像"开脸"这样的事，也有早一步结婚有了点滴经验的姐妹帮忙。只有洗澡，是谁都帮不上的。采芹暗暗地着急。眼看着日子就到了，最后采芹只有偷偷跟母亲讲，她要洗澡。母亲看着采芹，半天才反应过来似的，说洗呗。母亲想，这丫头，洗澡还用得着跟我说吗？母亲忙糊涂了。母亲没有考虑到女孩子洗澡需要有一个没人打扰的僻静而又私密的所在。可是家里没有那样一个非常合适的地方。采芹说，晚上你告诉他们都出去一会儿。采芹有点豁出去的意思，已经顾不得自己的羞怯。母亲呆了半晌，才明白过来，才连连点头答应。晚上吃饭的时候，也就是家里人最齐全的时候，母亲便在饭桌上宣布，说今天晚上，全家人都上外面找地方待一会儿，采芹自己在家有事。母亲看着父亲，说你领她爷上生产队待一会儿去。父亲不明白是啥意思，直直地看母亲，心想这是演的哪一出呵？母亲望一眼采芹，说采芹也该洗洗澡的。一旁的采芹就把头低下，脸红了。吃罢晚饭，弟弟妹妹们抓紧做完了家务，就兴高采烈地出去玩了，父亲也领着采芹她爷去了队里。母亲给采芹烧了热水，就在采芹准备洗澡的时候，采芹父亲的老婶，也就是采芹的老奶慢悠悠地来了，说白天也没工夫过来看看，采芹要出门子，这孩子，一晃都要出门子啦！采芹的老奶说着居然红了眼圈儿，采芹的母亲也跟着红了眼圈儿。母亲将采芹的老奶让到炕里，采芹的老奶就盘腿坐在炕头上，伸手在火盆上烤，嘴里叼上了采芹母亲递过来的烟袋，一面吧嗒吧嗒抽一面吧叽吧叽朝地上吐唾沫。采芹的老奶夸着采芹，也不忘关心采芹婆家的情况，比如人口多不多呀，公公婆婆都多大年纪呀，采芹的男人在家是老几呀，是老大可不好，老大受累，不如小的吃香。婆婆厉不厉害？厉害也不怕，说理就中，就怕不说理，胡搅蛮缠。并且告诉采芹，过了门，咱就是人家的媳妇了，就不像在家那么自在啦，得听人支使的。很替采芹难过的意思。说到"过礼"，采芹的母亲就乐颠颠地从柜里拿出一个包袱放炕上，放在采芹老奶的面前，说这都是人家婆家过的"彩礼"。一面解开包袱，把里面的内容毫无保留的一样一样地展示给老奶看，都是些时兴的穿戴：一件雪花呢大衣，两件涤纶的小开领上衣，两条哗叽裤子，两套粉色和红色的腈纶内衣内裤，八双尼龙丝袜子，一副雪白雪白的线手套，一条大红大红的毛围脖，一块水粉的方头巾，还有做好的一件碎红花棉袄，一条青斜纹的棉裤。颜色都是那种鲜艳夺目的，看着叫人喜兴，图的是个吉祥如意。采芹母亲一样一样地翻着，忽地又想起什么，又到柜里拎出一个包袱，也放在炕上，采芹的老奶已经看得眼花缭乱，一个劲咂嘴，见采芹母亲又放在她面前一个包袱，就睁大眼睛：啧啧，你瞅瞅你瞅瞅，这还是呢？还是什么呀？采芹母亲也兴奋的涨红了脸：是鞋。你瞧瞧，各式各样的。就一双一双地摆了一炕，把炕上眨眼间变成了一个展台，采芹的母亲在办展览会呢。有冬天穿的棉皮鞋，有春秋穿的夹皮鞋，有夏天穿的凉鞋。都是双的，就是棉皮鞋两双，夹皮鞋两双，凉鞋也是两双。这就叫好事成双嘛。再加上采芹自己做的，布棉鞋，布夹鞋，夹鞋的鞋脸儿上还绣了花绣了鸟。其实，这些自己做的布鞋，专门为结婚准备的鞋，叫"包包鞋"，有些土气，结婚时未必穿的。这些只不过旨在显示显示女孩子家的活计如何，让人看看，尤其是让婆家的人看看，他们娶的媳妇，是一个活计很好，很会过日子的闺女。这是那时候每个结婚女孩必备的功课。采芹的老奶看得发呆，说采芹这孩子，一看就有福，长得多俊儿，啧啧。这活儿也这么好，手也这么巧，啧啧，真是啥妈啥闺女。"三大件"都买了？采芹母亲说，啥也不缺，缝纫机是、是啥牌子啦？采芹母亲一时想不起来，就左右找采芹问，采芹在外屋撅着嘴，听见妈问，半天才回答，说是"飞人"的。母亲经采芹提醒，也记起来，说是"飞人"的，上海产的呢。手表，那不，人家戴着呢。啥牌子我也记不住，我这记性。采芹，采芹。母亲还想问采芹手表是啥牌子的，可回头看看外屋，已经不见了采芹的影子。自行车那不搁那儿呢么，采芹母亲嘴巴朝西墙那拱一拱，那里果然放着一台崭新的自行车，采芹母亲说是"凤凰"的呢。等采芹的爷爷和父亲以及弟弟和妹妹陆陆续续回来的时候，采芹的老奶还没有走的意思，还在兴奋地说个没完。

没办法，第二天采芹的母亲如法炮制，可就在一切准备就绪的时候，采芹家里又来了邻居。一会是东院的邻居，问还有什么需要帮忙的，吱一声就行；一会是西院的邻居，问还缺啥少啥不。都是好意，谁成想就妨碍了采芹呢？等到第三天，远一点的亲戚就提前上来了，这叫"坐堂客（发且音）"，都是家中的直系亲属，而且，要一直待到婚事结束的。

采芹急得嘴都要起泡了。姐妹们聚在一堆，有那新婚不久的小媳妇，原来就是亲姐妹一样的，悄悄趴在采芹的耳朵上，神神秘秘地一笑：洗澡了吗？采芹忧郁地摇一摇头，脸倏的一红，小媳妇就夸张地瞪大眼睛，压着嗓子，然而又谁都听得到：得洗呀！不洗哪行。一定得洗个澡。一辈子就结这么一回婚的。傻丫头！采芹望着小媳妇，肯定地点点头。然而又一脸为难地看着小媳妇。咋洗呀？小媳妇扑哧一乐：你没洗过澡？采芹脸又红了，说不是。我是说，没洗澡的地方。我们家，满屋子人，烦死啦。小媳妇想了想，说，要不上我家吧。采芹一脸的疑惑。我把他打发走，小媳妇望着采芹，采芹现出一脸的感激。

小媳妇家是两间房，把丈夫打发走，说采芹上咱家有点事，他在家不方便，丈夫就听话地到生产队去。可是小媳妇一看水缸是空的，又掉头将丈夫喊回来，说你先挑一挑水回来再走，丈夫说这黑灯瞎火的咋挑，明早挑。小媳妇说叫你挑你就去挑，啰嗦啥！丈夫就摸黑去井沿挑了一挑水回来。丈夫没有想到是采芹要洗澡，一面走一面还在心里纳闷，但也知道采芹就快结婚了，一定是跟结婚相关的事。嘴角现出一丝笑。

小媳妇将锅里添满水，抱一捆苞米秸秆来烧。采芹见了，忙过来，说我来吧，我烧。小媳妇已经有了身孕，肚子微微有些凸起，所以动作都是缓缓慢慢的，有点轻搬轻放的意思。采芹自己蹲下身烧火。采芹将苞米秸秆几根几根的一并填到灶膛里去，灶膛里红红旺旺，映着采芹一张亮亮光光的脸蛋，显得有些神采奕奕精神焕发。小媳妇手扶着门框，看采芹烧水，一面说着话，水滋啦滋啦的开始响，有热气从锅盖的缝中白白袅袅地冒出，而且越冒越多越冒越浓，雾气把整个外屋笼罩了。小媳妇找来一个洗脸盆，说也没有大盆子，谁家有澡盆子呢？小媳妇皱着眉想。采芹说，谁家有呢？没听说谁家有这种东西呵？采芹望望那个只能坐进半个屁股的洗脸盆，说我家到是有一个挺大的黑泥盆，那是人家淘米用的，能洗澡吗？再说人一进去，还不踩碎啦？小媳妇又想了一会，最后也没有能想出整个屯里谁家有一个澡盆，或者是大一点能用来洗澡的盆子。没办法，采芹就只好用那个只能装下半个屁股的洗脸盆洗澡。

屋里没有生炉子，过去的农村，家里有取暖设备的，几乎没有。就连最简单的炉子也没有，只有炕上放着的一个火盆。北墙已经挂了白花花的霜，灯火中闪烁着星星般的光辉。前面说屋子暖和，那也只是说在屋里穿着棉袄棉裤的情况下，不觉着冻手冻脚，可是脱去衣服，光着身子，就说不上暖和了。采芹端了盆水放在屋当间，屋子里立时就弥漫着白濛濛的雾气，雾气里看人都是影影绰绰的，像是躲在云彩里。采芹磨磨蹭蹭迟迟不脱衣裳，小媳妇上炕挂上窗帘，瞅瞅，又将油灯放在离采芹远一点的地方，这样免得灯火直接照到采芹明晃晃光着的身体上。小媳妇想不出还有什么不妥的地方了，觉得自己想的已经够周到了，可采芹还是忸怩着。小媳妇抿嘴乐了，说有啥不好意思的，明天晚上，看你脱不脱。采芹说去你的，死鬼。小媳妇撇撇嘴，说，你不脱，有人给你脱。采芹感觉到自己的脸发烫，连整个身子都跟着热起来。小媳妇想，看起来，我要是在这，采芹是永远不肯脱衣服的，便说，你要是自己不害怕，我到东院待一会儿吧。你可得把门挂好。采芹红着脸嗯一声。

采芹开始一件一件脱下棉袄棉裤，还有里边的内衣内裤，顿时感到浑身一紧，接着便不由自主地打了一个寒战，加上从没有过的紧张，两腿突突地抖起来，手也颤抖得连水都捧不住，从脸盆里捧起的水，一抖，都洒在地上。微弱的灯火映着她光着的身体，她发现自己的身上虽然还没有像孩子们那样，到处是黑黑的皴，但膝盖，胳膊肘，这些活动多的关节处也已生了一层黑锈一样的东西，并且隐隐闻到一股难闻的汗味。能没汗味吗？先是秋天剥苞米时出的汗，接着是割谷子时出的汗，然后是打场时出的汗，然后又是冬天跟车送粪时出的汗。就这么一茬汗水覆盖了又一茬的汗水，身上出的汗水已经没法计算能有多少，如果每一次出的汗水都用一个什么容器收集起来的话，那么这一次又一次劳动的汗水，恐怕应该有几水桶也不止呢。汗水被身体烘干之后，汗水中的盐碱和污垢便一次次一层层凝结在身体上，能不有味才怪呢。想来自己还是夏天洗过一次澡的。在门前的菜园子里，有一个浇园子的水缸，夜晚借着夜幕的掩护，她把水缸当成了浴缸。水缸里的水晒了一天，温乎乎的，她往下一蹲，水便漫过了她的肩膀，胸口顿时感到了水的压力，闷闷的。她前后略微摇动一下身体，让水在自己的前胸后背上激荡着，水发出不是很响的拍打身体的声音，柔柔的，滑滑的，爽爽的，一天的疲惫都冲刷掉了。稍久一点，受不住水对胸口的压力，又站起来，水便在她光滑的腹部温柔地摩挲，有那么一点点痒。洗澡真好。真的挺好。洗过澡的皮肤，又滑又腻，瓷一样白，甚至有一股香喷喷的味道。但是夏天很快就过去了。夏天一过，就是秋天，就是冬天，就再也不能洗澡。身上劳动时出的汗，出了一层又一层，汗泥将身体的毛孔都糊住了，毛孔都不能呼吸了，浑身紧巴巴的，酸烘烘的，要多难受有多难受，夜里躺在被窝里，手隔着内衣内裤在自己的身体上可以搓下一条一条像老鼠屎一样的油泥。可是无论如何，这一切，都只能耐心地等待着第二年夏天的到来。

盆子太小，采芹只能采取将一只脚放进盆子里的办法，洗完这只腿再洗另一只腿，洗完了下半身再洗上半身。当然，这种洗法，是怎么也不会享受到在水缸里让水浸泡全身的快乐了。采芹先是用水将自己的浑身润遍，润透，然后开始往下搓已经积累了长达小半年的污垢，那些污垢像丰收的稻谷一样，从她的身上滚落到地上。采芹狠命地搓着，把身体的每一寸肌肤都搓到，决不留一处死角，她要给自己的身体来一次彻底的"爱国卫生运动"。采芹的身体被自己的手搓得发热，不像开始时那么冷了，四肢也不那么僵硬了，心情也随着身体的活泛而舒展起来。虽然已经打了好几个喷嚏，但采芹还是坚持要把自己的身体来一次彻底的大扫除。她一心一意地清洗着自己，那么的无微不至，那么的小心翼翼，仿佛清洗一件刚刚出土的瓷器，很怕一不小心，手下得重了，碰坏了某一个部件就对不起瓷器的主人似的。她甚至朦朦胧胧有一种奇怪的感觉，感觉自己不是在洗自己，自己就是在仔细地清洗着一件器物，这件器物是她准备送给一个自己还不是很熟悉但却准备托付终生的人的一件极其珍贵的礼物。这样一来，此时此刻农村女孩采芹的洗澡就不是一般意义上的洗澡了。采芹的心中油然升腾起一种从未体验过的洗礼般的神圣。这样想着，就把时间给忘了，洗着洗着，采芹突然僵住了，她吓得一动不敢动。她听到有人拽门。她不知道自己是不是听错了，不敢弄出一丝动静，再侧耳倾听，果然是拽门的声音。她不知该如何是好。门外是小媳妇的丈夫，他拽门没有拽开，便走到窗前来敲窗户，说，哎？给我开门。你挂门干什么？小媳妇的丈夫大概以为现在只有小媳妇一个人在家，女人们该办的事肯定已经早就办完了。采芹连大气都不敢出。愣着。愣着愣着便赶紧到炕上拿衣裳来穿，光着身子的影子被灯光映到窗帘上。窗外的男人见了，受了刺激一般，越发地嚷着开门。采芹湿漉漉的身子连擦也没顾得上擦，就那么往上穿内衣、穿内裤，湿漉漉的身体不好穿衣服，衣服在身体上发滞，所以两条裤腿怎么也穿不进去。穿进去了，又怎么也提不上去，一紧张，手的轻重感也没了，哧地一下不知道裤子哪里被撕开了。那一刻的采芹，我们这位即将结婚的采芹，真的要多狼狈有多狼狈。就在窗外的男人已经生气，窗户已经被敲得连整个房子都跟着震颤不已的时候，东院的小媳妇听到动静出来了，骂着将丈夫拽到东屋去。

屋里的采芹浑身筛糠似的筛出一身的鸡皮疙瘩，牙齿控制不住地磕出一连串的格格声响，喷嚏一个接着一个，采芹冷极了，也怕极了。又冷又怕的采芹，听听外面没有了动静，慌慌地开开门，浓浓的夜色中仓皇地逃回家去。

冬月十六那天，明媚的阳光照耀着村落和雪地，白花花的光芒刺人眼睛，采芹的心情也如同这阳光一样明媚透亮，小媳妇和丈夫都去送采芹。采芹擦了胭脂的脸，不知是不是因为昨晚的事害羞呢还是感冒发烧，竟变成了两朵红芍药。此刻，坐上马车被众人簇拥着的采芹欣喜地意识到，一种让她陌生而又渴望的新生活正等待着她。

白　腿

　　高中快要毕业那学期，张光明追求葛菊的步伐也明显加快了，似乎是，一到毕业就没有机会了，一到毕业葛菊就飞走了，说不定就名花有主了。所以张光明内心的那种紧迫感越来越强烈。

　　葛菊人长得挺漂亮的，个高，两条长腿，完全可以用亭亭玉立来形容。家境也好，穿戴就不像一般农村家庭的孩子那么朴素，父亲是红旗公社革委会主任，母亲是公社卫生院的大夫，所以这样家庭出身的孩子，天生就有一种优越感，走路目不斜视，胸脯总是挺得很高。那时高考制度尚未恢复，上大学要经过"推荐选拔"。我们这些来自农村的学生，当然没有被"推荐选拔"的机会，念书也就没有什么明确的目的。如果说有目的的话，好像只是为了当一名合格的社会主义时代的新农民，毕业之后基本是回到自己的生产队从事农业生产，扎根农村，建设家乡，同学们戏谑地称之为"农业大学修理地球专业"。只有葛菊不用犯愁。葛菊可以轻轻松松被"推荐选拔"到大学去，当上一名"工农兵大学生"。所以葛菊对自己的未来一点担忧都没有，也不用学习，也不用犯愁，每天只是将自己打扮得漂漂亮亮，每天都是快快乐乐朝气蓬勃，像一朵盛开的鲜花。而大家则是衬托鲜花的绿叶，甚至连绿叶也够不上，只是蔫蔫巴巴的一堆杂草。漂漂亮亮的葛菊当然注意到了张光明火辣辣的眼神。

葛菊注意到张光明火辣的眼神之后，心里十分好笑，很自然地想到了尽人皆知的那句谚语，就是"癞蛤蟆想吃天鹅肉"。葛菊虽然觉得张光明并不像癞蛤蟆那么烦人，但自己却绝对可以称得上是一只可爱的白天鹅。葛菊未来的天空阳光灿烂。

张光明呢，父亲是红旗大队的支书，论官阶没有葛菊父亲的官大，还不能保证将张光明"推荐选拔"到大学去，但送到部队当兵还是可以做到的。这也是张光明敢追葛菊的原因。尽管张光明人长得又黑又矮，貌不出众，但张光明还是很有勇气，不顾一切地在葛菊面前表现自己，接近葛菊，一心想把与葛菊普普通通的同学关系发展成为亲亲密密的恋人关系。

张光明上学骑一辆"永久"牌自行车，像别人一样，用五颜六色的塑料胶条缠上，将自行车打扮得花枝招展的。张光明喜欢在众人面前将花枝招展的自行车骑得风驰电掣一般，呼啸而过，进了校园也不减速，也不停下，还要在操场上兜两圈，白衬衫的扣子故意解开，这样白衬衫的两片衣襟就像两面旗帜在他的背后飞扬，人被衬托得意气风发激情豪迈。每每这时张光明的眼睛一定要看看有没有人注意自己，在注意自己的人群里有没有葛菊。张光明很有一套，眼睛特别敏锐，他能在杂乱的人群里一眼看出有没有葛菊。如果发现葛菊在里面，张光明就受到鼓舞一般越发地快，自行车几乎要飞起来，还要多兜上几圈，兴致上来竟然敢大撒把。张光明希望他的表演能赢得众人热烈的掌声，哪怕是葛菊的一瞥。然而正相反，看的人不是竖起大拇指，不是喝彩，而是替他捏把汗，有人甚至跑到办公室去报告老师，老师免不了将手舞足蹈的张光明训斥一顿。张光明将自己的"永久"牌自行车当成了一件出风头的道具。张光明还利用自己的自行车对葛菊大献殷勤，大做文章。葛菊家离学校近，住公社的家属房，所以葛菊上学根本不用骑自行车。葛菊不骑自行车有时候也不方便，比如秋天的时候，学校经常派学生到生产队去

"支农",帮助社员搞秋收,学校自己也搞小秋收,主要是拣粮拣柴。所有这些活动,都必须到离学校很远的地方去,走很远的路,这种时候,张光明就抓住机会主动帮助葛菊。张光明凑到葛菊身边,声音小得别人听不见,略带几分胆怯地恳求要用自行车带着葛菊,葛菊却一点也不给张光明面子,葛菊不肯,习惯性撇一下嘴,说:"张三"哄孩子 ——信不着你!葛菊不但不肯,竟然使用了一句歇后语来挖苦张光明。"张三"者,狼也。当然葛菊并不是有意将张光明比喻成狼,主要是表达她对张光明信不着的意思。这信不着的含义可能有几种理解,一个是对张光明的为人信不着,一个是对张光明的车技信不着,或者是根本瞧不起张光明,用不着他来献殷勤。张光明以为葛菊是害怕挨摔,干脆将自己的自行车让给葛菊,自己则跟在后面兴高采烈地奔跑。葛菊看着跟在后面奔跑的张光明忍不住格格地乐,故意将车子骑得更快。骑完了,葛菊将自行车还给张光明,说啥破车子,一点也不好骑。张光明还常常将自己的劳动成果记在葛菊的功劳簿上,半袋粮食,一袋土豆,两捆柴火,买通劳动班长,偷偷记在葛菊的名下。后来老师在班级总结会上表扬张光明,说张光明发扬雷锋精神,助人为乐。可是葛菊却连一个谢字也没有。因为偷偷向葛菊献殷勤,甚至愿意为葛菊献出一切的人很多很多,包括学生,包括老师,葛菊已经习惯了。至于张光明,葛菊不但不谢,还嘲笑他不自量力。

公社年年开运动会,学生们年年出团体操,这是张光明一年当中翘首企盼的时刻,也是最令张光明兴奋不已的事情。做团体操需要提前准备,学校差不多提前半个月就开始组织学生排练了,凡是被选上参加做广播体操的学生,服装当然要统一,服装统一了齐刷刷的才好看。学校要求学生一律穿白衬衫蓝裤子,脚上一律穿白鞋,女同学手里还要拿一束纸糊的鲜花。很多同学家里没钱将这几样买齐全,就借,借不到的让自己想办法。想什么办法呢?很多同学就

"土法上马",因陋就俭,将脚上穿的结实耐用的黄胶鞋,用粉笔涂成白色,不细看,也是白白的耀眼。张光明不用那么寒酸,张光明可以买雪白雪白的"回力鞋"。穿着雪白雪白的回力鞋的张光明,眼睛不住地盯着葛菊,希望葛菊能看到他穿的回力鞋,希望葛菊能注意到他穿的回力鞋跟那些同学的白球鞋是不一样的。他穿的回力鞋是真正的运动员穿的球鞋。穿了回力鞋的张光明,精神抖擞地做着广播体操,"上肢运动""伸展运动""阔胸运动""腹背运动""跳跃运动",每一个动作都做得十分的到位,一点也不偷工减料。休息的时候,同学们喜欢在操场上奔跑,跳跃。张光明因此特别喜欢开运动会,开运动会可以给他带来更多表现自己的机会。

张光明喜欢开运动会,其实还有一个不可告人的原因。也只有这个原因才让张光明朝思暮想地盼望开运动会。这个原因无疑跟葛菊有关。葛菊是学校的旗手,从初中到高中一直都是,双手斜举着写有"红旗公社中学"的校旗,单独走在队伍的最前面,白上衣,蓝裤子,昂首挺胸,意气风发,斗志昂扬,吸引了全场人的目光。这种时候,无论张光明怎样抢镜头突出自己,也没人会注意到他了。葛菊其实并不会跑什么,跑得也不快,但葛菊喜欢参与,学校的老师也喜欢让葛菊参与,每每鼓动葛菊上场,比如跑女子二百米接力、四百米接力、八百米接力,叫葛菊上场顶一个人。葛菊上场的时候,从来都是郑重其事的,一点也不敷衍了事,像个真正的运动员的样子,一定要将外套和长裤都脱掉,穿红色腈纶半袖衫,海蓝色的运动短裤,一个美丽少女的青春活力陡然显现,也凸显了葛菊开朗张扬的个性。穿着红色腈纶半袖衫海蓝色运动短裤的葛菊,露出两条修长而又雪白的腿,全场所有的目光齐刷刷都被吸引过去。其实不仅仅是张光明盼望开运动会,估计许多人都在暗暗期待着这一激动人心的时刻。葛菊的白腿成了年年运动会上一道亮丽的风景。那时人的思想还没有现在这么解放,人们在大庭广众之下乍见女人的大腿，心惊肉跳的，一眼一眼偷看。葛菊不会想到，自己的一双腿，会在那么多人的心中掀起波澜。确切地说，张光明后来被葛菊迷住，迷得神魂颠倒，就是因为葛菊的那双白腿。从此之后，葛菊的那双白腿在张光明的灵魂深处打下了不可磨灭的烙印。张光明目不转睛，毫不掩饰，被葛菊的白腿牵动着，心跳加快，嗓子眼儿发干，希望运动会永远开下去，希望葛菊永远跑下去，这样他就可以永远看下去。因为，除了跑运动会，他不可能再有机会看到葛菊的白腿。

应该说体育运动不是葛菊的长项，葛菊的长项是唱歌。葛菊平时嘴里经常哼的歌曲有《南泥湾》，有《洪湖水浪打浪》，有《山丹丹开花红艳艳》，有《绣金匾》等等，都是那个时代流行的革命歌曲，包括十分红火的样板戏的很多唱段葛菊也都会唱，尤其是《杜鹃山》里柯湘的那段著名的唱段《乱云飞》，简直可以说是葛菊的保留节目，唱得声情并茂，几可乱真。喜欢唱歌的人当然也喜欢听歌，一听到悦耳的歌声就情不自禁地随着唱。张光明竟然买了一台袖珍半导体收音机，有一次在葛菊上学的路上早早等着葛菊，等葛菊过来了，张光明从书包里拿出收音机，红着脸吞吞吐吐地说，送给你。葛菊一脸的惊讶，躲着，说这是什么呀，送给我？葛菊不是不认识收音机，葛菊是没想到张光明会送她收音机，这在葛菊看来显得有些唐突。张光明就更加语无伦次，说半导体收音机。葛菊说你送我它干什么？张光明说你不是喜欢唱歌吗？葛菊说我家有。葛菊又说，再说，这东西太贵重啦，我不要。葛菊不要，葛菊说你送我东西干什么？葛菊看着张光明。葛菊其实心里明白张光明的意思，明白张光明这是"癞蛤蟆想吃天鹅肉"，葛菊是故意这么问，有点难为张光明的意思，看张光明怎么说得出口。张光明被葛菊看得低下头。等张光明抬起头来的时候，葛菊已经走了。

张光明就一直把半导体收音机背在书包里，有葛菊在场的时候，张光明就拿出来，调出唱歌的台子，并且将音量放大，故意放给葛菊听。有时候葛菊情不自禁地被收音机里的歌声感染了，随着唱起来，张光明会因此而十分的开心。张光明嗓子比缸还粗，但张光明也十分快活地跟着唱，经他这么一唱，别人便都住了嘴。张光明一唱就跑调，什么歌经他嘴唱出来，别人谁也唱不上去了，只能看着张光明笑。连葛菊也掩着嘴看着张光明笑。张光明竟有几分得意。每每这种时候，葛菊都会看着张光明笑，所以张光明就不断地制造这样的机会，希望葛菊能更多地看着他笑，不管那笑里究竟包含着一种什么意思。

后来张光明就给葛菊写起纸条来，一开始纸条上不是写让葛菊把《洪湖水浪打浪》的歌词抄给他，就是让葛菊把她看的大书《平原枪声》借给他看看等等，后来逐渐进入正题，深入到感情方面，希望和葛菊建立那种密切的关系，偷偷夹在葛菊的课本里。夹了几次都没有得到任何反应，张光明就想是不是葛菊没有看到，便趁中午放学同学都回家的时候留在了教室。张光明不回家，坐在葛菊的座位上，坐在葛菊的花格毛垫儿上，连葛菊坐过的花格毛垫儿张光明也觉得十分亲切，用力坐了又坐，大约想通过葛菊坐过的毛垫儿来感受对葛菊身体的间接亲近吧。翻看葛菊的课本，翻看葛菊的日记本，翻看葛菊的书包里有没有什么秘密。张光明发现他给葛菊的纸条不见了，不见了就说明葛菊看了他写的纸条，张光明的心就怦怦地跳。张光明就受到鼓励一般，不停地写纸条，不停地往葛菊的书包里夹纸条，而且一次比一次写得热烈，一次比一次写得深情，写的废寝忘食，呕心沥血。终于，有一天班主任老师把他找去了，将那一沓子纸条从抽屉里拿出来，放在他的面前。那一刻，张光明的汗顺着两鬓往下淌。

张光明受到打击之后，不敢再写纸条往葛菊的书包里夹，但张光明丝毫没有收敛，张光明的中枢神经已经由不得自己控制，像是中了什么魔障似的，一时一刻也放不下葛菊。放学也不回家，而是在葛菊家住的公社家属房门前转来转去,转到天黑。葛菊戴着白口罩,脖子上围着白围脖,打远处一过来,张光明就从走路的姿势上知道是葛菊。张光明吓得心跳,慌忙躲起来,躲在葛菊看不见自己的地方偷看葛菊。走路时想葛菊,吃饭时想葛菊,睡觉时想葛菊。脑子里全是葛菊。眼前全是葛菊。想葛菊用单肩挎着书包的姿态。想葛菊戴一顶棉军帽的样子。想葛菊读课文的语调。连葛菊的歌声葛菊的笑声葛菊的说话声,都被他的大脑刻成了磁盘,一刻不停地播放。葛菊那双雪白雪白的腿,更是占据着张光明头脑的影像空间,洗刷不掉。那双迷人的白腿,时而清晰,时而模糊,时而逼真,时而虚幻,张光明被那双白腿魔得神思恍惚,已经接近精神分裂的边缘。张光明寻找一切机会接近葛菊。春末的一个晚上看一场露天电影,张光明根本就无心看电影,张光明在人缝里到处寻觅葛菊,终于发现了葛菊的身影。漆黑的夜色壮了张光明的胆,张光明悄悄站在葛菊的身后,身体慢慢靠近葛菊,如饥似渴地闻着葛菊身上散发出来的令人心跳的气息,随着人群的一次次拥挤,张光明故意让自己的身体一次次触摸到葛菊的身体。葛菊身体的温热,让张光明感到从没有过的激动和快感。后来葛菊感觉到了什么不对,回头发现张光明之后,葛菊很吃惊,低低说了一句"有病",然后就像躲避小流氓一样拉着同伴躲到别处去。张光明又默默跟到别处,站在葛菊身后,站得很近,热气吹到葛菊的脖子上,葛菊也许是生气了,也许是害怕了,索性不看电影了,早早回了家。

二十多年以后张光明从南方回来,看样子发达了,腋下夹包,腆着肚子,一副老板的派头,只是还是那么黑,还是那么矮。张光明当兵副营职转业到地方,留在了南方,好像是温州,后来听说经商了,开家鞋厂,这次是应县政府的邀请回来参加县里的招商引资节,县里将本县在外地混得不错的人物都邀请回来,让他们看看家乡的变化,更主要的是希望他们能为家乡的发展做一份贡献,说白了就是能给家乡投点资什么的。张光明一回来首先是参加县里的各种招待会，被县里的父母官们簇拥着，恭敬着，一忙完便赶紧把高中时的老同学召集起来，连在乡下务农的也用车接来，请大家上县里最好的"福德居"酒楼喝酒，请大家上县里最高档的"黄金海岸"洗澡，请大家上县里最好的"红月亮"歌厅唱歌。我们不少同学都是头一回上那样的地方娱乐消费，心中对张光明财大气粗一掷千金羡慕得不行。第二天张光明又用车将我们拉着，专门回到念书时的红旗公社中学，也就是我们的母校看看。张光明坐在车上就说，在外面这些年，最想念的，就是咱们这些老同学呀！我们一个同学揭他的老底儿说，你是最想念咱们这些老同学呀还是一个老同学呀？大家看着葛菊笑。葛菊被笑得不自然了，说，你们这些人。张光明说那是那是，要说最想念的，肯定不是别人。葛菊推了张光明一把，说，去，脸皮还是那么厚。张光明叹一声，你们不知道，古人说"每逢佳节倍思亲"。这话一点不假，在外多年，我是深有体会。张光明一点也不掩饰自己的情绪，含情脉脉地注视着葛菊。意思是，葛菊就是诗里那位让人倍加思念的亲人。葛菊不敢接张光明的目光，而是将头转向了窗外。进校园首先看到的是操场，张光明看到操场马上想起了自己喜欢在操场上骑自行车大撒把，做广播体操时蹦蹦跳跳很怕葛菊看不见他穿的白鞋时的样子。张光明说那时候太幼稚太可笑，不懂事。张光明在操场上徜徉了许久，张光明忽然对大家说，你们对运动会的记忆，印象最深的是什么？大家就纷纷说出自己印象最深的，有说印象最深的是那激动人心的锣鼓声，一听到锣鼓声心就直跳。有说印象最深的是运动会上广播里慷慨激昂的朗诵，"运动场上红旗飘，运动健儿逞英豪"、"接力，接力，你接我递；接过的是火种，传递的是友谊"。妈的，不知道是谁写的这么两句破诗，年年都能用。有说印象最深的是那个跑得最快的薛兔子，跑得真比兔子还快，年年的百米冠军，后来还是张光明给起的外号叫薛兔子。有说印象最深的是运动会的时候家里给几个零钱,中午不回家,就在操场上买麻花,买汽水。张光明说你们知道我印象最深的是什么吗?大家都看着张光明,连葛菊也看着张光明,张光明说是葛菊的白腿。葛菊一下红了脸,说真缺德你!拣一块土坷垃朝张光明扔过去。张光明说不信你问问他们,其实他们印象最深的肯定也是你的白腿,就是不说罢了。葛菊说,你是岁数越大越学坏了。张光明最想看的是我们班级的教室,很想找到当年自己的座位,张光明说我是前面第二排,葛菊个高,是第四排,张光明说真想再在那座位上坐一回。可是当年的土平房早已经换成了红砖房,张光明只能站在大约是我们当年教室的门前惆怅了半天,回过头时竟红了眼圈,说自己一定要为母校做点什么。葛菊印象最深的就是她曾经登台唱过革命歌曲的公社礼堂,是全公社最辉煌的建筑,一个高大起脊的瓦房,刷成黄色,金光夺目的,墙上写着标语口号。大家就拥着葛菊去看当年开会唱歌的礼堂,乡下的同学说早就扒掉了,但大家还是到那个地方看了看。

  当年的老师大多已经退休,张光明很想看望看望当年的班主任老师,说那老头人挺好的,一打听,方知前年已经去世了。我们不明白张光明为什么如此说。因为我们知道念书时班主任老师没少批评张光明,张光明应该对他不会有好印象的。张光明就毫不隐瞒地说出了当年自己往葛菊的书里夹纸条被葛菊交给老师的事,说班主任老师将他叫到办公室,像是交给他什么机密情报一样将那些纸条鬼鬼祟祟地拿给他,态度凝重而又严肃,也没怎么损他,也没有拿到班级公布于众,只是用眼睛狠狠责备了张光明。张光明对此很是感激。对这样的情节葛菊当然记忆深刻,但是当着大家的面张光明说出纸条的事,葛菊有点难为情,就不满地白了张光明一眼,搪塞说我怎么不记得呢?有过这种事?有一个同学马上说这事肯定有,你们不知道,其实那纸条不全是张光明写的,我们这里就有好几个人写过。谁写了谁坦白！于是就有举手说我写过，他写过，几个人都写过。大家吃惊地瞪大了眼睛，好半天才说真的假的？都将眼睛看向葛菊，希望在葛菊那里找到答案，因为只有葛菊才能知道事情的真相。葛菊说，我当时没怎么看，到现在我都以为是张光明一个人写的呢。时光会剥蚀一切隐秘的外衣。如尘封的档案，到了时候自然就会解密。于是纷纷说出对葛菊有过那种想法，有说做梦梦见跟葛菊拉手的，有说做梦梦见跟葛菊亲嘴的，有说做梦梦见跟葛菊那个的。葛菊骂，你们这些人，原来没一个好东西！实际上那些人也只能是被窝里做做梦而已，谁也没有张光明的胆子大，谁也没有张光明疯狂，敢动真格的，敢追葛菊。他们谁也不敢追。葛菊仿佛是天上的仙女，他们是地上的牛郎，可望而不可即。张光明对葛菊说，我那叫什么？敢恨敢爱呀，直肠子，肚子里有啥说啥，不藏着掖着。哪像他们，外表装得像个谦谦君子，其实是一肚子男盗女娼。你说呢？葛菊说就是。张光明说拉倒吧，念书的时候，你连看都不稀得看我一眼。现在你说实话，你为什么看不上我？张光明半开玩笑半认真地看着葛菊。葛菊也半开玩笑地回答道，那时候怎么也没看出来你会有这么大出息呀，长得像个芥菜疙瘩似的。大家哄笑。张光明打了葛菊一下，我就知道你们女人都是以貌取人。不过，说句心里话，当时我可是伤心得要死，觉得整个世界一下子变得那么那么的黑暗。连毕业像我都没心思照。现在怎么样？你不想弥补一下我这颗受伤的心灵吗？葛菊红了一下脸，说去你的！

　　葛菊毕业之后本来一心想上音乐学院，但没有去成。葛菊不会识谱，乐器也一样不会，没有一点乐理知识，最后被推荐上了一所师范学院，毕业分配在县里的一所中学。但葛菊却什么也教不了，也不喜欢教书这个工作，后来调进县文工团。葛菊的丈夫是她大学的同学，风度翩翩，一表人才，也是歌曲唱得好，有一次学院搞汇演，一首《红星照我去战斗》一下子把葛菊给征服了。他的父亲是外县政府机关的一名副处级干部，在当地神通广大，毕业时葛菊的公公婆婆想让两个人回到他们那去，两个人都可以进机关的，但葛菊的父母舍不得女儿离自己远，不同意，最后葛菊的丈夫只好随葛菊过来，被葛菊的父亲安排进了政府机关。后来由于葛菊的公公是造反派上来的，被清理审查，这事也影响到葛菊丈夫的前途。开始的时候文工团还很红火，没想到越来越冷清。如今葛菊已经在家呆了多年，为了生活，葛菊在街里的一家商场卖化妆品。

喝酒的时候，我们问张光明这次回来打算为家乡做多大贡献。张光明说他这次回来打算在县里投资办个鞋厂，肯定需要些人手，你像经理啦，财务啦，销售啦，非可靠人不可。到时候，恐怕还得仰仗各位老同学呢。张光明说的时候眼睛看向葛菊，那意思很明白。同学们也觉得只有葛菊是张光明最信任最理想的人选。大约是想起了当年自己那样一种态度对待张光明，葛菊始终不敢坦然面对张光明。张光明又说，这事现在还不能确定，只是意向性的，还得看县里究竟能给什么样的优惠政策。大家就端起酒杯，说祝张总事业成功，将来好在张总的手下混碗饭吃。张光明说哪里哪里，我张光明是讲江湖义气的，到什么时候也不会忘了老同学。

后来张光明打电话单独约见了葛菊，电话里葛菊吞吞吐吐了半天，才说念书的时候不懂事，不应该将那些纸条交给老师的。张光明在电话的那头笑着说，你可不知道，当时我连死的心都有呢，差点买包"六六粉"喝下去。葛菊那面半晌没有话说。张光明就喊葛菊，葛菊，怎么了葛菊？葛菊说没怎么，声音几乎听不到。张光明说我二十多年才难得有机会回一趟家乡，很想跟老同学叙叙旧。顺便谈谈鞋厂的事，看看你感不感兴趣。电话那头半天葛菊才说我怕做不好。张光明说没关系的，慢慢就学会的，你葛菊可是个聪明人哪！你赶快过来吧，我给你看一样东西。葛菊说什么东西呀？张光明说你过来就知道了。葛菊就犹犹豫豫去了张光明住的大酒店。张光明给葛菊看的是一张葛菊的旧照片，是张光明从葛菊的日记本上偷来的。原本只是一张二寸的黑白照片，现在被张光明用电脑处理过，放大了，修饰了，这么一来，看着，像五六十年代的电影明星。葛菊自己一时也没认出相片上的人究竟是谁。葛菊摇摇脑袋。张光明就说出了事情的原委，葛菊说张光明啊张光明，你可真是啥事都干得出来呀。偷看人家日记，偷人家照片……张光明说那时候年纪小嘛，没有考虑那么多，冲你要你肯定不会给。不过这么些年我可是一直保存着。葛菊眼圈就红了。

　　张光明走之前同学们又一次聚会，这一次张光明特别兴奋，喝高了，上洗手间的时候，一边哗哗放水一边对身边的一个同学说，终于呀，圆了我二十多年的梦。真是不虚此行啊！那同学满脸疑惑地看着一脸醉态的张光明，不明白张光明说的什么意思。张光明叹一声，想不到，葛菊的腿还是那么白。同学就傻傻地看着张光明，看着张光明将尿尿在了自己的手上。

　　其实，后来我们才慢慢了解，张光明在南方没有开什么公司，也根本没有什么经济实力，原先的许多说法都是捕风捉影。事实是这样，张光明找了个很有钱的温州老婆，那女人长着两条像葛菊一样漂亮的长腿，家里开着颇具规模的一家鞋厂，后来张光明便从机关辞职在那鞋厂里帮助管理，发给人的名片上便赫然印上个经理的名头。张光明兢兢业业废寝忘食，企图有朝一日能将岳父的鞋厂全盘接管，不成想那女人跟了一个有钱的大老板跑了，张光明也被女人的弟弟从鞋厂撵了出来。不过有一样据说是真的，就是葛菊的那张旧照片始终被他夹在钱包里。

浮　生

一九七九年暑期，师范学校毕业之后，我被分回到红旗公社下面的一所小学，教五年级。那所小学叫民和小学，五年级在民和小学是最高的年级了。那个小学的校长年纪挺大了，有四五十了吧，当校长也有些年头了，平时不苟言笑，一天到晚丧丧着脸子，跟个地主似的，像是所有的老师都欠他的。十来个老师，公办的，民办的，没有不怕他的，有他在，大气都不敢喘。民和小学的校园光秃秃的，连个校墙也没有，倒显得很宽敞，本该有校墙的地方，简单地挖了壕沟，栽趟二尺宽的榆树墙。操场上靠南边有一副篮球架子，只有篮筐，没有篮网。篮板上尚能看出一点曾经刷过的蓝色油漆，斑斑驳驳的。教室是一溜土平房，把东头是老师们的办公室，大筒间。校长也没有单独的办公室，跟老师们挤在一个屋里，只是位置好点，靠里边，桌旁靠墙立着唯一的卷柜，上着锁。民和小学的许多秘密估计都在那里锁着。然后是主任，然后是会计，然后是教高年级的老师，最后是教低年级的老师。校长若是想找谁单独谈个话，得利用放学之后的时间。

我在那里认识的第一个老师叫王贵。当那个小学校长面无表情地给我分配完工作，叫我教五年级，把一本语文一本算术扔给我之后，王贵一面卷着旱烟一面龇着牙走过来，说我太了不起啦，一来就得到了学校领导的如此重用。王贵说这话时我还不知道他叫王贵，一口黄牙，让人恶心，不由得蹙了蹙眉头。王贵不但牙黄糊糊的，脸也灰呛呛的，胡子拉碴，头发焦干，给人的感觉是，成年不梳头不洗脸似的。穿戴更是破旧，五黄六月穿了件灰了吧唧的厚布衣服，脖后的领子上打了块蓝补丁，粗针大线的，一看就知道他老婆的针线活儿也不怎么样，随便翻块旧布糊弄一下，也不管跟衣裳的颜色搭不搭配。领口被王贵的脖子磨得乌亮，差不多能刮下二两油泥来。两个胳膊肘上也打了两块不同颜色的补丁，袖口磨飞了，成了毛边。袖头上衣襟上蹭的都是粉笔面子；裤子像是蓝色，又像是灰色，很难确定，反正已经发白，污渍斑斑，不知怎么弄得黄一块绿一块的。黄的是黄泥，干后掉了，留下底子。绿的则是猪菜的汁液，洗也洗不掉；脚上一双黄绿农田鞋，鞋帮上也是干了的泥，前尖顶出了窟窿，露出的大姆脚趾头，指甲盖黑黑的。没穿袜子。乍一见，我还以为他是学校干杂活儿的工友。从他的穿戴上，猜想着这个人，不是忒邋遢，就是家里面忒穷，要不就是既穷又邋遢。后来知道，果然，王贵家里的生活，不是一般的困难。主要是人口多，上有老，下有小。老的呢，爹偏瘫在炕上，几年下不了地，妈眼瞎，干不了啥。小的呢，三四个孩子，挨着尖儿，最大的也才十二三，根本帮不上忙，七八张嘴，全靠他一个人挣那点钱。王贵是个民办教师，不挣现钱，挣工分，跟社员一样，到年底由大队结算。照李春阳黄福山他们又差了一等。人家是"代课教师"，挣现钱，跟公办老师一样，每月三十几块，虽说不多，月月见钱。王贵则一年一年也见不到一分钱，用李春阳奚落他的话说，兜儿比脸儿干净。家里的日常花销，柴米油盐，基本靠老婆养点猪养点鸡来维持。冬天屋里不烧炉子，买不起炉子和炉筒子，更买不起煤，北墙上挂了白花花一层霜，连门后的水缸都冻了，老婆每天早晨起来做饭，先要拿斧子凿一顿，凿破上边一层冰，方能舀出水来。睡觉前喝剩的半碗开水，到第二天早晨起来，冻成了冰坨子。王贵人很勤勉，从生产队的场院背回几捆谷草，打成草帘子，挂在窗户的外面和外屋房门的里面，白天卷起来，夜晚再放下，这样可以抵挡一下寒风的侵袭。房子的后山墙上，被王贵从下到上贴墙堆了厚厚一道雪墙。屯子人都夸王贵能发明。

学校里人虽不多，但一年当中说不准哪天谁家有个红白喜事。一遇上这种事，大伙自然要随份子。一到掏钱的时候，王贵就抓瞎了，兜里常常一分钱没有，就得厚着脸皮冲人借，学校的老师们几乎都被他借遍了。但王贵有一样，就是守信用，借时答应啥时候还，到时一定想办法还上。王贵的办法基本上属于拆东墙补西墙，就是再从另一个人手里借钱把眼前这个人的饥荒堵上。常看见王贵手里攥着三两块钱找人还账。遇到老师们凑一块儿吃个饭喝个酒啥的，别人问王贵算不算一个，王贵会把兜翻个底儿朝天，抖了又抖，叫大伙上眼，说你看看，你看看，别看咱人埋汰，兜可干净。春季公社开运动会那天，中午那顿饭，老师们都要下馆子，喝几盅，一年也没几回出来的机会嘛。这种时候，王贵总是找个借口，说是上亲戚家办点事，躲到背旮旯，买个面包，喝瓶汽水，三五毛钱，已经是很奢侈了。民和小学的老师们还有个破习惯，就是，秋天天冷之后，老师们喜欢每人摊个块八毛钱，买两只白鹅，学校的仓库里有粉条，大鹅炖粉条，吃得热火朝天。王贵哪里舍得？一毛钱也舍不得。王贵一看有人张罗着吃鹅，推说家里有事，早早溜掉了。李春阳他们就讥笑他，说王贵，别害怕，不用你摊钱。两个鹅屁股，够你吃啦！王贵说不是钱的事，我不爱吃那玩意儿。王贵说他不爱吃鹅，别人就撇嘴。有一回硬被校长留下，校长跟大伙说王贵杀鸡杀鸭子的可有一套，就把杀鹅的任务交给王贵。王贵一手拎着菜刀，一手拎着长长的鹅脖子，鹅叫不出来，却还扑腾着膀子垂死挣扎。王贵将白鹅摁在地上，一脚踩住鹅的长脖子，高高举起菜刀，歪着脸，闭着眼，并不敢看。王贵说，一看就下不去手了。咔嚓一刀，把鹅脑袋剁下来，血溅到裤腿上。没了头的鹅，兀自还能在地上扑腾几下。接下来王贵又是抱柴火烧水，秃噜鹅，又是薅鹅毛、翻鹅肠子，脏活儿累活儿抢着干，忙前忙后的格外卖力。上桌的时候却不靠前，忸忸怩怩的，抠着手指甲。校长又拽他，夹一大块鹅肉作为奖赏，王贵吃得狼吞虎咽。

王贵这样的人能当上民办老师，一个呢是因为他跟那个小学校长家有层亲戚关系，屯中论着叫姐夫；一个呢是因为上个世纪六十年代末七十年代初读书识字的人奇缺，王贵念过初中，满大队再也找不出第二个。王贵不但家里穷，本人能力也有限，武大郎卖棉花，人熊货也囊。教个一二年级的加减法还凑合，再难点就整不明白了，大一点的学生又管不住，都不怕他，跟他闹。所以从打当上民办老师那天起，十多年了，就一直教一二年级。人家能力强的，从一年级一直可以跟到五年级。还有的干脆下不来，总是教高年级。但王贵有一样，就是没有怨言。王贵知道自己的水平，当然没怨言了。教高年级的老师有个好处，可以时不时的，便将孩子们领出学校，去给自己家里干点农活。像起土豆，打葵花，抱大白菜，活不累，但需要人手。孩子们一来，一哄而上，眨眼之时的工夫就干出来。但王贵不行，一二年级的孩子，基本干不了啥。王贵就整天坐在教室的前面，领着孩子们嗡嗡嗡地念课文。放学的时候，孩子们排着队，唱着歌，王贵还要送上一段，嘱咐孩子们靠边走，不要打架。下雨天，过个水沟什么的，王贵不放心，干脆往地上一蹲，叫小孩子趴他背上，一个一个把孩子们背过去。有的老师就笑话王贵婆婆妈妈的。

那个小学校长心不顺的时候，常拿王贵这个小舅子出气，指鸡骂鸭子的：你他妈的还能不能干了？不能干，趁早收拾收拾夹包儿滚蛋！别搁这儿给我丢人现眼！末了总是那句话，"些个驴马烂子！"王贵似乎颇能领会领导的意图，知道那个小学校长并不全是骂他，挨了骂不但不恼，反而笑嘻嘻的，像是多么荣耀似的，说姐夫消消气，我给你买烟去。小跑着到隔壁的供销社，给校长买包两毛钱的"金乌"黑杆烟。那个小学校长把王贵恭恭敬敬递上来的烟看也不看就扔到地上，谁是你姐夫？王贵照样笑嘻嘻的，轻轻打自己一个嘴巴，说瞅我这臭嘴。哈腰拣起来，改口说校长您抽烟，不依不饶地递过去。校长乐了。可校长知道他困难，从不白抽他的烟，从兜里掏出两毛钱，扔在桌子上，王贵一面说不要不要，一面把钱拿在手里，不知什么时候悄悄揣起来。

　　校长骂是骂，学校有什么事，总是愿意支使王贵去跑腿，觉得王贵办事还稳妥，不马马虎虎。这是对王贵的信赖。就是那个小学校长自己家里有啥活儿，也喜欢支使王贵，打个米，磨个面，只要吩咐一声，王贵乐颠颠的。回来造得满身雪白。平时呢王贵也往校长家跑得比较勤，见当院埋汰了拿把扫帚就扫，见水缸没水了挑起水筲上井沿便去挑。门前的园子，王贵基本包了。一锨一锨地翻地，一锄一锄地打垄，汗流浃背的。这还不算，有时还要拽上老婆孩子。老师们知道了，逗王贵，听说王老师又"学雷锋，做好事"了？看人家，一家子都是活雷锋啊！王贵龇龇牙，说这都是我应该做的。王贵也挺逗的。李春阳就说，那你咋不上我家去学雷锋？王贵认真地说，你家有啥活需要大哥帮忙的，你说。李春阳就说，我想礼拜天挖个菜窖。王贵说小菜一碟。礼拜天王贵果然早早来了，肩上扛把洋锹。王贵干活，比李春阳自己还下力气。李春阳说，明天我给你写个表扬信。

　　王贵的老婆长得五大三粗，若将王贵一屁股坐底下，任王贵使出吃奶的劲也拱不起来。王贵就说"君子动口不动手"。笑嘻嘻的。老婆不仅动手，当然也动口，骂王贵跟骂儿女似的。老师们知道王贵怕老婆。王贵却说，咱是人民教师，能跟一个家庭妇女一般见识吗？孔子曰：好男不跟女斗。王贵的老婆姓不姓李不知道，但因为是"王贵"的老婆，老师们便戏称其为"李香香"。老师们管王贵的老婆叫"李香香"，王贵则不认可：什么"李香香"？什么"李香香"？我看叫"李臭臭"还差不多！老师们被王贵逗乐了。有人指着王贵说，看不告诉你老婆！王贵忙央求，说别、别、千万别。王贵在家，啥都听老婆的，早请示晚汇报，打不还手，骂不还口。王贵说，知道这叫啥吗？这叫"一切行动听指挥，步调一致才能得胜利"！

  王贵心中始终有个梦想，就是想把自己的民办老师转成像李春阳那样的"代课教师"。公开场合已经不知跟老师们许过几多回愿了，信誓旦旦地说，等我挣现钱那天，我一定请咱们全校的老师下馆子！大伙都乐。大伙乐的意思么，很明显，不是因为王贵说请大伙下馆子可乐，而是笑话王贵太没有自知之明了。大伙私下认为，像王贵这样的人，民办老师能干长久就得烧高香啦！

  跟王贵比，我应该知足。可我却是一肚子的怨气。跟我一样的同学，通过各种关系，活动活动都留在了县城，进了哈尔滨大庆这样大城市的也有，都当了中学老师。也有的直接转了行，进了行政机关。而我却被分配到这样一个破烂不堪的农村小学，夜里跟打更的老头睡在一铺炕上，顿时感到前途渺茫暗淡无光。我不但课不好好教，不遵守学校的规章制度，不听领导的话，还常常把一肚子的怨气撒在学生们身上，对犯了错误的男生，非打即骂，用穿着皮鞋的脚踢他们瘦小的屁股，抡圆了巴掌扇他们的耳光。有时候对女生也不手软，薅着她们的辫子往墙上撞。弄得三天两头就有学生家长，也就是当地的社员上学校来兴师问罪，找领导告状。民和小学离我家有十来里地，如果天天来回跑着上下班也够辛苦的，再说时间也紧张。尤其冬天，冰天雪地的，冻死人。可是呢，跟那个看屋的老头睡在一铺炕上，夜里听他咬牙放屁闻臭味，看他抓虱子连我的身上都跟着痒，这对于在城里念了几年书的我来说实在无法忍受。我跟那个小学校长提出来，看能不能给我解决住宿的问题。那个小学校长破天荒地笑了。旁边的老师也笑了。那个小学校长说咱们学校就这个条件。后边的话虽然没有说出来，但我能够听得出，就是爱住不住，不住拉倒！我于是干脆天天骑自行车来回跑。上完课也不管学校有没有事，骑车就回家。早晨磨蹭够了才骑车子来，不是迟到就是早退，闹情绪呗。这还不算，三天两头就在家一待。我一旷课，我那个班级的学生们就反了天啦，教室里造得乌烟瘴气鬼哭狼嚎。如是几回，把那个小学校长气得差点要疯掉，知道我也没什么社会背景，有社会背景能分到这破地方来吗？歪着脖把我叫到屋外，虽然没有当着老师们的面，但跟当面也没什么区别，因为那个小学校长的声音特别高，全校都能听见。他指着我的鼻子对我咆哮：你还能不能好好干了？三天打鱼两天晒网的，这能行吗？这不行！嫌这疙瘩不好，你倒是自个找个好地方呵！我说，自行车半路坏啦。那个小学校长根本不相信我的鬼话，你车子天天坏？我再无话可说，脸红红的。末了，那个小学校长态度缓了缓，把声调降了降：年轻轻的，刚参加工作就这样瞎胡混，对你以后没好处！这句话，多少带点关怀晚辈的意思。那个小学校长没有像骂王贵那样爹长妈短，末了再加上一句"些个驴马烂子"，算是给我留了面子。我再没跟那个小学校长顶嘴，但也没有驯服的意思，进屋拿起桌上的白手套，啪啪地往手上拍两下灰尘，脖子直直地走出了办公室，在屋里众人伸长的目光里，骑上自行车回家了。

　　过几天，那个小学校长没有找我，王贵却找了我。我正领着学生劳动，铲操场，王贵悄悄趸过来，鬼鬼祟祟地把我叫到树墙后的背静处，拽拽我的衣襟，蹲下身，卷上棵烟递给我，我不抽，王贵冲我笑，龇一口黄牙。笑半天，然后说：年轻人，脾气挺倔呀！我看着别处。王贵说我那天不应该不给校长面子，弄得校长下不来台。

又说，也就你吧，剩下的，谁敢那个态度？我不知道王贵这话是损我呢还是夸我呢。看我不以为然的样子，王贵又说，你刚参加工作，还忒年轻。工作嘛是这样，干好了没坏处，干坏了没好处。你说，校长对你多么器重，你一来就让你教高年级，还想咋样？我这都当了十多年老师了，净教一二年级了，连三年级还没教过呢。我用鄙夷的眼光看着他。王贵给我出主意，让我晚上上校长家串个门，缓和缓和。说校长这个人其实挺好的，面冷心不冷。我也没有听。心说，你算老几？凭你还来指教我？

挨着办公室旁边是学校的一间仓库，仓库里也没什么值钱的东西，就是一些破桌子烂板凳，开运动会打彩旗用的一堆旗杆，大大小小的锣鼓，一块一块的宣传板标语牌，瘪了气的篮球足球，标枪铁饼铅球，各班级冬天用的炉子炉筒子，烧剩的煤及木头柈子也堆在角落里。要说值钱的，也就是秋季学校搞小秋收活动，学生们拣来的苞米黄豆什么的。土豆当时就拉到生产队换了粉条，也放在仓库里，预备着学校有个什么活动，老师们会个餐用。仓库的保管员你道是谁？便是王贵。我才知道，王贵除了教课之外，还兼着学校的保管员这样一份重要的工作。所以老师们除了戏称王贵是"活雷锋"之外，还管王贵叫"红管家"。

冬天的一天，学校发生了件大事，仓库被盗了，丢了两捆粉条，一袋黄豆，一袋白面。盗贼应该是下半夜做的案，趁夜深人静借着夜色掩护，撬开窗户进去的。看屋的老头早晨起来发现了，赶紧跑到那个小学校长家报告，说出大事啦，便一五一十地一说，说他上半宿起夜还看了呢，一点动静没有。谁知道下半夜……老头儿一眼一眼地看校长那张丧丧着的脸子。校长打发老头儿上公社派出所去报了案。派出所的人房前屋后看了一圈，还到附近的农户家搜查了一番，都没发现什么蛛丝马迹，然后就倒出一间教室，把学生放回家，挨个找老师们进去谈话，问问前一天晚上干了啥，能不能提供点啥情况。问什么老师们全是摇头。轮到王贵的时候，发现王贵穿戴像个农民，身上埋埋汰汰，竟有白色的痕迹。王贵见人家注意他的身上，有点紧张，慌忙拿手扑拉着，一面说，呵，那啥，这是整的粉笔面子，不是白面。派出所的人嘴角露出一丝笑容，似乎发现了破案的线索，挥手制止住王贵，不让王贵把罪证毁灭的意思，重新把王贵上上下下前前后后打量了一番，把那白色研究了半天，了解的问题也细致，态度呢也有些严肃，审问一般，谈话用的时间比别人长许多。老师们见派出所跟王贵的谈话时间长，便交头接耳，议论不休，杂以说笑。见王贵开门进来，立时噤声，只把眼睛盯着王贵死看，盯得王贵一下子不会走路了，表情也不自然，坐在自己的椅子上，人们听得见他喘气的声音。李春阳见派出所的人走了，冲人家背后呸一口，些个吃屎的货！再说了，谁吃还不是吃呢，只当是救济穷人啦！众人就窃窃地笑。王贵大口喘粗气，一声紧似一声，一张灰白的脸竟变得紫胀，忽地站起来，把仓库的钥匙从自己黑乎乎的腰带上解下来，哗啦放在那个小学校长的桌子上。那个小学校长看着王贵，说你这是啥意思？王贵说这个保管员我不当了，谁爱当谁当！我王贵活半辈子了，别看家穷，可我王贵从来有两样是干净的。老师们就直起脖来，王贵说：我王贵一是兜儿干净，二是手脚干净。老师们就忍不住笑，都想到了王贵那双黑脚。李春阳说：你自己说可不算数。你得把你的鞋脱下来让大伙看看，看看你的手脚到底干不干净。众人大笑。王贵说：我说的是正经话！转而面向大伙，一下把声音提得更高，几近声嘶力竭：谁往我王贵头上扣屎盆子，我跟他没完！屋里一时无声。那个小学校长虎着脸，站起来，照王贵的屁股亲切地踢一脚：干什么？你还有个老师的样子了吗！王贵也不管，疯了似的，依然吼道，我王贵就是穷死，穷掉底儿，也不会干那种鸡鸣狗盗的事！语调已经带着强烈的哭音儿。一摔门，出去了。走到门外，我见他抬手抹把脸。说实在的，我还真是头一次看见一个大老爷们掉眼泪。后来听说,王贵为了洗清自己的清白,曾暗地里对住在学校附近的人家进行了很长一段时间的观察。比如,趁人家吃饭的时候找个借口上人家串门子,看人家吃的什么饭,计算人家吃的面食是不是比别人家多,看人家是不是总拿黄豆出来换豆腐吃,是的话,那就一定很可疑了。结果却是无果而终。

在那个小学待了一年多,我就调走了,先是上一个乡镇中学,后来进了县城,从此再没回过那个小学。对于那里的人和事,也懒得打听。那个窝里窝囊的王贵在我的记忆中早已淡忘了。

三十多年过去了。没想到有一天晚饭后出去溜达,在休闲广场的人山人海里居然碰见了王贵。王贵手里拿把扇子,红上衣、白裤子,一看就知道是来扭秧歌的。那帮人都这打扮,平时谁能这么穿。若不是王贵先拉住我,就是撞他身上也不敢认他。这身穿戴,看上去似乎比三十多年以前倒还年轻了。一问才知道,王贵退休之后,家已经搬到县里来了。多年不见,王贵对我异常亲热,好似亲兄弟一般,拉着我的手半天不放,嘘寒问暖的。说了没几句话,秧歌就要开始了,锣鼓点已经敲起来,小喇叭已经吹起来,王贵便急忙跟我道别,说明天请我喝酒再好好唠。

第二天晚饭王贵早早约我到小酒馆喝酒。王贵穿了件深色夹克衫,看着不像原来那么土了吧唧的,牙也不那么黄了。一面喝一面向他打听了那时的几个人。王贵说,李春阳干了几年干等也没机会转正,又嫌挣得少,后来工资还拖欠,半年半年也不发一回,一气之下撂挑子不干了。说好汉不挣有数钱,上大庆做买卖去了。我问做啥买卖,王贵说,先是骑三轮车各楼区串着收旧家具,收废铜烂铁,慢慢挣着钱了,自己开了家装修公司,开始也不会啥,也没那么多钱,说是装修,其实就是往楼上给人家扛扛沙子水泥,刮刮大白啥的。后来行了,队伍壮大了,电工、木工、油漆工,齐全了。

有一年回来找我，让我上他那公司跟他干，我没去。我有点疑惑，心想李春阳怎么可能看上你，窝窝囊囊的，能干啥呀。王贵看出了我的心思，你不知道他为啥找我吧？我说为啥？王贵说，他是看上了咱王贵的为人。我说那是那是。经他一说，我的心里倒真琢磨出王贵这人的不少优点来。比如乐观，从来看不着他愁眉苦脸；再者胆小听话，做事认真，乐于助人；最大的优点是对人真诚，对谁都没有坏心眼。我问他，那你怎么不去？不比当民办老师强？王贵哼一声，说：就是要饭也要不到他的大门口上。我说，你可不要把人家的好心当成驴肝肺。李春阳肯定是出于好意。王贵说，李春阳当时也这么说，他看我这些年始终是穷馁馁的，整天低三下四，见人矮三分，用现在的话说，就是活得没有一点尊严，要拉巴拉巴我。我想来想去，最终没有去。我知道当初李春阳没少整过王贵，看不上他那个贱样。其实他是没有处在王贵那样窘困的境地，所以不理解王贵。不但他，我也是。现在想来，我也觉得怪对不起王贵的。又问到老黄，王贵摇摇头，听说全家搬到绥芬河去了，跟老毛子屁股后，给人家扛个包儿啥的，后来还学会了几句俄语，给老毛子当向导，中间拼个缝儿。也已经好些年没联系了，如今咋个情况说不上。说到他自己，王贵脸上现出满足。王贵说他教一二年级一直教了二十多年才转的正。后来不教了，打打杂，管个吃喝拉撒。我说那不是相当于后勤主任吗？王贵龇龇牙，说差不多吧。不过我们那学校小，十个八个老师，叫啥主任。王贵问我这些年如何，没混个一官半职的？我笑笑。王贵说：你呀，我说你可别生气，脾气太倔，牢骚太多，受不了委屈。吃亏呀。当年我就劝过你，干坏了没好处，干好了没坏处。你不信。没当回事。我点头称是，说那时太年轻，幼稚啊！关键是没把你的话当好话听。王贵点头，指着我的鼻子说：这句才是真话。又说：也难怪，像你这样正规师范学校毕业的人，分到那么个小破地方，怀才不遇呀。我摇头，说喝酒。算账的时候，王贵与我撕巴了半天。临走，王贵红着眼珠，拉着我的手不放，说兄弟，这日子真不抗混，一晃三十多年啦……似乎感慨太多，一下都堵在喉头那儿，竟说不出话来。我说可不是。王贵说明天我再请你喝酒。我推辞说不用，上街里来哪能叫你破费。王贵一瞪眼，咋的，看不起我？我说不是不是。王贵扯着我，要不，咱们乐呵乐呵去？我没明白他说的是哪种乐呵。我请你上舞厅跳跳舞。眼里光芒万丈的。我摇头，说跳啥跳。拍拍腿，都喝散脚啦。那，上歌厅唱唱歌？我歪着嘴笑他，就你那公鸭嗓子，破锣似的，会唱啥呀？王贵说瞎嚎呗。嚎一顿，浑身可舒服啦！我说那就拉倒吧。自个回家嚎去吧，省钱。王贵忽然搬住我的肩膀，把嘴贴在我的耳朵上，我以为王贵要跟我说点啥秘密。半天，热气吹着我的耳朵，却没声。我回头看他，王贵不好意思开口的样子：那个啥，是这样，我家你老嫂子，就是李臭臭，没十多年啦。我愕然，那你一直没再说个老伴儿？王贵摇头：刚开始孩子还都没成家，我不想给孩子找个后妈。如今孩子都出去了，剩我孤家寡人一个，怪那啥的。我明白了王贵的意思。我说，老哥，有相当的，我一定帮你介绍个好的！我的声音里充满了真诚的感情色彩。我知道王贵这辈子过得不容易。王贵听我这么一说，使劲握了握我的手，再摇上一摇。说着话来到热闹的休闲广场，王贵一听见锣鼓点儿腿就不由自主了，从怀里掏出把扇子。我说还能扭？王贵说没事。从人缝里挤进去，跟在人家秧歌队伍的屁股后，欢欢势势地扭起来，从头上到脚下，浑身"嘚瑟"出一种极具感染力的韵致。看着扭得来劲的王贵，我恍惚有种隔世的感觉。

忽然有一天，王贵打来电话，说请我喝酒。我问又喝啥酒，王贵说是喜酒。电话里听得出王贵抑制不住的兴奋和欢喜。王贵告诉我，他找到老伴了，人不错，是跟他一块扭秧歌的。

春 节

离春节还有许多天，冬梅就已经情绪高涨地开始过年的一系列准备工作了。其实，冬梅的情绪不完全是因为过年而高涨，过年有什么好高涨的。冬梅情绪高涨完全是另外一个原因。这个原因冬梅还真不好意思对别人说出来。冬梅准备过年的工作首先是从拆洗被褥拉开序幕的。三口之家的铺盖，唯有丈夫德江的铺盖闲着，冬梅自然是首先从丈夫德江的被褥开始拆洗。德江出外打工，将近一年的时间，铺盖一直闲着，一直垛在高大破旧的被橱里。其实德江的被褥早就该拆洗的，德江一走就该拆洗了，干干净净放着多好，但冬梅就是没心情，懒得动手。现在德江要回来了，不知怎么，冬梅竟一下有了那么好的兴致，将丈夫的被褥，丈夫的衣裳什么的全部翻出来洗。男人身上的油泥就是比女人大，又喜欢蒙头睡觉，所以被头就比别的地方脏，黑糊糊的。冬梅情不自禁地拿到鼻子底下闻闻，闻出一股潮拉巴叽的汗酸味。冬梅又仔细地在白被单子上搜寻了一回，不知道的还以为冬梅在被子上捉虱子呢，哪知冬梅要找的不是虱子，冬梅是想看看被子上还有没有其他什么见不得人的脏玩意儿。那种脏玩意儿不下点特别的功夫一般是很不容易洗掉的，晾到外面，透过阳光一照，斑斑驳驳的，让人瞧见了，不被人笑掉大牙才怪。以前冬梅有过这种尴尬。邻居张旺家的过来串门子，特别注意冬梅晾在阳光下的被单褥单，对冬梅笑着说，你们小两口这是画地图呢。冬梅不明白，说什么地图？张旺家的嘴朝被子上努一努。冬梅就跑到晾着的被单褥单前眯缝着眼细看，这一看，脸便通红通红。冬梅嘴上骂着张旺家的，不往好处看，专看人家的污点，可心里还是有一点感激。不是张旺家的看见告诉她，她说不定还要将这画了地图的被单褥单展览到什么时候，不知道要被多少人参观呢。此后冬梅再不敢粗心大意。冬梅弯下身子一寸一寸细细地察看，还真发现了斑驳的污渍，认准是德江弄上的。"死鬼"，不由得在心里骂道。却忍不住又拿到鼻子底下闻闻，也许是许久没闻到德江身上的那股子男人味道的缘故，竟忍不住就是想闻一闻，也不知闻没闻出什么，就又骂了一句"死鬼"。褥子上很像是印上去的两片油渍麻花的地方，显出了德江的后背和臀部的位置。并且也发现了零星的污点。冬梅在心里埋怨德江只知道没命地做，没命地做，做起来跟拼命一样，像个拼命三郎。冬梅为自己把丈夫德江比成拼命三郎而感到得意，就扑哧笑了。一边玩着的女儿丹丹住了手，歪着脑袋问母亲，你笑啥？冬梅醒过来，不觉红了脸，说笑你爸呢。其实，这被褥的脏也不能全怪丈夫德江，丈夫德江在家时，德江的被褥什么时候只睡过德江一个人？人也真是的，怎么就非得两个人在一起睡才睡得香，才睡得稳。在一起睡也就睡呗，干什么一定要那个？一做起那个，似乎连命都不要了，比干什么都下力，身上的每个毛孔都张开了，挥发着淋漓的汗水，干什么活计能舍得出这样的汗水呀。干什么活计都不肯。只有这个活儿，谁都愿意干，再苦再累也心甘呢。冬梅脑海里就浮现了往日欢快的情景，身体是热烘烘的，脑子是热烘烘的，说着梦魇般的胡话，人一旦进入那种状态，跟犯了精神病没什么两样，自己干什么自己都不知道。一想到这些，冬梅的心禁不住嘭嘭跳了，涌出无限的渴望，浑身膨胀着一股无穷无尽的力量，冬梅便只有将这无穷无尽的力量发泄在做活儿上。冬梅将拆下来的被单褥单一股脑堆进一个大红塑料洗衣盆里，然后撒上一层白白的洗衣粉，又哗哗地添了热水，热水一下子将洗衣粉冲开了，化成满盆洁白晶莹的泡沫，丹丹一见，丢了手里的东西，双手去捧泡沫玩。冬梅喝一声，说哎呀呀别湿了袄袖子。丹丹看看母亲，不舍得离开，泡沫的吸引力还是很大的，比母亲吆喝的威力还大。冬梅只好蹲下将丹丹的袄袖子挽起来，又往上撸撸。

今年的腊月可真是个少有的腊月，哪像是腊月呵，简直是温暖如春。冬梅将各种各样颜色的被单褥单，还有大人孩子的衣裳裤子都晾在院里的晾衣绳上，长长短短杂七杂八，跟挂万国旗似的。若是往年，洗完的被单褥单什么的一拿出去，立刻就冻的邦邦硬，没有三天五天是不会干的，而且干也不是那种响干，还要铺在炕上，用火炕的热度再蒸发一下。可是今年不到一天就差不多了。这也给冬梅的心情增添了几分舒畅和明快。一面洗着手里的衣物，心里一面计划着下一步该干点什么，她用眼睛在屋里搜寻了一番，该洗的洗了，没发现有落下的东西，连往日团在一起不愿意洗的臭袜子都找出一团又一团，一并洗了。冬梅心中纳闷，这人是怪呢，平时连一双袜子都懒得洗，现在居然一口气洗了这大一堆，院子里的晾衣绳上已经搭不下，还要搭在门前园子的栅栏上，还要就近搭到邻居家的栅栏上。邻居张旺家的出门瞧见这满院子的衣物，诧异地问今个儿这是怎么了？冬梅掩饰着说过年了嘛，早晚躲不过。张旺家的笑一下，那笑的意思是，她知道冬梅为什么这么高兴。冬梅自己也觉得不可思议，不知道是什么力量，促使自己变得这么勤快，做了这么多活计，竟一点也不觉得累。冬梅计划下一步该干什么的时候，就发现了屋子的棚顶和墙壁该打扫打扫了，棚顶的芦苇叶子上挂了成串成串的灰尘，墙上糊的报纸也早已经旧得发黄，她想了想，原来已经有好多年不曾糊过，大约还是刚结婚那年大伙帮着糊的。现在屋里糊报纸的人家不多了，新房子都是刷涂料，雪白雪白的，所以一比较，他们也就觉得实在没有糊的必要。就像穿得破破烂烂而头上却扎了一朵花，反而遭人笑话。德江也说，费那事犯不上。过两年盖了新房，咱也刷涂料，地面也铺瓷砖。冬梅说啥时能盖上新房啊？猴年马月呀？德江倒很自信，说什么猴年马月，三两年。冬梅眼睛放出光来，就期盼着快一点快一点住上新房子吧。住上宽敞明亮的新房子，吃饭会啥样，睡觉会是个啥心情呢？冬梅真想问问那些住上新房子的小媳妇，可是冬梅出于嫉妒，见了那些住上新房子的小媳妇，反而绕着走。她不愿意看她们那种得意的样子。她一问她们就得意，她偏不问，偏不让她们得意。冬梅给自己家设计的新房子是，墙是红砖的，屋顶是彩钢的，彩钢她喜欢蓝色的，比天还蓝的蓝色，这样红墙蓝顶一搭配，看着新鲜。可丈夫德江不喜欢，撇撇嘴，说傻老婆爱颜色，红的，蓝的，难看。德江就设计了自己喜欢的那种，前脸贴雪白雪白的白瓷砖，房顶铺白鱼鳞铁皮，看着又干净又漂亮。这回轮到冬梅撇嘴了，冬梅把嘴撇出了声响，说，多少年前人家就时兴盖那样的房子，现在早过时了。德江一想，可也是。就说反正不盖又红又蓝的，花花绿绿的，啥呀。冬梅也不坚持，说到时候，说不定又时兴什么样的了呢，现在的建筑材料，一年一个样，说不定咱们使用的材料是全村最好最漂亮的，谁家也比不上。两张被阳光晒得黑红的脸，被风雨吹皱的脸，此刻有五彩的祥云轻盈地飘过。可是想来想去，怎么才能在三两年之内盖上新房子呢？想不出别的办法，光指望家里这几十亩地，真得猴年马月。德江又不会什么赚钱的手艺，又没有做买卖的脑瓜。德江后来就出去打工了。

　　冬梅抽空到集市上去买旧报纸。到了集市，冬梅发现集市上最多的就是人，可街筒子都是，熙熙攘攘摩肩接踵，冬梅须在人空里挤着前行。这几年的年货一年比一年丰富多彩，要什么有什么，商贩们将杂七杂八的货物干脆摆在街道两边的地上出售。冬梅腋下夹着条塑料袋子，这边瞧瞧，那边看看，眼花缭乱。眼花缭乱的冬梅却想将集市上的货物一样一样地看个仔细，问个明白。地上关在笼子里的活鸡，叽叽喳喳地挤成一堆，你叨我一口，我叨它一口，打斗嬉戏，不知死之将至。有人将白条鸡就地摆放在塑料袋子上，人们脚下趟起的尘土，使一只只白条鸡造得灰头土脸。冬梅在卖鸡的摊儿前没有停留，自己家里什么都缺，就是不缺鸡，她对那些包装成袋的鸡头鸡爪鸡翅鸡腿，连看也没看，家里有鸡，当然什么都齐全的。冬梅每路过一个摊儿前，就蹲下问问价钱。在散了一地的鞋摊儿前问问童鞋，在花花绿绿的服装摊儿前摸摸羽绒服，末了摇着脑袋走开。冬梅在集市上转了一圈，买了几斤德江爱吃的沙丁鱼，买了几斤自己爱吃的海带，买了二斤丹丹爱吃的炒花生。要买的东西太多，这也想买，那也想买，什么都想买，怎奈囊中羞涩，所以冬梅只能在心里一遍一遍地算计，挑选过年必需的买。冬梅最后在卖春联福字的摊儿前站住了，春联福字是一定要买的，什么都不买，春联福字一定要买。不管房子怎样破，只要一贴上大红的春联，大红的福字，屋里屋外顿时就生出一种喜气洋洋的气氛来，看着心里亮堂，也兆示着一年的吉祥如意。冬梅一副一副挑着春联，后来相中了一副"春纳富贵接财神，喜报平安迎福星"。又配了横批，配了五颜六色的"挂钱"。回到家，冬梅马不停蹄，连夜打糨子糊墙，冬梅自己也不知道为什么这样心急。仔细一想，其实还不是因为德江要回来过年了嘛，兴奋的。她想让德江一走进家门就觉得敞亮，一盖上被子，一闻到被子上那股肥皂味，就兴奋。冬梅已经品出德江有这么个怪脾气，每次盖上新洗的被褥，鼻子一闻到肥皂味就兴奋得跟新结婚似的没完没了。

　　冬梅自己在饭桌上抹糨子，然后再站到凳子上将报纸糊到墙上去，手够不到的地方，就拿笤帚帮忙。上来下去，一会冬梅就折腾的有点头晕了。冬梅用手抚着额头停一会儿。碰上有意思的，冬梅也顺便弯腰看几眼。有时候也会被报纸上的"新闻"吸引了，停住手看。报纸上有关于农民工的报道，这个城市的农民工怎么了，那个城市的农民工怎么了，冬梅就仔细地搜寻着有没有德江他们那个城市的什么新闻。冬梅每天看电视，看天气预报，除了看当地的之外，再就是关注德江他们所在的那个城市的天气情况，冷了热了，刮风下雨，她都关心。若是报那个城市有雨，冬梅就想，德江他们又能趁机歇上一歇。若是天气太热，冬梅就在家里替德江犯愁，那么热的天，上那么高的脚手架，可别迷糊了摔下来。脑子里一旦有了这样一个念头，冬梅就会一直惦记好几天，好几天吃不好睡不好。好几天之后并没有什么不好的事情发生，方才慢慢放下心。自从丈夫德江走了之后，冬梅就有些后悔，后悔不该把丈夫德江放出去。德江会不会坚持不住？一开始冬梅还是非常有自信的，相信丈夫德江是一个绝对守本分的人，谁都能学坏但德江不能。可是随着时间的慢慢慢慢推移，随着冬梅对纷繁的外部世界了解的越来越多，冬梅心中的这份自信一点一点地开始动摇，取而代之的是一分一分的担心与害怕。冬梅不止一次地做梦，梦的内容基本一致，就是丈夫德江跟了别的女人寻欢作乐。这样的梦每次都清清楚楚，就像跟自己那样真实可触。这让冬梅不由得在睡梦中就生了一肚子的气。醒后依然觉得胸中气闷，两肋胀满，望着黑洞洞的屋子不能入睡。最后冬梅还得自己安慰自己，说自己这是干什么呢，纯粹是自己吓唬自己。德江是出外打工挣钱的，不是出差，不是旅游，吃的不好，住的不好，用德江的话说，干的是牛马活，吃的是猪狗食，哪还有那个闲心，还有那个精力？跟人家那些出外经商做买卖的能一样吗？跟人家那些有权有势的能一样吗？一会儿担心德江能不能熬不住，一会儿心疼德江能不能吃得消，一会儿这么想，一会儿那么想，越想越睡不着，越睡不着越想，翻来覆去，翻来覆去，把个脑子弄得糊里糊涂得发木。假如自己出外打工，在家的是德江，那担心的就是丈夫德江了。叫他担心多好，也尝尝这担心的滋味是个啥滋味。德江更是小心眼儿，这家伙敢往最不好的方面想，糟践自己的老婆是不是在外面跟什么野男人鬼混呢。冬梅叹口气。都一样的。不信打听打听，谁家都一样的。只要有一个离开家，另一个就得日日夜夜担着心，担心得要死呢。也不怪。秋天的时候往回收玉米，邻居张旺家的主动打发自己的男人张旺过来帮着赶车。张旺比德江大，所以平时见了冬梅就很拘谨，当只有他跟冬梅两个人时，竟拘谨得像个大闺女，一句话都没有。连冬梅叫他大哥都不敢应声，只顾跟不听话的哑巴牲口使劲地吆喝，骂出十分粗野的话来。冬梅负责往筐里拣玉米，张旺负责将装满筐的玉米再倒在车上，张旺哈腰时宽厚有力的脊背像一块面板，脊背上散发出酸烘烘的汗味。张旺的帮助竟让冬梅隐隐的有一些感动，这种感动还不同于一般的感动，这种感动使得她浑身发软，就想伏在那宽厚有力的背上或者躺在张旺那散发着酸哄哄汗味的怀里闭一会眼睛。张旺的身上落只鲜艳的"花大姐"，慢悠悠的走走停停，像是一边走一边思考什么，冬梅忍不住想伸手替张旺赶掉它，手指已经下意识地张开，作出了拿捏的动作，却又止住了。就那么看着那只色彩斑斓的"花大姐"从张旺的衣领爬到前襟，再从前襟爬到后背，冬梅的眼光随着"花大姐"的身影走，最后在张旺宽厚有力的脊背上定格。如果那时候张旺回头她也不打算把眼光移走，她不怕张旺看见自己在偷偷盯他。冬梅不知道自己当时是怎么了，犯了什么邪，怎么连一点害羞的意思都没有。好在那个男人一直没有回头，一直没有发现冬梅在看他。否则，两双眼睛碰到一块，说不定会碰出什么意想不到的结果来。晚饭她特意给张旺烙了油饼，炒了芹菜粉条，炒了韭菜土豆丝，留张旺喝酒，张旺执意不肯，但冬梅也执意挽留，说干了一天活儿，不吃饭哪行。张旺更腼腆了，光喝酒不吃菜，冬梅就往张旺碗里夹菜，递毛巾给张旺擦汗。冬梅当时的心情是，如果张旺那晚喝多了不走，她说不定也会乐意的。事后，冬梅特别特别后怕，骂自己怎么会有那种下贱的想法。如果不是张旺，是李旺，是刘旺呢？恐怕也会。自己这是想丈夫德江想的。冬梅于是就想，连自己一个女人家跟丈夫分别久了都会生出这样的念头，体内都会有一股需要释放的能量难以遏制，何况一个身强力壮的男人呢。那可实在是难说的事。经过那次差一点点就出了轨的切身体会，冬梅心里的这份担心从此就扎了根。尤其是，冬梅对自己丈夫德江的了解，这种了解，就更加深了她对丈夫德江的担心。丈夫德江身体好，几乎每天都离不开她，而且每次都把那件事做得兴趣盎然有滋有味，即使是白天干了一天的农活，晚上的这一课也从不旷课。冬梅特别满意丈夫德江的身强力壮，又满意丈夫德江对自己的忠心不二。所以她也由着丈夫德江的性子来。丈夫德江夜里高兴了，第二天就会精神抖擞地干活挣钱。所以冬梅相信，谁能出去打工，德江不能。德江不是不能吃苦，德江是离不开家。可是德江竟真的出去打工挣钱了。这让冬梅又意外又感动。那一刻，她真的心疼丈夫德江一下子没有老婆的夜晚该有多么不习惯。可是，村里出去挣钱的男人，不管挣没挣着钱，野食倒是吃着了，回来连自己的老婆看着也嫌土气了，跟老婆办那事还学了不少新花样。冬梅就夜夜躺在被窝里给丈夫德江发短信，警钟长鸣，时时刻刻提醒丈夫德江要意志坚定，千万不要被城里的女人迷了心窍。又逗德江说家里有好吃好喝给你留着呢。德江说什么好吃好喝啊？冬梅说你猜猜。德江猜了半天都不对。冬梅说你天天晚上离不开的。德江说那你可得给我好好留着。冬梅说着说着就有些浑身发热，忍不住说就怕等你回来都留馊了。德江说馊了好，馊了更有味道。冬梅就发过去"死鬼"两个字。

　　腊月二十八，德江发短信，告诉冬梅，他们已经上了火车，第二天中午就到家了。冬梅兴奋地心跳，一时不知道该做什么，想了半天，才想到应该赶紧杀鸡，杀鸭子。她在成帮的鸡群里选来选去，她本来想选一只母鸡给丈夫德江补身子,可是一想,丈夫德江的身子应该是不用补的,不用补都得像个老虎似的,再补,哼!我这命还要呢。但是丈夫德江说他们的伙食不好,顿顿馒头白菜,丈夫德江肚子里没油水,肯定馋坏了,于是选中了一只最大最肥的大红公鸡。那只大红公鸡妻妾成群,趾高气扬的,跟个国王似的,想临幸谁就临幸谁,母鸡们完全一副诚惶诚恐的陶醉模样。冬梅就骂一句贱骨头,嫉妒地轰开它们,执意要抓住那个牛哄哄跟个皇帝似的大红公鸡。母鸡们似乎在有意保护它们的丈夫,用身体在大红公鸡的周围遮来挡去,干扰冬梅的视线,影响冬梅下手的准确性,冬梅几次不能得手,只好放弃了。抓倒霉的吧,逮着谁是谁,最后抓到了一只不是那么雄壮的公鸡。杀完了鸡宰完了鸭,冬梅又开始剁酸菜包饺子。德江喜欢吃酸菜馅饺子,尤其喜欢吃冻饺子,一冬天还没吃上一个呢。冬梅足足包了半宿饺子,包了几百个酸菜馅饺子,然后冻起来。冬梅打算一正月都让德江吃冻饺子。女儿丹丹一直在面板上玩一块面团,不住地问母亲什么时候吃饺子,冬梅说等你爸回来吃,丹丹问我爸什么时候回来,冬梅说你爸明天就回来了。丹丹说我现在就想吃。冬梅说现在都半夜了,怎么吃啊。丹丹不想等明天再吃,丹丹已经等不及了。冬梅说,睡觉去,睡一觉醒了天就亮了。天亮就吃饺子。丹丹不敢不听妈妈的话,只好鼓着嘴,带着对第二天饺子的期盼睡着了。

  德江背着个大大的带着红蓝条条的塑料编织袋进院的时候,冬梅隔着窗户就望见了,冬梅就对身边的女儿丹丹喊,快看,丹丹,谁回来啦!五岁的丹丹没有像冬梅希望的那样,立即跑出去接爸爸,而是朝外张望,一时还没弄明白是怎么回事,所以在她还没弄明白是怎么回事之前,她就没有迅速地跑出门去,动作有些迟缓。冬梅嫌女儿没能代表自己急切的心情,便又喊了一声,快点呀!丹丹在母亲的催促下,懵懵懂懂地往门外跑,而冬梅自己也身不由己地抢在了女儿的前头。德江又黑又瘦，背上的编织袋将衣服揉搓得皱皱巴巴，冬梅赶紧接过编织袋，丹丹也要从母亲的手里接过去，可是，编织袋太重，丹丹竟拎也拎不动，最后只好与母亲一道，一人拎一边的带子，趔趄着进屋。德江迫不及待地抱起丹丹，在女儿的脸上亲了又亲，丹丹却拿脏乎乎的小手遮挡着，她不喜欢爸爸那样使劲地亲她，她在爸爸亲过的地方擦着，看样子丹丹有点嫌爸爸脏。德江问丹丹想爸爸了吗，丹丹不应声，眼睛盯着大大的编织袋打量。德江马上蹲下，拉开编织袋的拉锁，往出一样一样拿好吃的，花花绿绿的糖果，红红黄黄的水果，香香喷喷的糕点，一个劲往女儿的手里塞。丹丹忸怩着，不接，不但不接爸爸塞过来的东西，反到跑开了，跑到墙角，将脸埋在墙角里。德江傻站着，猛然一把将一旁的冬梅抱住，在冬梅的脸上狠劲亲了一下，赶紧放开了。冬梅擦着湿漉漉发红的脸，埋怨说你咋没深没浅的？德江便伸手要给冬梅揉，冬梅躲开了。丹丹此时回过头，正看着他们。似乎不明白眼前的这两个人搞的是什么节目。冬梅说，看样子，你真是饿坏啦。德江傻乎乎地说，还不饿，中午吃两个面包三个茶蛋。冬梅就忍不住笑了，说瞅你那傻样。老大不饿，老二也不饿？德江才明白冬梅的意思，说饿能咋样？还能现在就吃？冬梅说美死你。德江在冬梅的屁股上掐一把，说瘦了？冬梅红了眼圈。

  从初二开始，冬梅就串起门子来。冬梅平日是不串门子的，冬梅家里家外始终有做不完的活计。现在冬梅却一反常态。只是冬梅串门子不是谁家都串，冬梅专门到跟德江一块出去打工的那几个人家去，去的最勤的是国庆家。冬梅有冬梅的心眼，冬梅经过一番研究，才选中了国庆，国庆比德江年轻，年轻最容易熬不住嘛，这是其一。更主要的，是国庆这个人本来就不怎么把握，骨子里就带着风流本性，在家的时候曾经不止一次上过冷饮厅。还有，就是国庆的嘴，破车嘴，没把门的，喝几盅猫尿，什么都说。冬梅就往国庆家多跑了两趟，跟国庆的女人在一块喊喊嚓嚓说话，冬梅从没有跟国庆的女人这么亲密过，像是有说不完的知心话似的。其实，冬梅说话的时候，耳朵却关注着外屋打麻将的国庆他们，听他们在说些什么。冬梅就是想从国庆他们有意无意的闲谈话语中探听到她最想知道的，这种事你正儿八经地去问他们，没一个会承认的。这就是冬梅具有心计的地方。有一天冬梅终于从国庆他们的嘴里听到了他们曾经去过破破烂烂的那种地方，找过破破烂烂的那种女人。他们是一边打着麻将一边说笑，说着笑着不知不觉说漏了嘴。但是国庆他们说他们去了那种破破烂烂的地方包不包括德江，冬梅并没有弄清楚。可冬梅断定，国庆他们去过破破烂烂的地方了，找过破破烂烂的女人了，德江能自己一个人呆在被窝里？即使德江自己不想去，跟着国庆这样的人，还能学好？冬梅的脑子里就生动地浮现出一个妖艳女人的形象，两条白腿，两只大乳，一张红口，连眼毛都刷了黑黑的睫毛膏，德江跟那个妖精死缠在一起，德江被那个妖精累得筋疲力尽，冬梅仿佛都听到了丈夫德江特别熟悉的拉风匣似的喘息，脑海里上演着丈夫德江和一个狐媚女人的风流画面。

　　冬梅有好几宿都不搭理德江，不许德江动她。德江不知道冬梅这是怎么了，一头雾水。就反省自己说什么话惹冬梅生气了，可是却又想不出自己哪一句话说得不妥。又想是不是自己什么事做得不好，什么事呢，难道还是晚上自己什么地方做得叫冬梅不能满意？德江百思不得其解。冬梅连衣裳也不脱，也不跟他睡。自己一个被窝，搂着女儿丹丹睡。德江在冬梅的背后捅她，冬梅也不理睬，将被子裹得紧紧的。德江显出足够的耐性，一直不停地骚扰下去，不是在冬梅的屁股上掐一把，就是干脆把冬梅往自己的被窝里拽。而冬梅却搂着丹丹不撒手，结果就把丹丹弄醒了，丹丹醒了就紧紧搂住母亲的胳膊不放。德江特别惋惜这么无比珍贵的夜晚就这样白白地浪费了。

到了德江要走的日子，冬梅却突然做出了一个让人十分不解的举动，冬梅说什么也不让德江再出去打工，说宁肯受穷，宁肯一辈子住破房子。德江说你看你这是干什么？怎么说变就变呢？不是说好的吗，咱这房子眼看就不行了，你看村里顶数咱家的房子破，不出去打工，拿什么盖新房子？冬梅拿鼻子哼一声，等新房子盖上的时候，说不上谁来住呢，我有没有那个福还不知道呢。德江明白了媳妇冬梅是担心自己在外面久了学坏，会再找一个别的女人。德江就笑了，搬过冬梅的脖子，说你就一百个放心吧，你丈夫是个啥人你还不知道？冬梅说算了吧，你们男人哪。冬梅显然是对丈夫德江不信任。不仅对自己的丈夫德江不信任，对所有的男人都不信任。说男人都是馋猫，只要一离开家，到了外面的花花世界，没一个不花心的。德江实在说服不了冬梅，就将两个人的父母都找来相劝，可不管怎么劝，冬梅始终不同意，始终只认一个理，挣钱有什么用？盖新房子有什么用？不等钱挣回来，不等房子盖上，家先散了。我宁肯受穷，宁肯住破房。大家都觉得冬梅的脑子可能是出了问题。

德江最终还是走了。德江是偷着跟国庆他们一起走的。德江走的时候眼圈通红。在车上给冬梅发短信，告诉冬梅，其实他是一百个一千个不愿意离开家。家多好呵，有老婆，有孩子，有热炕头。但是为了他们那个美好的梦想，他一定咬牙坚持几年，再苦再累也要坚持。到时候，德江一定给你盖一座红砖彩钢的漂亮房子。冬梅看一眼短信，将手机扔到一边去，骂句死鬼，一头趴在炕上呜呜地哭起来。

半　生

　　高中毕业二十多年之后，多年难得一见的老同学，见面的机会一下子多了起来。到了这个年龄段，不是你家的孩子升学，就是他家的孩子结婚，各种"升学宴""结婚宴"接二连三。于是，天各一方的老同学，借喝酒的引子，大老远的凑到一起，见见面，叙叙旧，跟女同学半真半假地开开玩笑——念书的时候可是连句话也不敢说呀，感叹一番"忆往昔，峥嵘岁月稠"，似极快意。可是呢，左一次喝酒，右一次聚会，却从没见到过陈万喜。

　　我们当时的班主任老师姓廉、廉老师，教我们语文。如今已经快七十岁了，银发如雪，见了我们这些二十多年以前的学生，亲热得不得了，拉住手不松开，打听这个怎么样，打听那个怎么样。打听最多的正是陈万喜。别人，我们还能给廉老师提供点讯息，可是关于陈万喜，我们却谁也说不上他的近况如何。连当时跟陈万喜住一个大队，俩人时常在一块走路的同学赵亮，跟大家联系的比较多，都以为他会知道些啥，可是一问陈万喜现在怎么样，他也是直抓光头，说不出个子午卯酉。对于大家来说，我们的老同学陈万喜可谓是销声匿迹下落不明。

　　看得出廉老师的失望。酒桌上满怀希望地瞅着我们，端着酒杯的手哆嗦得很明显，按个儿嘱咐，样子竟像是恳求，谁有了陈万喜的消息，知道陈万喜的电话，应该马上告诉他。临别再一次拍着各位的肩膀郑重地叮嘱一番。看着大家露出的疑惑，有一次喝得有几分酒意的廉老师，终于告诉我们，他想当面向陈万喜道个歉。他当年做过一件对不起陈万喜的事。廉老师重重地叹息一声。

　　陈万喜跟我们在一起念书的时候，我们都是十七八岁的青少年。陈万喜似乎还要比我们大上一点，长得比谁都结实，掰腕子，没人能掰得过他，全是他的手下败将。为此陈万喜有点沾沾自喜。在家里，什么农活都帮大人干。上学来，身上还带着劳动的泥土。陈万喜的父亲身体不大好，有肺病，咳嗽，常年吃药，干不了重活，家中日子过得紧巴紧。那时候本来同学们的穿戴都很差，可陈万喜的穿戴更是比谁都差。陈万喜不爱说话，寡言少语。也不淘气。下雨天，操场上没法玩，就在屋里，变着法地玩。谁想出个怪主意，在黑板上用粉笔画个不大的圆圈，然后站到教室的后面，从鞋底儿上抠下泥，抟成蛋儿，往那白白的圆圈里投，像投标，像打靶，看谁准。男生几乎都参加进来。不一会儿，黑板上就粘满了密密麻麻的黑泥球。唯独陈万喜站在一边看，顶多跟着龇牙乐一乐。一乐，露一口白牙。陈万喜的牙居然很白。陈万喜居然天天刷牙。而那时的我们，还没有天天刷牙的习惯。也许是陈万喜面相长得黑的关系，牙就显得格外白。所以，班级里，论脸长得最黑的，数陈万喜，论牙长得最白的，也数陈万喜。好像是，陈万喜特别爱自己的牙，也爱乐。一乐，露一口白牙。兜里揣个饭碗底儿那么小的一个小圆镜子，没人的时候偷着拿出来照照，摩挲摩挲头发。这是谁都想不到的。因为只有女生兜里喜欢揣那玩意儿。有一回镜子被同桌无意中掏落到地上。同桌是掏爆米花吃，却掏出个圆圆的小镜子。小镜子像车轱辘似的滚出老远，陈万喜的脸登时羞得通红。陈万喜害怕女生。面对女生的时候，总是羞答答的，温顺得像个小猫，说话的声音也小得像个猫，谁都听不见，声音含在嗓子眼里，跟人掰腕子的那股凶狠劲儿一点也没有了。不像赵亮那样，愿意往女生跟前凑，越有女生越是兴奋，越能嘚瑟，咋咋呼呼。赵亮个高，精神，篮球打得好，穿戴也好，有嘚瑟的资本。陈万喜相反。陈万喜是见着女生就躲。自卑也好，害羞也罢，反正不敢往前凑，而是往后躲。当然，学习方面嘛也算不上刻苦。书本放在桌子上，翻开，看意思也想学，可是呢，拿起书本就犯困，就不由自主，没瞧上两行，眼皮打起架来，一个劲磕头。便用双手托住下巴。眼皮勉强睁着，却半天也不见翻一篇儿。多数时候，就么么睡着了。有时候，同桌会拔根头发丝，伸进他的耳朵眼里，陈万喜耳朵一痒，醒了。老师同学都说陈万喜是个"大觉迷"。书包挺大，却是瘪瘪的。开学之初作业本还样样齐全，没多久，就缺胳膊少腿，被他爹撕去卷烟了。用老师的话说，学习目的不明确。不光是陈万喜，那时候，大家的学习目的都不明确。念完书干啥呢？还不是回乡务农。书念得好坏，全凭个人爱好和兴趣。在遵守纪律、响应学校号召方面，没说的，陈万喜绝对是个好学生。学校有什么劳动，拣粮拣柴、抹平房、铲操场、掏厕所，或者农忙季节上生产队去"支农"，班主任廉老师对陈万喜的评语是"热爱劳动，助人为乐"。回回都能当上"劳模"，上"光荣榜"。

陈万喜出事那年，是个夏天。应该是暑假开学后不久，同学当中偷偷流传一种说法，说陈万喜……说陈万喜偷看女生上厕所。乍一听，我们都吓出一身的鸡皮疙瘩，不相信是真的。我们学校的厕所，在教室的后面，是学生们自己就地挖土，再拌上麦秸，不用脱坯，直接挑水和泥，用洋锹一锹一锹插起来的。很简陋，既无门，也没顶，只有那么个一人多高的土墙围成的四框。里边挖溜深沟，便是粪池子。粪池上面，顺着，担着两根方木头，木头上再横着钉了一块一块的宽木板。一长溜厕所，中间被一道土墙隔开，一面是男厕所，一面是女厕所。年头一久，风吹雨打，墙头越来越矮。过去真的不止一次发生过有人扒墙头看女生上厕所的事。把女生吓得，怎么说呢，不顾一切，拎着裤子跑出来。你想，人家正蹲在那里解手，猛然发现身后的墙头上趴着一张脸，呼哧呼哧的，不吓死才怪呢！有的女生不只是吓得尖利的哭叫那么简单。有的女生甚至有种没脸见人的感觉，从此再不肯来上学。辍学了。人们当然要骂那个扒墙头的人，是流氓什么的。陈万喜，那么厚道的人，能干这种事？不可能吧。观察陈万喜，也跟平常没啥两样。虽然半信半疑，但大家看陈万喜的眼光里就多少含着些鄙夷。陈万喜似乎也觉察到了大家眼神的异样，心里明白他偷看女生上厕所的事大概是被人知道了，所以见了谁目光都是躲躲闪闪，也不说话，把头低下来匆匆走路。因为脸黑，看不出脸红不红。本来就不怎么合群的他，这下就更是独来独往了。旷课的情况也越来越多。大家都以为陈万喜要念不下去了。其实在陈万喜偷看女生上厕所这件事情上，我们男生更感兴趣的，是陈万喜究竟看到了什么，那个被陈万喜偷看的倒霉女生又是谁。陈万喜看到了什么，除了他本人，别人无从知晓。这将永远是个谜。而那个被这小子偷看的女生，她到底是谁呢？被人看了之后，会是个什么样子？都很焦急。一面悄悄打听，一面胡乱地猜疑。七嘴八舌，猜这个，猜那个，基本都往长得好看的女生身上猜。却始终确定不了是谁。于是大家便把希望寄托在班主任廉老师身上，以为班主任老师肯定要在班级说这件事。班主任在前面一说，大家就会看到那个趴在桌子上不敢抬头的女生，肯定就是被陈万喜偷看的人无疑。可是班主任廉老师一直也没有说。就好像廉老师根本就不知道有这回事似的。我们像热锅上的蚂蚁，廉老师却若无其事。说实在的，当时我们每个男生的心情都差不多，都十分迫切地想揭开这个天大的谜底。甚至，有一种跃跃欲试的样子，比比看，到底谁的眼光厉害，能最先把这个谜底揭开，把那个被陈万喜偷看的女生给发现出来。结果呢，看谁都像是被陈万喜偷看过。女生们见我们男生用幸灾乐祸的眼神,贼溜溜地盯着她们不放,立刻就不自在起来,连走路也一顺边了。全用白眼仁翻楞我们,嘴里嘟哝着什么,看口型是"缺德"两个字,把脖子狠劲扭一边去。

没几天,被陈万喜偷看的女生终于有了眉目,不过不是我们的发现,是传言又出来了。说是黄云香。黄云香跟陈万喜是一个大队的,平时接触的机会比别人多一些。据说,那天,黄云香上学,走在庄稼茂密的田间小路上。由于庄稼的遮挡,黄云香没有注意身后不远还走着陈万喜。黄云香可能当时有点内急,就拐进旁边的苞米地去解手。关键是黄云香没有往苞米地里多走几步。一个呢,可能是黄云香以为跟前没人,一个呢也可能是黄云香有点害怕,结果黄云香还没有起来,还蹲在苞米地里,陈万喜就走过来了。谁也说不上陈万喜知不知道黄云香是进地里去解手的。陈万喜一过来,黄云香就慌慌地提裤子。结果越慌乱,越是不能顺利地把裤子提到位。提上了,却系不上裤带。裤带半天摸不到。陈万喜呢,就那么傻傻地看着,也不把头转一边去。等黄云香前面拎着书包跑了,陈万喜才回过神来。还有个说法,说的不是早晨迎着朝阳上学,而是晚上放学,是黄昏时分,刚下过一阵雨,晚霞穿透云朵,普照大地。树木,庄稼,草地,村庄,还有村庄上空飘着的袅袅炊烟,还有天上的燕子,地上的牛羊,统统笼罩在橘红色的霞光里。庄稼叶子上,树叶上,草叶上,都还挂着亮晶晶的雨滴,晚霞一照,映射出万道霞光。远处有片葵花,更是黄澄澄的鲜亮无比,葵花们拥拥挤挤,争着把一张张妩媚的笑脸献给迷人的晚霞。这种景象,往往会令人情绪陡然高涨,诗情画意涌上心头。可惜陈万喜不会写诗,也不会作画。陈万喜当时是个啥心情,激没激动,不得而知。陈万喜一直慢慢跟在黄云香的后面,不远不近,保持着一定的距离。说是跟踪、尾随也行,说是保护也行。黄云香走着走着就拐进了旁边的苞米地。黄云香啥时不见的,陈万喜没注意。陈万喜被远处耀眼的葵花吸引了。葵花向阳，葵花真美。陈万喜大概就唱起了那首熟悉的歌曲，《社员都是向阳花》。陈万喜唱着唱着就不走了，站下，站在那儿，可能是纳闷黄云香怎么不见了呢？正纳闷呢，听见里面有声音，陈万喜忽然蹲下，把头歪得很低，从苞米叶子的下面，往里看。

不管是哪一个说法，反正黄云香解手被陈万喜偷看的事很快传开了。我们是在二十多年以后才知道廉老师当时是知道这件事的。而且比我们知道得更清楚。我们当时就猜，是谁把这件事说出来的呢？是黄云香自己吗？那样的话，黄云香是不是有点傻？自己的屁股被人看，也不算什么光彩事，还觍着脸告诉别人？可是，不是黄云香自己把这事说出来，还能有第三个人知道这件事？陈万喜自己绝不会说。后来人们就推断，陈万喜看黄云香解手的时候，在他的身后，还有别的学生，正好把这一幕看在眼里。那么，这个亲眼目睹了偷看事件的第三个人又是谁呢？

廉老师怎么知道的，是听谁说的，只有廉老师自己知道。廉老师虽然表面上没有什么反应，但心里其实是很生气的。对陈万喜的印象一下子改变了。无论陈万喜再怎么能干，再也没有当上过"劳模"。那一年的期末鉴定，廉老师给他作的也不好，把"品行不端"这样的话干脆写进了鉴定里。这是廉老师在二十多年后，一次喝酒的时候跟我们说的。廉老师在二十多年后回忆起这件事的时候，内心充满了悔恨。廉老师说他当时不应该感情用事。

我们毕业之后全班四十几个同学就都作鸟兽散了。记得当时全班同学骑着自行车，跑了三四十里地，上邻县县城照了张毕业相，因为我们公社中学所在地距离邻县县城比本县县城近一半还多。许多年以后，我才偶然发现，那张毕业照上，没有陈万喜。

廉老师说，他当时的那个所谓"实事求是"的鉴定，给陈万喜后来的人生道路带来了极其不利的影响。什么样不利的影响呢？我们只有通过与陈万喜住一个屯子的同学赵亮了解。关于陈万喜毕业之后的情况，赵亮知道的应该比我们多一些。陈万喜毕业之后先是要当兵，身体检查完全合格，家庭成分是贫农，社会关系也好，历史也清白，这样，政审完全没有问题。可弄来弄去，后来却没当上。过两年，大庆油田来招工，比陈万喜条件差的都去上了，到最后，弄来弄去，唯独把陈万喜给刷下来了。人们都被这样的结果搞得莫名其妙。当时谁也没有想到会是廉老师的那份期末鉴定坏了事。当时，部队的人，招工的人，都上陈万喜上学的学校了解过情况，连陈万喜上小学的学校都去过了。翻出了有关陈万喜的档案材料，看到"品行不端"这样的鉴定，事情就彻底凉快了。陈万喜什么也没当成，把陈万喜有病的父亲气得病情更加严重了，咳嗽个不停，翻着白眼珠骂陈万喜，骂一阵还要停下来喘上一会，吐一阵痰。按着陈万喜他爹的脾气，若是早先，陈万喜这顿打早挨到身上了，可如今陈万喜他爹已经没了打人的力气，打不动了。陈万喜他爹骂得最多的就是，陈万喜丢了老陈家的脸！你个没出息的杂种！你叫我这张老脸往哪儿搁啊？陈万喜他爹打不动陈万喜，就仓房里翻出根麻绳，哆嗦着要去上吊。陈万喜的母亲唉声叹气的，抹着眼泪在身后骂，你个老不死的！家里出了一个丢人现眼的还不够，你也去丢人现眼吗？

赵亮他爹是大队支书，当了一辈子，老了得了中风，半面身子麻，赵亮接了班。赵亮根红苗正，一当也当了十几年。或许是当领导当的年头多了，历练出来了，早不像念书时咋咋呼呼的样子，变得沉稳，自信。肥头大耳，满面红光，偏又喜欢剃个光头，看着，像个和尚。块头大，往那儿一坐，能压住阵脚，显得很有魄力。只是，也是当领导当的年头多了，尤其是农村的基层领导，说话句句都带个唧当，不骂人不说话。一骂，好像威严哪，魄力呀，就都有了。

据赵亮讲，陈万喜在当地说不上媳妇。没有人家愿意把姑娘嫁给他。一个呢是因为他家穷,一个呢是因为陈万喜的名声臭。再后来,赵亮也不知道陈万喜上哪儿去了。起初陈万喜的父母健在的时候,每年还能见陈万喜回来两回。问他也不说在啥地方,也不说干啥,也不说咋样,什么也不说。等陈万喜的父母没了,陈万喜再没回来过。说起陈万喜,赵亮似乎颇有些感慨,说想起小时候的事,怪好笑的。嘴上说"怪好笑的",脸上却又笑不出来。表情复杂,语调滞重。便掏出烟来,狠狠地吸上一口,再徐徐地吹出,吹出一线淡淡的白烟。

陈万喜出事之后,廉老师背后找陈万喜问过,廉老师说他是出于关心学生的目的。他得让他的学生走正路,他不能眼看他的学生走上犯罪的道路。廉老师说,陈万喜脸紫得像猪肝,低着头,抠手指盖,不说话,就是不说话,到最后啥也没说。廉老师由此认定传言不虚了。其实,即使陈万喜真的看见黄云香在苞米地里解手了,到底是故意看的,还是无意中看见的,我们并没有弄清楚啊。廉老师这样说,是后悔当时听信了那个传言,并且很武断地给陈万喜作了"品行不端"那样的鉴定,白纸黑字写在了纸上。

廉老师一再吩咐我们大家,谁有了陈万喜的消息,一定告诉他。廉老师把他的手机号留给大家。

说说黄云香吧。黄云香呢也是一次都没有参加过我们这些同学的各种酒宴。大家在说到黄云香的时候,忽然就把音调压低下来,就像当年人们说"林彪摔死在温都尔汗一样",神神秘秘的。关于黄云香后来的情况,大体是根据赵亮所述,真实与否,有待考证。黄云香毕业之后,在当地嫁不出去,都知道她在苞米地解手被人偷看的事。其实,这本来并不是多大的事,不就是解个手被人看见了吗?但屯子人不这么想。屯子人在男女关系方面,具有更浓厚的兴趣,更丰富的经验,更浪漫的想象力。可不能小看了那些妇女,闲来无事,走东家,串西家,嘴里吓吓地飞着瓜子皮子,说,那么大片苞米地呀，就她两个人，你想啊，能是光看看的事吗？谁信哪！说死也不信。末了用鼻子哼一声，这个小喜子，蔫了吧叽的，想不到还有这么大胆子！你说说！不知是夸陈万喜胆子大呢还是羡慕陈万喜有艳福。抛开屯子人怎么想不说，单说这个事，屯子人怎么也知道了呢？有一段时间，吃过晚饭没啥事，屁股往炕沿边上一坐，脑袋挨着脑袋，叽叽喳喳，叽叽喳喳，不说别的，全说老陈家的小喜子跟老黄家的小香子怎么怎么。什么叫"好事不出门，坏事传千里"？这就是。屯子人称呼谁，不习惯称呼人的大名，习惯叫小名，即乳名。看见黄云香，管黄云香叫"老黄家的小香子"，无论老爷们还是老娘们，都用那样一种特殊的眼神，贼亮贼亮，肆无忌惮地盯着黄云香看。黄云香远远过来的时候，他们盯着人家前面看，等黄云香慌慌地走过去了，他们还要盯着人家的后面看，一直看出老远，看不清了，看不见了。看什么呢？前面吧看黄云香的肚子大没大，后面吧看黄云香的腰粗没粗，就是想看出黄云香还是不是个闺女。黄云香后来远嫁内蒙古，具体地点好像是大雁煤矿，丈夫是个煤矿工人，是不是下井挖煤不知道。因为远，黄云香回家的次数也少。连她的家里人都不知道黄云香在那边的日子究竟过得怎么样。

廉老师有一天忽然接到赵亮的电话，赵亮告诉他，说他有了陈万喜的下落了。廉老师一听很激动。能不激动吗？赵亮说，是他老婆打听到的。赵亮是替他老婆邀功的口气。赵亮的老婆跟黄云香的妹妹关系挺好，春节回家，赵亮的老婆去看她，闲说话说到黄云香。黄云香的妹妹说，开始的时候，黄云香的丈夫不下矿井，工作挺清闲，但挣得没有下井多。后来就主动要求下井。没几年就出了事故，在一次塌方中，同组的工人砸死两个，黄云香的丈夫拣了一条命，只是砸断了腿。属于工伤，从此在家呆着，矿上照样给开工资。这样一来，家里外头，就全靠黄云香了。要不是有陈万喜，黄云香的日子不知道有多难呢。黄云香的妹妹无意中说出了陈万喜。赵亮的老婆就问哪个陈万喜？黄云香的妹妹说还能有哪个陈万喜？陈万喜当初打听到黄云香嫁到大雁煤矿之后，便只身一人千里迢迢来到大雁煤矿，下井挖煤。赵亮的老婆问黄云香的妹妹，陈万喜肯定是扑奔黄云香去的。黄云香的妹妹不置可否，说陈万喜去大雁煤矿，开始她姐姐黄云香不知道，后来才知道的。赵亮的老婆就疑惑了，说那陈万喜为什么上那么远的大雁煤矿去挖煤？赵亮的老婆心里明镜似的，陈万喜就是奔黄云香去的。黄云香不在大雁煤矿，陈万喜怎么会上那去？那么远？千里迢迢的。黄云香的妹妹恨恨的，说他那个人，有毛病！黄云香的妹妹说陈万喜的脑子有毛病，其实是有点恨陈万喜。不是因为陈万喜，她姐姐也不能嫁到那么远。赵亮的老婆心里就有几分感触，鼻子发酸，眼圈一下子红了。不过嘴上却说，陈万喜这个人，贼心不死，心里一直惦记着你姐姐黄云香呢！

陈万喜在大雁煤矿属于盲流身份。因为肯吃苦，干得好，再加上黄云香找了丈夫的亲戚帮忙，后来回家把户口起去落在了大雁煤矿。黄云香的丈夫出事之后，家里有啥事，黄云香都去找陈万喜。在别人眼里，黄云香跟陈万喜是黑龙江老乡，关系比一般人近是很正常的。黄云香的妹妹则透露说，陈万喜从小就黏糊她姐姐。念书的时候，学校干个啥活，拣粮拣柴，陈万喜每回都偷偷帮黄云香拣，帮黄云香扛。黄云香呢，从不吭声，也不说谢，也不拒绝。

陈万喜打光棍打了十几年，一直到三十大几了，在黄云香的撮合下，才娶了个当地的年轻寡妇。煤矿寡妇多。黄云香早就有意帮陈万喜成个家，陈万喜始终不同意。黄云香知道陈万喜的心思。对陈万喜说，你这是何苦呢！好歹有个家，回家吃口热乎饭，晚上有人暖被窝，不比一个人强？眼瞅半辈子就这么过去啦！陈万喜每天工作在黑暗的矿井下，脸更黑，牙更白。陈万喜大胆地看着黄云香。看着黄云香头上的几根白头发在阳光里一闪一闪，咧咧嘴，嘴唇嚅动着，似有千言万语，最后只憋出一个字：姐……

廉老师良久无语。廉老师问赵亮知道陈万喜的电话不,赵亮说不知道。廉老师说赶紧,让你媳妇再问问。廉老师说,这辈子如果不亲口跟陈万喜说句对不起,就是死了这眼睛也闭不上啊!

不过赵亮并没有把他老婆打听到的事全部说出来。赵亮的老婆通过黄云香的妹妹,还知道了赵亮当年也看上了黄云香,但黄云香看不上赵亮。无论赵亮怎么像靠近组织那样靠近黄云香,黄云香始终对赵亮不理不睬。黄云香每天是走着去上学,所以比谁都走得早。路上常常只有黄云香一个人。赵亮骑自行车,从后面赶上来,要带黄云香。黄云香不干。赵亮在路中间挨着黄云香骑,黄云香就靠到路边去走。赵亮上路边上再挨着黄云香骑,黄云香就上路中间去走。赵亮再上路中间骑,黄云香就再靠到路边去走。赵亮干脆下来,推着自行车跟着黄云香走。黄云香就往地里走。地里有垄沟,有庄稼,自行车没法推。赵亮看见过陈万喜帮黄云香拿过东西。赵亮也想学陈万喜的样子靠近黄云香,要用自己的自行车帮黄云香带柴火,带粮食,带粪,干什么黄云香都一概拒绝。赵亮就有那么点悲哀。伤心地想,我还不如陈万喜吗?那么穷,那么黑,一杠子压不出个屁!不就是牙白点吗?

返 城

马立新这帮知青刚到农村的时候,对农村的生活一点也不习惯,看什么都不顺眼,心情很长时间也好不起来。农村到底不比城市,处处都是泥土,每天都跟泥土打交道,风天一脸土,雨天两脚泥,走的是土路,住的是土房,睡的是土炕。刚开始马立新他们这帮知青们连饭也吃不下,连觉也睡不着,嫌知青点食堂做的饭不干净,清汤寡水的也不好吃。睡觉呢是一溜人挤在一铺大炕上,一点自由的空间都没有,躺在被窝里浑身上下不自在。所以马立新他们这帮知青有一段时间干脆不吃食堂的饭,到旁边的供销社买干粮吃,饼干,面包,再喝瓶汽水。夜晚呢也懒得睡觉,一直闹到下半夜实在困得睁不开眼睛了,才囫囵着一躺。更闹心的是下雨天,知青们简直就是望雨兴叹,连上一趟厕所都犯愁,出屋便踩两脚稀泥,一个个两手提着裤子不知往什么地方落脚。这让马立新他们这帮知青更加怀念哈尔滨那宽阔的柏油马路,雨后的柏油马路被冲洗得更是干干净净清清爽爽,连一丝灰尘都没有的。每天劳动的时候,知青们只和知青们在一起,从不跟社员们在一起,知青们嫌社员的牙黄,脖子黑,浑身散发出酸臭的汗味。知青们始终保持着城里人的习惯,坚持天天刷牙,天天洗脚,天天用脸盆洗澡,衣服也几天洗一回,绝不让衣服的领子穿得像社员那样黑。可是慢慢慢慢,无休无止且又繁重的体力劳动弄得知青们筋疲力尽,他们已经没有心情讲究个人卫生讲究穿衣戴帽什么的了。结果没多久,一个个造得跟社员们差不多一样,又脏又臭狼狈不堪。

让马立新他们这帮知青最讨厌的农活大概有这么几种,一个是春天播种的季节,经常赶上刮春风,五六级七八级的大风是春天里经常出现的沙尘天气,赶上这种天气,种地的社员和知青们,人人的鼻子、嘴、耳朵,甚至眼睛,只要能灌进土的地方都罐进了土,知青们人人带着黑墨镜也无济于事。沙尘从领口一直钻进衣服和裤子里,粘在汗湿的身上。那时刻,马立新他们这帮知青就特别特别怀念城里的澡堂子,想着此时此刻若是能在澡堂子里泡上一回,该有多么多么舒服痛快!可惜呀。还有一种农活令人想起来就浑身难受,从心里往外发憷,这便是割小麦和打麦子。割麦子的季节一般是阳历的八月初,正是盛夏时节。割小麦不能贪黑不能起早,也就是两头不带露水,不同于干别的农活可以趁着阴凉干,生产队割小麦专门选择一天当中太阳最足最热的时候,因为这样捆起来的小麦干爽,不会捂垛。所谓捂垛,也叫烧垛,就是潮湿的麦子垛起来之后,慢慢会发热生芽子,而生了芽子的麦子打出来的面粉也不受吃,发黏。割麦子的人必须将腰弯成九十度以上,随着一刀一刀地割麦子,身体也一起一伏、一起一伏,远远望过去,好像无数的人在茫茫的麦海上浮沉。太阳白炽的光芒差不多要将金色的麦子点燃,收割的人们似乎置身于一片火海之中。麦子拉到场院,麦垛像一座座高大的圆锥形的麦塔耸立着,麦塔与麦塔之间的空隙常常是知青们幽会的最佳去处。初时社员们经常去那地方撒尿,后来碰上了知青在里面搂搂抱抱,社员们羞得满脸通红地出来。打麦子的活虽不是十分劳累却是十分的埋汰,打麦机轰轰一响,喷云吐雾尘土飞扬,人们好像在硝烟滚滚的战场上拼杀,拼得你死我活,用不上一会的工夫,打麦子的人一个个都变成了非洲黑人,连牙齿都是黑的,汗水会在他们脸上冲出一道道沟沟壑壑。

知青们从小在城市长大，农村这个广阔天地知青们实在不适应，贫下中农的再教育知青们一时也难以接受。坚持不住的时候，女知青可以常常用哭用泪水来宣泄一下心中的委屈和压抑，排遣一下郁闷和绝望；而男知青们呢，则用狼一样的歌喉唱着"没有眼泪，没有悲伤"，唱着"娘呵，儿死后你就把儿埋在那大路旁"，用歌唱来发泄心中的惆怅和忧伤。这狼一样悲伤的歌声常常半夜在寂静的村庄上空回荡。

从繁华美丽的城市来到艰苦落后的农村，知青们的情绪既消沉又悲凉。他们看不到回城的希望，犹如漫漫黑夜看不到黎明的曙光，不知道什么时候才能熬出个头，于是破罐子破摔成了许多知青对待生活的基本态度。马立新的消极抵触情绪尤为强烈，成了红旗大队知青当中最调皮捣蛋，最不服从领导的第一人。生产队长分派的活计马立新根本不干，得他自己挑活计，挑那种相对又清闲又干净的活计，比如给割地的社员送送水啦，比如赶着羊群上甸子上去放放羊啦，比如秋天腋下夹把镰刀看看青啦，反正是他想干啥就干啥。但是他想干的活计他也并不往好了干。送水不及时，社员们渴得嗓子直冒烟，望眼欲穿的，等把挑水的马立新盼来了，两只水桶里总共才只能有一桶水，根本就不敢放量喝，却又敢怒不敢言。马立新放的羊，几乎每天都丢。马立新将羊往甸子上一赶，人则往草地上一躺晒太阳睡大觉，羊们愿意吃什么吃什么，愿意哪儿去哪儿去。马立新看青倒是蛮认真的，动不动就把社员家的猪呀狗的拿镰刀砍的鲜血淋漓。生产队长开始还想指教指教，可马立新眼珠一瞪，张口就是"尿养的"，这是当年哈尔滨知青中最流行的一句脏话，是城市知青们的专用语汇。后来生产队长也就不敢指教了，任由他去。马立新干脆什么活也不干。马立新什么活也不干，生产队给干活的知青记多少工分必须给他也记多少工分，少一分也不行。

除了挑活计，马立新的调皮捣蛋还表现在挑吃挑喝上。马立新不干活儿生产队长也不计较了，最让生产队长挠头的，是马立新不干活儿还三天两头就闹毛病，闹了毛病就派人通知厨房，要厨房的师傅专门给他做"病号饭"。人家一般的病号，大多没胃口，什么也吃不下，吃什么也吃不出个香滋味，所以一般的病号喜欢吃点稀的，小米粥、疙瘩汤，或者是鸡蛋羹什么的。可马立新有病，专门要好吃的，油水大的，猪肉炖粉条、羊肉炒辣椒、排骨炖豆角、小鸡炖蘑菇、大鹅炖土豆、狗大腿蘸盐末、牛肉馅饺子、马肉馅包子，等等。马立新点的菜基本代表了我们东北农村菜肴的最高水平，一般的酒席上也很少见到。厨房平时没有这些东西，厨房平时只有白菜土豆、玉米面窝窝头、小米干饭，马立新当然不喜欢吃这些，马立新说那是病号吃的吗？马立新派人叫生产队长给弄。生产队长只好一样一样给马立新预备齐，送到知青点的厨房给马立新做病号饭。猪肉可以到街上去买，排骨可以到街上去买，小鸡大鹅么社员家是可以赊账的，得多给几个工分，否则都说是正下蛋的母鸡母鹅，给多少钱也不卖。社员一见生产队长上社员家赊鸡赊鸭的，就知道又是给知青弄"病号饭"呢，便趁机要挟一把生产队长。马立新特别喜欢吃狗肉，将烀烂的狗肉拿手撕成条，蘸盐末吃，再整二两烧酒，那滋味，东北一绝呀。只是农村虽然狗多，但不到冬季是不会有人家勒狗的。因为只有到了冬季狗毛才长得浓密茂盛，狗皮才能够成用，做狗皮帽子什么的。但马立新不管这些。马立新不管什么时候，只要馋了，就一定要想方设法吃到嘴。隔三差五就弄条狗吃。知青们的招数自然是夜晚到老百姓家的院子去逗狗，将狗引逗出来，将夹着毒药的馒头扔给追赶自己的狗。知青们来的那些年，农村社员家的狗没少丢。农村能吃到的应该说马立新都吃到了，唯独没有吃过马肉馅包子。有知青向生产队长委婉地转达了马立新的这个意思。生产队长派人上街去买却并没有买到。马除非病到不可救药地步否则平常是不会有人杀马的。马立新望着马圈里一匹慢慢吃草的老马,这么老的马白吃草料,杀了算啦。生产队长说这可不行。那匹老马虽然下不了地干活但还能推碾子拉磨呢。生产队的马个个都是好马,眼下正是大忙季节,马哪能杀得?!生产队长不敢得罪马立新,但在这种大是大非面前,生产队长还是坚持原则。马立新说吃的就是好马,病马谁吃呀。生产队长说这得请示公社,我做不了主。大忙季节把马杀了,公社知道了,这可是犯错误的。你是知青,你去请示请示公社,或许公社能答应。马立新听出生产队长的话里带有讽刺挖苦他们知青的意思。马立新说看起来,你是不欢迎我们知识青年"上山下乡"啊。知识青年上山下乡给你们贫下中农添麻烦了是不是?生产队长忙笑说那哪能呢。欢迎欢迎,热烈欢迎。马立新说欢迎我们也不愿意来这破地方。生产队长说等过了这大忙季节,我一定让你吃上马肉馅饺子。马立新吃不上这顿马肉馅饺子,连看见马都生气。一次马立新夺过车老板的鞭子猛抽拉车的一匹不听话的小马,马立新的鞭子不像人家赶车老板的鞭头子那么准,专门用鞭梢鸹马的嘴丫子,却又打不到马眼睛。可马立新的鞭子就不行了,没那个功夫,鞭子往马的身上一顿乱抽,不管脑袋屁股,马立新恨不得将那匹马抽死,抽死了好吃马肉。一旁的车老板怕马立新抽瞎了马眼,上去往下抢马立新手里的鞭子,马立新不给,马立新不但不给,反将这位社员当成马一样劈头盖脸地抽。

夜晚看露天电影的时候往往是知青们最快乐的时光,知青们将平时不能穿的好衣裳都穿出来,男男女女个个鲜鲜亮亮。看不看电影都不是主要的,其实多数电影他们早就在城里的电影院看过了,知青们为的就是有那么个机会将自己喜欢的衣服穿出来展示展示,同时也是在暗暗的跟别的大队的知青们比一比。马立新的大名早就传遍了全公社,别的大队的知青听说了,有跟马立新一样喜欢调皮捣蛋争强好胜打架斗殴者,想领教领教马立新到底有多牛,于是他们选择夜晚看电影的时候发动突然袭击。红旗大队的知青们谁也没想到会突然遭到了前进大队知青们的围攻，红旗大队的知青们被打个措手不及，马立新的屁股被前进大队的知青扎了一刀。可惜了一条喇叭筒裤子，粘了淋漓的血迹。马立新他们这帮知青当时一下子没弄明白到底是什么人打的他们，过后用了很多时间和精力才搞清楚。等到下次看电影的时候，红旗大队的知青们也做好了充分的准备，身上暗藏了棍棒菜刀，打算报上次那一刀之仇。可是一连几次都没有得手，人家前进大队的知青们早有防备。后来马立新干脆半夜领着红旗大队的知青找上门去，将前进大队的男知青们堵在宿舍里，马立新将那个领头的知青扎成了残废。那时候，知青们相互打仗斗殴是常有的事。情绪不好嘛。

　　谁也不会想到几年之后知青们的命运会发生那样大的逆转，知青们开始返城了，陆陆续续回到了原来的城市。起初并不是一下子都回去的。先是从知青里面挑平时表现好的，意思是"接受贫下中农再教育"接受得好，所以就让他们先返城。而那些"接受贫下中农再教育"不怎么好的知青，就得继续留在农村"接受贫下中农再教育"。这一下轮到那些平时不往好表现的知青傻眼了。应该说知青们做梦也想不到还会有回城的这一天，以为这辈子再也回不到城市去了，谁也没有看到"黎明的曙光"，个个心中充满了悲观失望。早知道"曙光就在前头，胜利在向我们招手"，再苦再难也心甘哪。知青当中闹得最欢的马立新，乍一听到这个消息反应最强烈，马立新暴跳如雷。马立新的反应跟那些欣喜若狂的知青们正好相反，马立新摔饭碗摔水杯，赤手空拳砸知青点的窗玻璃，从炕上蹦到地上，从屋里跳到外面，气急败坏歇斯底里，那些欣喜若狂的知青们吓得连高兴也不敢高兴了。马立新知道自己必然是留在农村继续"接受贫下中农再教育"当中的一员，知青们谁都能回城就他马立新不能回去。马立新认为，上级制定这样的政策明显是冲着他马立新来的。

上级这是故意整他。马立新认为这个上级就是大队，就是公社。马立新找大队管知青点的干部，找公社知青办，找县知青办，一级一级找，结果人家的答复都是，他们没有制定政策的权力，这是上边的政策。知青办的领导将下巴往上撅撅。马立新说上边是哪儿？是地区？是省里？马立新的意思是，如果是省里的话，或许还可以找找。知青办的领导摇摇头，再一次将下巴往上撅撅，说是中央。中央不会知道有个马立新的。但中央知道像你马立新这样的知青不少。然后知青办的领导安慰马立新说，回去好好接受贫下中农再教育，一定有机会。不要再瞎胡闹了，越是胡闹越是回不去城里。我说的是实话。什么人也不能跟国家的政策对抗。

马立新果然像变了个人一样，将自己平时经常穿的好衣服暂时搁置起来，穿一身干活穿的破旧衣服，腰间甚至还像老农那样扎了根麻绳，脚上一双黄胶鞋粘满泥巴。这身打扮让社员们见了都忍不住乐。马立新的理解，接受贫下中农再教育，就是要把自己打扮成农民的样子，跟贫下中农打成一片，像农民那样劳动，像农民那样说话，再像农民那样穿衣裳，什么时候把自己糟害得跟农民一个样了，什么时候算是接受贫下中农再教育接受得好了。接下来马立新开始改正自己的坏脾气，尽量将自己每天的情绪调整得好一些，对人不吹胡子瞪眼，说话呢也尽量文明礼貌，尽管那句"屄养的"几乎句句不离，成了口头语，但并不是故意要骂谁，知青们连吆喝牲畜也骂"屄养的"，别人也就没人跟他们计较。二是不挑吃喝，食堂做啥马立新吃啥，知青点厨房的病号饭明显少多了，各家各户鸡犬不宁的现象基本没有了。三是服从领导，社员干啥马立新他们这帮知青们干啥。当然生产队长知道知青们不比社员，有些活计知青们确实干不了，比如起牲畜圈，又脏又臭，比如冬天用铁镐刨山一样的粪堆，能把人的虎口震裂，像这样的活计还是尽量照顾他们，不让知青们干。有一次马立新放羊，一只母羊将羊羔生在了雪地上，马立新硬是将那只小羊羔用黄军大衣兜了回来，弄得军大衣上都是血乎乎的脏东西。马立新也累得红头涨脸的。生产队长很是感动，在社员会上表扬了马立新，说小马近来思想有了很大转变，积极上进了，热爱劳动了，热爱公物了，然后就讲了马立新如何如何用自己的军大衣救了那只小羊羔的命。生产队长答应给马立新包马肉馅饺子。

但是转过年第二批返城的知青名额里依旧没有马立新。上级说马立新接受贫下中农再教育还欠火候，还需要再教育一段时间方能看情况而定。马立新觉得自己已经表现得不错了，想不出还有什么地方做得不好，想不出还有什么办法才能让自己表现得更好。他承认自己从前闹得最欢，调皮捣蛋的印象在上级领导的脑子里已经深深扎根了。除非自己做出一件惊天动地的英雄壮举，才能让上级对自己刮目相看。马立新甚至想，假如有一天自己能碰上董存瑞黄继光那样当英雄的机会该多好，举举炸药包堵堵枪眼什么的，为了回城，自己也毫不犹豫。那段时间，马立新特别渴望能幸运地遇上这样的机会。只是像这样能让马立新当一回英雄的机会一直没有出现。

秋末的一个早晨，马立新和一个社员赶着一挂马车往红旗公社粮库送公粮。本来马立新不会赶车，不会使唤牲畜，只是跟车，属于押运的角色，但马立新有时候喜欢拿牲畜开心，对牲畜发发脾气使使性子起码算不了什么的。马立新半路便将赶车的社员撵到后面，自己接过鞭子像模像样地坐到赶车的位置，鞭子在每匹马的身上不分青红皂白乱抽一气。不像人家成熟的车老板子那样赏罚分明，那样爱惜牲畜，手里的鞭子轻易舍不得落在马的身上，只是在马的头上甩一甩，只有偷懒的马才要受到抽鞭子的惩罚，那一鞭子下去是要让那偷懒的马记住自己错在哪里。而马立新的不分青红皂白，让本来正老而苦干的辕马不满，辕马甩甩尾巴，放了个响屁。马立新朝放屁的辕马的屁股上打了一下，辕马鬃毛炸起，马车陡地颠簸起来。这令马立新突然产生了灵感，他打算亲手炮制一件轰轰烈烈的英雄壮举。这个英雄壮举就是，要想办法把行进中的马车的速度弄得跟汽车一样快，让一步一步稳稳当当的马车疯狂起来，让街上的所有行人面临巨大危险，在他们惊慌失措的时候自己再出手控制住马车，这岂不是一件见义勇为的好人好事么？马立新拿鞭杆突然用力捅辕马胯下的敏感处，受惊的辕马一声嘶叫，前半身猛然竖立，脖子高高昂起，撒开四蹄飞跑起来。前面其他几匹马也似乎得到辕马的指令，一起狂奔，马立新又火上浇油，暗暗做着小动作，就是在飞跑的辕马的胯间连连下手。这个动作做得十分隐秘，连车上的车老板也没有注意到。车老板只是着急地要马立新赶紧勒住马的缰绳。马受到连续的骚扰和攻击，愈加疯狂。街道上的行人惊慌失措纷纷逃避。马立新一看时机已到，便奋不顾身跳下马车，一步跃到马车的前面临危不惧勇拦惊马。马立新抱住辕马的脖子，自己的身体被辕马拖着跑。马立新平时身手敏捷，所以此刻并不慌张，他要把这场戏演得十全十美，要让街上的人们看个清楚明白。所以马立新不想马上就将马制服，他想让马车再跑上一段路，再表演表演，然后再收场。可是马立新没有想到几匹马的脾气原来这样大，受惊的马如果不是跑得筋疲力尽是不会主动停下来的。马立新一个人的力量跟几匹马比起来显得那样的微不足道，马立新想要按照自己的意愿收场的时候，却一直收不了场，尽管连车上的车老板也不住地吆喝，但受惊的马此刻是六亲不认，任凭谁的命令也不好使，像充足了电一样只管一路狂奔。马立新感觉大事不妙，弄不好真的要出人命。路上的行人可以逃开，可街上除了行人还有来来往往的各种车辆，马车，汽车，自行车，若是躲闪不及，后果不堪设想。如果这个时候马立新松开马脖子，跳过一边去，马立新完全可以轻松做到，什么事都不会有。可马立新血气方刚，知识青年战天斗地的豪迈气概此刻被激发出来，他跟那匹高大烈性的辕马较上了劲，死不撒手。这时候的马立新只有一个信念，我就不信收拾不了你一个牲口！马立新甚至还想像个熟练的骑手那样一跃跃到马背上去，骑在奔驰的马背上该有多么威武豪迈，可马立新蹿了几蹿都没成功。马立新抱住马的脖子，用双脚当作滞动装置，两只黄胶鞋趟起两道滚滚黄尘。那一刻马立新的大义凛然英勇顽强让许多人感动，也让许多人担心。人们纷纷喊着快撒手快撒手，张着胳膊做出阻拦马车的姿势，可是当马车风驰电掣地冲过来的时候，又都纷纷闪开了。受惊的马车拖着马立新，一路狂奔出二三里地，马立新的力量虽然不足以制止马车停下来，但马立新却可以拼着力气，搬着马的脖子，起着一点掌握马车方向的作用，马立新发现前面有人或者有车，马立新就拼命搬辕马的脖子，可以稍稍改变马车的方向，这样就避免了不幸事故的发生。马立新终因体力不支，双臂一软被甩倒在地上，幸运的是车轮是从马立新的腿上轧过去，而不是从他的胸部或头部，马立新只是小腿被马车轧断了，轧成了粉碎性骨折。

马立新不久就如愿返城了，回到了让他魂牵梦绕的城市，恢复了从前舒心快乐的城市生活。只是马立新的那条腿不可能像从前那样，留下了终身的残疾。

当　兵

　　李春生小时候就特别喜欢刀枪，经常将一根棍子扛在肩上，高抬腿，迈正步，一支胳膊大幅度地摆动，唱《打靶归来》："日落西山红霞飞，战士打靶把营归把营归。胸前的红花迎彩霞，愉快的歌声满天飞。米骚拉米骚，拉骚米斗来，愉快的歌声满天飞。一二三四……"。我跟李春生从小学到高中，一直是同学。关系么，怎么说呢，嘎嘎的。比如说，我的书包，他每天都要检查一遍，不是检查作业，是检查有无吃的东西。炒瓜子啦，爆米花啦，发面饼啦（他说我妈烙的发面饼贼好吃），有的话，根本不用跟我打什么招呼，好像我就是给他带的。当然了，我遇到困难的时候，他也义不容辞。比如我偶尔跟人干仗，他肯定是撸胳膊挽袖子，替我冲锋陷阵舍生忘死。我们一块儿在野甸子上打鸟，一块儿在水泡子里洗澡，一块儿偷生产队的香瓜，一块儿南北屯撵着电影看，特别是"战斗片"，即使是看过无数遍了，故事情节包括有些经典对白都能背下来了，依然场场不落。夜晚看电影，尤其需要伙伴，都是仨一伙，俩一串，否则是要被外屯的小孩欺负的。这样说吧，除了晚上睡觉回家，我们两个基本是形影不离，用我妈的话说，我跟李春生就是多个脑袋差个姓。高中毕业后，作为"回乡青年"，牛哄哄回了生产队，"磨一手老茧，炼一颗红心"，"扎根农村，建设家乡"，准备当一名社会主义新时代的新农民。可是没干上几天就被繁重的农活累傻了。尤其是,睡得正香香的,生产队的钟声就划破了夜空,把社员们从睡梦中叫醒,开始了一天的"战天斗地"。那才叫起五更爬半夜,初时的那点儿干劲和热情早抛到九霄云外去了。我还算幸运,在生产队干了不到半年农活,便考了个民办教师。李春生连考也没考。李春生说,考个啥!斗大的字不认识一麻袋。又说,我才不当那玩意呢。我要当兵!当一名光荣的人民解放军战士。为了新中国,冲啊——!李春生端着一把锄头,把锄头当成了一杆冲锋枪,向远处的一片高坡冲过去,并且以最快的速度占领了"敌人"的阵地,然后把衣裳脱下来,像挥舞着胜利的旗帜那样朝我们挥舞着。

那时当兵,对于一个农村青年来说,绝对是一件梦寐以求的事情,又光荣,又崇高。许多农村青年都希望在解放军这座大熔炉里锻炼成长。高考恢复前,一般是,有门路的,毕业直接进了机关,或者国营集体单位,或者保送上大学,即所谓"工农兵大学生"。这些都不行的话,贫下中农子女,因为根红苗正,尚可选择当兵一途。我老舅当时书念得不错,可惜毕业早了两年,没赶上高考,英雄无用武之地,后来当了兵,好像是沈阳部队,什么番号记不住了,是汽车兵。我们家像镜子里有一张他七五年照的照片,端着冲锋枪站在汽车旁,昂首挺胸,目视前方;还有一张坐在驾驶室里学"毛选"的照片,装模作样的。他转业后分到黑龙江北面的一家农场当了司机。还有我们生产队的侯三,小时候两筒清鼻涕一年四季在两个鼻孔下沤着,把那块地方沤得通红,人一说就使劲一抽鼻子,把两筒清鼻涕哧啦抽回去。谁见了都恶心。书么也只念到五六年级,可是当兵之后在部队干得正经不错,给团长当通讯员,后来娶了团长的妹妹,居然提干了,居然留在了部队。队里人提起来都吧哒嘴,羡慕得不得了,都夸部队好。部队也确实锻炼人,不管你在家时什么熊样,水裆尿裤的,屄儿啷当的,打仗骂人的,好吃懒做的……到部队用不上一年，保准变样。见人咔咔打立正，行军礼，抢着帮人家拎东西。人也白了，也胖了，口音也变了，一身草绿军装，威武、精神，瞅着贼可爱。大闺女都不敢拿正眼看，目光躲躲藏藏的。老太太则不同了，捏捏人家军服，端相端相人家脸盘子，直咂嘴：啧啧，瞅瞅，瞅瞅，这孩子出息的。啧啧。这种时候，上赶子给媳妇的人家，推不开揉不开的。

所以，一般在家娶媳妇有困难的，有的是家庭生活困难，有的是本人长得困难，便千方百计去当兵。一当上兵，媳妇的问题就基本解决了。什么穷啊，丑啊，都不是问题了。

那就都去当兵呗？不成。每年当兵是有名额指标限制的，一级一级分配，县里多少，公社多少。一般分到公社的，有时六七个，有时八九个，有时十多个，不等。所以每年一到征兵时节，小青年们都格外关心，打听今年要多少个兵，少的话，摇摇头，感觉自己没希望。多的话，心就痒痒。全公社有多少适龄青年哪？两万人口的公社，适龄青年少说也有百八十的，谁不想当兵啊。咋办？这就要优中选优百里挑一。于是要过一道一道的关。政审（政治审查吧，主要是看你本人是否党团员，有无政治问题，主要社会关系是否清白）、体检，一关一关都通过了，兵就当上了。一家人欢天喜地的。当不上的，心冰凉冰凉。进城凉快了，媳妇凉快了。

李春生要当兵，除了前面说过的儿时的梦想之外，眼下最迫切的因素也是婚姻问题。李春生本人没问题，身体好，农村所有的劳动，他都完全胜任，完全可以成为一个社会主义新时代的新农民。问题是，他的家庭。李春生的家庭别提有多困难了。李春生长这么大，没穿过新衣裳，全是拣他哥哥们的衣裳穿。一般是，李春生拣他三哥的，他三哥拣他二哥的，他二哥拣他大哥的。穿到不能再穿为止。夹鞋多是张着嘴儿，不是露脚跟儿就是露脚尖儿。开花棉袄开裆棉裤，冬天硬是不感冒。李春生家人口多是贫困的主要原因。

李春生哥儿们六七个,一水水,能吃能喝。还有个老妹,人称"七狼八虎"。除此,李春生还有爷爷奶奶,整整一十二口。吃闲饭的多挣工分的少。李春生前面三位兄长,目前也只有老大勉强成家。按先后顺序,排到李春生这,估计得猴年马月。这还得是在家中攒够彩礼的情况下。问题是,父母根本还没轮到考虑四儿子的终身大事呢他们这个老四就及时成熟了。上高中时李春生就看上了红旗大队的刘亚兰,可刘亚兰的父母听说后,态度明确,坚决反对,理由只有一个,就是嫌他家太穷。刘亚兰说不穷能叫贫下中农吗?他爹一瞪眼,贫下中能(农)?啥能(农)咱也不干,听爹的。刘亚兰他爹把农说成"能"(音),刘亚兰都乐了。你笑?我告诉你小亚兰,你要是背着我搁外头自个搞乱耐,看我不打折你腿。他把恋爱说成"乱耐",爱发成"耐"的音。这地方的社员都这么说,"爱你"说成"耐你"。

农村女孩,没什么职业,书一念完,剩下的就是成家立业生儿育女,没有搁家呆太久的。父母也急着聘几吊彩礼,宽绰宽绰。眼瞅刘亚兰的父母已经张罗着给刘亚兰找婆家了,刘亚兰跟李春生一说,李春生急得像热锅上的蚂蚁,一宿的工夫嘴上就起了水灵灵的黄泡。

怎么才能做通他爹的思想工作呢?这可真是个大问题。李春生找我商量。我说你死心眼呀?天天上他家泡,有活就干,有饭就吃,见面就喊爹,那老头一高兴,兴许就撒口啦!李春生说操,她爹还以为我缺心眼儿呢,更没戏了!你咋净给我出馊主意?李春生咚地捣了我一拳。我趔趄了一下。反正,你本着一个原则,就是想法叫刘亚兰她爹高兴。只有她爹高兴了,这事才有门。李春生点头,同意我的分析。问题是,怎么才能让刘亚兰她爹高兴呢?李春生倒背着手,双眉紧锁,搜肠刮肚。我见状也认真想了半天,忽然一拍腿,问问刘亚兰,她爹有啥喜好没有?喜好?李春生直着眼看我,喜好啥，她爹喜好彩礼，我有吗？我说比如喝酒。她爹好不好喝酒？李春生说对呀！一日李春生满面春风的，说我问了，她爹是个酒包。我一拍腿，这不就好办了嘛！李春生跑回家，从奶奶的兜里抠出几块钱，上供销社买了两瓶"青泉"，骑自行车兴冲冲去了刘亚兰家。刘亚兰她爹瞅着那两瓶白酒眼都直了。李春生心下暗喜。可刘亚兰一介绍说是前进大队的李春生，刘亚兰她爹脸呱哒就撂下了，说你这是搁哪疙瘩儿来的？走差门儿了吧？亚兰，看狗！（看住狗别咬着人，在这里跟说"送客"是一个意思）李春生心里这个窝火，路上自己嘴对嘴喝了多半瓶，到家眼也直了，腿也飘了，嘻嘻乐，乐着乐着哇的一口喷出三尺多远，接着又呜呜哭。把李春生的奶奶吓坏了，说快看看小四儿这是咋的了？

李春生把一切希望全寄托在当兵上了。

可是，问题又来了。在这紧要关头，李春生的家里却说什么也不同意李春生去当兵。为什么呢？这里，我们有必要简单交代一下李春生当兵那个年代的时代背景。

上个世纪七十年代末，中越爆发了一场为期不长的战争，官方报道为"对越自卫反击战"。祖国的南疆战火纷飞硝烟弥漫。而此时，我们东北边疆也在紧张备战，大批平时很少见到的坦克车装甲车成天成宿轰轰隆隆往北开，防备"苏修"在北面趁机下手，配合越南两面夹击。老百姓也动员起来，"深挖洞，广积粮"。我们学校的老师学生就曾贪黑起早地挖过，教室与教室之间挖通，出口在教室后面的一片荒树林里，很隐蔽的。真有紧急情况，学生老师们可以从教室进入地道，然后从树林里疏散。大队的基干民兵也三天两头集中到公社，拉到甸子上打靶。形势一天比一天紧张。人们对越南战争还不十分害怕，毕竟很遥远，可这"苏修"就在我们背后，据说一旦开战，"苏修"的坦克装甲车一宿就可以开过来。那段日子，各种传言不断，今天一个消息，明天一个说法，说哪个大队的谁谁家，他们孩子所在的部队已经开到前线去了。也说不准是哪个前线，是南边的前线还是北面的前线？搁几天又说谁谁家的孩子已经光荣了，家里已经接到"喜报"了，母亲当时就背过气去，说什么也要上前线去看看，死活要见个尸首。说得有鼻子有眼的，闹得人心惶惶，连过日子的心都散了。

李春生一听家里不让他当兵，登时火冒三丈，说当兵就是准备打仗的，不打仗当兵干啥？不打仗？不打仗，我还不稀罕去呢！他爹气得翻白眼，压低喉咙吼：你个小杂种！你缺心眼呀，明知道打仗还非得去？那不是送死吗？就是，那不是送死吗？母亲比父亲更着急。爱谁当谁当，咱小四儿不能当。爷爷奶奶也全向着他爹说话。小孩芽子，你知道啥，打四平的时候，那家伙，血都没脚面子，这么深。爷爷的"打四平"讲了八百遍了，耳朵都磨出了茧子。李春生说，你们的思想忒落后。你们不懂。谁都不上前线的话，你们现在能过这么太平日子？蹲热炕头上过这么幸福的生活？笑话。母亲说，小祖宗，那么多解放军，用不着咱哪。就是，哪儿显着你了？众人你一句他一句，异口同声地反对。李春生不听，李春生说这个兵我当定啦。牺牲了还是烈士呢！李春生的父亲大脖筋立时鼓胀起来，像两根蜿蜒的青蛇。他抄起赶车的鞭子啪地就抽过来：你还反了天了呢，我抽死你个小兔崽子！

那年秋末征兵的时候，李春生到底报了名。下来政审的时候，李春生的父亲亲口告诉公社武装部的同志，说李春生当兵不够条件。人家问他啥条件不够，他说李春生的舅舅是富农成分。有富农成分的社会关系，能当兵吗？武装部的同志半信半疑。还有，李春生的父亲接着举报，说李春生有个叔杀过人。有个杀人犯的叔，这历史算清白吗？武装部的同志摇头说不清白，忒不清白啦。问题很严重啊！李春生隐瞒了这么多问题，这怎么能行？老同志，谢谢你。你说的这些都属实吗？李春生的父亲肯定地点点头，属实，忒属实啦！那就好，那就好。还有，武装部的同志说还有？还有什么问题？还有就是李春生个人的问题了。他个人也有问题？有，正经有呢。李春生尿炕。武装部的同志说部队不睡炕，睡床。李春生的父亲说那就尿床，反正睡啥尿啥。你说一个当兵的，天天早晨晾褥子，臊烘烘的，砢不砢碜？！武装部的同志一一记下，说你这个老同志对李春生怎么这么了解？李春生的父亲说我跟他住一个屯儿。往回走肚里还骂呢，小杂种，我让你当兵，当你姥姥个屁吧！李春生被公社武装部找去一问，当时眼前一片昏黑，清醒过来之后，脑袋摇得像拨郎鼓，说没有的事，绝对没有的事。不信你们调查去呀。这肯定是有人陷害我。我尿炕？我尿谁家炕了？武装部的同志说，有没有你自己说的不好使，回去等我们调查吧。李春生心里琢磨，这人忒损了，这不是硬往我脑袋上扣屎盆子吗？能是谁呢？把本大队想当兵的逐个数一遍，猜谁都像。心里发着狠，你等着，让我知道谁背后搞我的鬼，我一定把他的眼珠抠出来当泡儿踩，把他的脑袋揪下来当球儿踢！后来调查清了，李春生那个富农舅舅并不是他的亲娘舅，只是一个远亲，这不能算主要社会关系。那个杀过人的叔，也不是亲叔。关键是人家并没有杀过人，只是因为生产队长喜欢上他家串门，他觉得有问题，有一天喝多了拿刀吓唬吓唬队长，进去几天就出来了，不算大问题。整来整去，李春生就过了关，真的当上了兵。李春生乐坏了，一蹦八丈高。找个没人的地方翻上几个筋斗，打了几个车轱辘把式。

李春生找到刘亚兰的时候，刘亚兰正在自家园田地里割葵花秆子。葵花已经收获，剩下秆棵黑森林一样在深秋的原野上顽强挺立。葵花秆子硬度很强，刘亚兰每割一根都要使出吃奶的力气。对于李春生的突然出现，刘亚兰显得有点手足无措。刘亚兰头上只围了一条过时的旧围巾，身上就是劳动时才穿的旧衣服，屁股蛋子上补两块圆圆的补丁，脚上穿双自家手工缝制的布鞋，出门才穿的皮鞋干活时只能搁在家里。这种穿戴是不能被某些紧要的人看见的,有损形象。如今自己不怎么体面地展现在李春生的面前,这多少让刘亚兰有一点儿难堪,怕李春生笑话她。总之显得稍稍有些慌乱。李春生不可能笑话刘亚兰衣衫不整。劳动么就应该有个劳动人民的样子。打扮得溜光水滑,那就不叫劳动人民了。他笑她不太会割,便接过刘亚兰的镰刀。其实割葵花秸秆儿,应该是半割半撅,否则全凭刀割是很费力气的,也费刀。刘亚兰看来还不大懂得这个窍门。李春生便教她如何如何,你看着,这样,李春生做了一回示范。然后将刀递到刘亚兰手上。其实就这点技巧,点一点便可以,可李春生却居心叵测,干脆抓住刘亚兰的手,说这样,这样。在这茂密的葵花林里,李春生胆子比平时大了。口红眼影那时农村还没有,连可以使姑娘的脸蛋儿白一点的胭脂刘亚兰也不曾擦,脸是灰突突的。发现李春生直勾勾地看着自己的脸,刘亚兰便扯着围巾眼角鼻窝抹一抹。露在外面的皮肤早被秋风吹得又糙又黑,只有一双眼睛依然水汪汪如秋季的天空一样澄净明朗。刘亚兰的手背擦的蛤蜊油,手掌有硬硬的茧,手指皲裂出小口,用白胶布粘着。刘亚兰已经锻炼成一个像样的农村妇女了。李春生不免心生爱怜,有一丝丝的痛。他如饥似渴地攥着刘亚兰那双劳动人民的手,如饥似渴地凝望着刘亚兰那张像秋天的高粱一样通红的脸。此时此刻,刘亚兰如此生动如此逼真地站在他的面前,让他近距离地感受她嘭嘭的心跳和带着葱味儿的气息。李春生有种特别亲近的感觉。胸中有股激情越来越汹涌澎湃,他叫了一声"亚兰",张开臂膀扑过去,准备拥抱刘亚兰。刘亚兰推了他一把,躲开了,嘴里说我吃葱了,同时警惕地四下张望。这让李春生大感失落,一下陷入了相当尴尬的境地。呆了一呆,慌忙从刘亚兰手里拿过镰刀,替刘亚兰割着葵花秆子。

稍稍平静之后,李春生磕磕巴巴表了决心,说到部队一定好好干,争取留在部队,争取提干,那样可以带家属。刘亚兰明白他的意思，点头说嗯。刘亚兰始终没有正视过李春生。念书时也是。只是想看他时便用眼角瞟一下。碰到刘亚兰瞟他的目光时，李春生总是感觉很甜蜜，比刘亚兰用正眼看他感觉幸福多了。李春生说，你放心，我到部队，经常给你写信。刘亚兰又点头说嗯。秋风吹动着刘亚兰头上的围巾，吹动着葵花林，哗啦哗啦，哗啦哗啦一直响到远方去。你们真的不会去打仗吗？李春生说真的不会。哪有新兵上前线的，那都是瞎说。刘亚兰小声说那就放心啦。李春生临别只是把刘亚兰那双劳动人民的手握了又握。

　　李春生他们那些新兵走的那天早晨，公社组织了一队队的学生去欢送。学生们打着红旗，举着"一人当兵，全家光荣"的标语，敲锣打鼓高呼口号。公社的院子里停着县里来的客车，十多个新兵坐在车里，都脱下了往日杂七杂八的烂衣裳，换上了崭新的草绿军装。穿戴完全一样，不仔细，一下子分辨不出谁是谁呢。车下围着新兵们的家属，隔着玻璃跟里面说话。李春生的母亲哥哥弟弟妹妹全来了，李春生脸贴着玻璃，扁着鼻子，大声跟母亲说话，一面眼睛向四处寻找。母亲憔悴着一张脸，眼圈红红。母亲穿得单薄，瑟瑟地发抖。李春生比划着，大概是让哥哥们把母亲领回去。公社离家十多里，家里人起大早赶来的。昨晚，新兵们就没让在家住。母亲已经嘱咐多遍，李春生听不大清楚，只要见母亲张嘴，他便点头，有生以来头一回这么乖顺。后来李春生终于发现了人群里的刘亚兰，站在离车稍远的地方，由于人多，她靠不到车前来，也是有意躲避李春生的家人。她朝车里挥手，李春生激动得不行，眼泪流下来。母亲见状，更是号啕大哭。幸好有哥哥妹妹搀着。车里车外，一时乱成一锅粥。部队来领兵的首长，见此情形，知道车不走，这种场面就没完没了，便向大家挥挥手，回头告诉司机开车。车子一开，车里车外的人一齐招手，同时有抑制不住的哭声崩发出来。

　　李春生一到部队就是新兵连的班长，没几天就寄回几张抱着冲锋枪的照片，人模狗样的。信中嘱咐送给谁谁。由于李春生抱定了留在部队的决心，所以处处吃苦耐劳，积极上进，有一阵甚至主动申请到祖国最需要的地方去，深受部队首长的好评，没多久又被提拔成副排。

一开始，李春生十天半月就给刘亚兰写封信，汇报思想，介绍自己在部队的学习生活情况，说部队是一座毛泽东思想大学校，说部队是一座革命的大熔炉，说当地的老乡对他们非常非常好，真是军民鱼水情谊深哪！当然，信中也有非常想念之类的缠绵。刘亚兰常汪了两眼泪水看信。后来渐渐少了，说忙呵，练兵忙，学习忙。连家都不探。到三年之后李春生提到副连的时候，有一天刘亚兰终于收到了李春生的一封绝交信。信上不再亲切地称呼"亚兰"，而是"刘亚兰同志"云云……刘亚兰看罢，久久不语。后来她把那些信封上印着三角红戳的部队来信都翻出来，厚厚一大摞，连同李春生抱着冲锋枪的照片，一块烧掉了。

订婚照

家宽和未婚妻曹淑范要去县城照订婚照是两个人私下决定的,没有经过两个家庭的同意。本来在红旗公社街上也可以照,街上有一家"红旗照相馆",可家宽和曹淑范还是决定舍近求远,到三四十里远的县城去照。他们觉得一个是县城肯定会照得好点,更主要的是县城碰上熟人的概率也会少些。他们是背着家里人出来照订婚照的,当然不希望家里人知道,不希望别人看见了告诉家里人来阻止他们。照了订婚照就等于是两个人订了婚,有点生米做成熟饭的意思。家宽的未婚妻曹淑范在大队小学当民办老师,而家宽呢则是个浮躁的农民,总想当兵,政审又总也过不了关,所以曹淑范的家里便不怎么同意曹淑范和家宽订婚,认为家宽配不上自己的女儿,认为自己的女儿应该找一个条件比家宽和家宽的家庭都好的对象,也就迟迟对家宽和曹淑范的婚事没有个明朗的态度。

这是秋天里的一个礼拜天,曹淑范放假,家宽也跟生产队长请了假,撒谎说有事,便早早在村口的玉米地头等着曹淑范。玉米已经接近成熟,玉米穗子被社员们扒了皮在阳光下晾晒,这样可以促使玉米接受更多的阳光,以便更快更好地成熟。玉米穗子个个袒胸露背似的向人们炫耀它的一身肌肉和健壮,任谁看了都不免会发出一声赞叹。地头的草木已是黄绿相间,紫绒绒的草籽沉甸甸垂着脑袋，植物们无论生长得是快是慢，是大是小，但在秋霜到来之前一定要想方设法使自己的种子成熟，一定要把自己成熟的种子撒落在土地上，这样它们才能生生不息。所以只要你仔细瞧一瞧路边的小草就会发现，无论它们长高长低，强壮还是柔弱，头上都顶着一穗即将成熟的果实。家宽手里玩着用草茎编成的一把手枪，发现有人过来，就敏捷地躲进玉米地里去。躲在玉米地里的家宽不断地伸着脑袋向外张望，像个侦察兵似的，眼睛穿过玉米的空隙，连路上经过的每一只鸡每一条狗都不会错过。家宽唯恐曹淑范过来的时候看不见他。等待是一件十分令人焦急的事，家宽感觉已经等了半天了，曹淑范还没有出现。家宽心里就开始胡思乱想，越发地望个不停。望个不停的家宽脖子被玉米叶子拉来拉去拉得生疼。家宽没有表，不知道自己等了多长时间，其实也不过几分钟的样子，但家宽却觉得好像是很久了。就在家宽快要耐不住的时候，他听到了自行车的声音，家宽就知道是曹淑范来了。曹淑范每天到二三里远的大队小学上班，所以有一辆自行车，整个生产队也只有民办老师曹淑范和会计家有辆自行车。家宽虽然没有自行车，但家宽不知什么时候就会骑自行车了，家宽长的高大，自然是由家宽带着曹淑范。家宽骑上自行车，骑得慢慢的，曹淑范一直跟在后面走，家宽半天也没有觉得曹淑范坐上来，回头催促曹淑范，说上啊。曹淑范没有回答，但曹淑范在心里笑话家宽，说话真是的，什么上啊。曹淑范认为"上"这个字眼不好听，不觉红了脸。家宽本来没那个意思，是她自己给想歪了。这话呀别分析，一分析意思就多了。家宽对未婚妻的脸红感到莫名其妙。也许是因为第一次被家宽驮，也许是因为刚才家宽的话，曹淑范有些忸怩。经家宽一催促，曹淑范便一手抓住自行车的后座，身体往上一使劲，想要坐上去，她看别人都是这样坐上自行车的后座的，很容易的。可曹淑范个子有点矮，需要往上蹿一下屁股才能够到自行车的后座。但曹淑范没有做那样泼辣利索的大动作，曹淑范的动作既柔美又矜持，所以一下没有成功，相反还差点将家宽和车子弄倒。曹淑范忍不住手掩了嘴背过身去咯咯笑。家宽没有停，曹淑范只好紧跟着车子，又试了一次，又失败了。家宽见状，只好换一种方法，自己把车子停住，屁股坐在车座上不动，两条长腿将车子支住，让曹淑范先坐到后座上，然后再蹬起车子走。家宽笑话未婚妻是矬巴子够不着碗架子，家宽想抓住机会打击一下未婚妻。家宽的个子高，比曹淑范高出一头，在个子方面，家宽绝对占有优势。坐在家宽屁股后面的曹淑范脸又红又热，用手在家宽的腰上触了一下算是反驳。家宽像座山一样挡在前面，前面就什么也看不见了，路也看不见，只觉得自行车摇摇摆摆，两边的庄稼树木不住向后倒退，不住地倒退不住地倒退，晃得曹淑范头都晕了，又总怕家宽摔了她，浑身紧张得不行。曹淑范后悔没有再借一辆自行车，自己骑自己的，用不着家宽驮。家宽本来要去借会计家的，被曹淑范阻拦了。曹淑范不让家宽借自行车的用意，其实很简单，就是想叫家宽驮着她，就是想跟家宽身挨身地来一个亲密接触。家宽事先没有想到这一层。等到真的骑上自行车的时候，家宽非常希望曹淑范能搂着自己的腰，家宽表面却上说是怕曹淑范挨摔。可曹淑范不肯，连家宽的衣服也不敢抓，连家宽的身体也不敢碰，两只手死死抓住自己屁股下面的车座子，一动不动，身体僵硬，道路又凹凸不平，一颠一颠的硌得曹淑范的屁股疼，身子像要散架子了，一会儿就支撑不住，只好下来走。

因为是要去照相的，所以两个人今天都把最好的衣裳穿在身上了。家宽上身穿了一件的确良料子的草绿军装，曹淑范知道家宽自己没有这样的衣裳，是借别人的，一定是借公社李宣委的儿子的，家宽跟他是同学。军装的领口还缝着白白的用线勾的假领，风纪扣一扣，只露一圈显眼的白边。家宽穿上军装精神了许多，连走路都像个当兵的。曹淑范自己也穿了一件蓝咔叽布小开领的衣裳，里面白衬衫的领子挽在外面，下身一条咖啡色涤纶裤子，脚上穿的是皮鞋。曹淑范毕竟不是农民，所以在穿戴上比干活儿的妇女讲究。像曹淑范这样的穿戴干活儿人是穿不了的，连曹淑范自己平常也不大穿。家宽看着曹淑范穿的比平时漂亮，忍不住多看上几眼，就看见未婚妻的鼻尖上是一层细密的汗珠，曹淑范也看见家宽的耳朵后有个黄豆粒大小的痦子，痦子上长着一根长长的汗毛。两对目光一碰，又不约而同地躲开，家宽的眼睛看向家宽这面的玉米地，曹淑范则把眼睛看向她那面的葵花地，两个人在自行车的这面和那面，家宽推着车子，未婚妻跟着走。两个人只管走路，并不说话，不知道该说什么似的。或者是因为两个人单独在一起的时间毕竟不多，还很生疏。路上过来人了，不管认不认识，两个人都把头低下，等人家过去了才敢抬头。曹淑范时不时地偷偷回头看一眼，看看过去的那人到底是谁。两边的地里有干活儿的社员出没，家宽和未婚妻就上车子骑一段，没人的地方，两个人再下来走一段，就这样骑一段走一段，骑骑走走，躲躲藏藏，总算上了公路。

　　县城的照相馆不止一个，家宽和曹淑范当然选择了"人民照相馆"。听说"人民照相馆"的像照得比别的地方强，照相的是个老师傅，人随和，有耐心。曹淑范最不愿意让年轻的师傅给照相，摆弄来摆弄去的，还没个好态度。红旗公社照相馆就是个年轻的师傅，手艺不咋样，毛手毛脚的，脾气却挺大。姿势这么也不对，那么也不对，两个人离远了吧他说你炕头一个炕梢一个，离近了吧他又挖苦你脸贴上得了呗？结果经他照出来的照片，个个都是一脸的"阶级斗争"。

　　"人民照相馆"进门的墙上挂着一块巨大的像镜子，最上边是"为人民服务"五个大字。"为人民服务"的下面则装着大大小小各式各样的照片，是照相师傅从自己满意的作品里面分门别类挑选出来的，好比商店的橱窗和柜台，让顾客看看这里的相片照得怎么样，供你选择其中喜欢的姿势，包括照片的尺寸大小，一寸的、二寸的、三寸的，甚至还有六寸八寸的。家宽和曹淑范仰脸一行一行一张一张地看，看了半天家宽说一个也不认识，逗得一旁的曹淑范扑哧乐了，说你来过几回县里呀。一个当兵的跟一个梳辫子的农村妇女照的订婚照，照片上写着"革命友谊"；一对知青，男的头发很长，胸前别管钢笔，女的呢头上戴顶军帽，军帽下露两根短辫，胸前戴枚纪念章，照片上写着"扎根边疆"。还有学生的毕业像，还有篮球队的合影，还有头几年宣传队演样板戏《红灯记》的剧照，等等，看得家宽眼都花了。除了黑白照片，也有少数上了色彩的，比如不论男人还是女人的嘴唇都涂成了鲜红，脸蛋也擦了胭脂一般好看。家宽暗暗给未婚妻示意镜框里的一张彩色订婚照，像片很大，像是六寸的，男坐女站，男方坐在桌旁，桌上放着一台收音机，女方站在男方的右侧身后，一只手放在男方的肩上。照相师傅之所以安排这样的姿势，估计是男女的个头相差悬殊，一起坐在凳子上不好看。家宽并没有想到这一层，家宽只是觉得新鲜。家宽不愿照男女俩人并排往凳子上傻呵呵一坐那样的，千篇一律。家宽不喜欢。家宽的意思是照"男坐女站"那样的。曹淑范当然也愿意，曹淑范马上想到了这种姿势可以弥补自己身材上的不足。可曹淑范的头脑比家宽冷静，曹淑范喜欢是喜欢，喜欢的同时没忘了问问价钱，结果一问，像那样大的一张照片要好几块钱，比普通黑白的贵。曹淑范就犹豫了。照相的老师傅看着俩人拿不定主意，就建议说可以先照个三寸黑白的，看看效果，好的话，再放大，再上彩色的也可以。家宽和曹淑范觉得不错。于是照相的老师傅便让他们梳头准备，又问了姓名，填写了一张相票给他们，说到时候拿这个来取像。家宽对着镜子用手随便在头上摩挲摩挲，往后站站，打量打量自己的军装穿得得不得体，像不像个军人。曹淑范则站在家宽的前面，站在镜子跟前，用木梳反复梳了又梳，又拿出手绢把脸上的各个部位都擦到了，眼边、鼻窝、嘴角，略施薄薄一层胭脂，于是看着比平时鲜艳了许多。照相的老师傅看他们收拾妥当，便让他们坐到通亮通亮的灯光下，后面是一副"江山如此多娇"的背景，这一下让家宽有一种夜晚演电影的感觉，心跳了一跳。一坐到凳子上家宽开始紧张，脖子都硬了。家宽看未婚妻曹淑范也有点紧张，鼻尖出汗，脸僵僵的，从来没见过那种表情。照相的老师傅给他们摆好姿势，然后钻到被黑红布蒙着的照相机后面，一面调着焦距，一面不断地纠正俩人的姿势和表情，一会儿说家宽的头扬的高了，挡了曹淑范的下巴，一会儿说曹淑范的身体离家宽远了，再近一点，对，靠上，靠在一起。笑笑，笑笑。刚刚差不多了，曹淑范却突然跑到灯光外面去了，一头钻进了黑影里，照相的老师傅被搞得莫名其妙，连家宽也是莫名其妙。为什么呢？原来是曹淑范的眼尖，看见门口进来两个好像认识的人，可是等那两个人坐在通亮的灯光下的时候，躲在后面的曹淑范又叫不准这两个人自己到底认识不认识了，反正看着眼熟，一下记不起是哪个学校的。一直等到那两个人照完走了，曹淑范才敢出来。照相的老师傅说照订婚像是好事呀，怕什么。经他一说，曹淑范的脸更红了，越发的忸怩。终于照相的老师傅举着手喊往前看往前看，别闭眼睛，然后说好嘞，曹淑范赶紧离开凳子，仿佛一辈子也不想再跟家宽亲近似的。

　　从照相馆出来家宽要领未婚妻曹淑范下馆子，曹淑范嗔怪地瞪了家宽一眼，说下啥馆子呀，我不饿。曹淑范说不饿是假，曹淑范是觉得下馆子太浪费了，包括家宽还从来没有下过馆子呢。"人民照相馆"的旁边不远就是挑着蓝幌的"回民饭店"，早有炒勺磕打大马勺的声响混合着炒菜的香滋辣味滋啦滋啦地飘到街道上来，惹得过往的行人忍不住一次又一次回头朝饭店张望，迈不动步了。谁到了饭店的门口都有点迈不动步，嘴里一个劲儿地咽口水。家宽拽着曹淑范，说你不饿我可饿了，我早晨还没吃饭呢。咱又不喝酒，不要菜，吃点饭用不了多少钱。听说"回民饭店"的牛肉蒸饺特别好吃，不等家宽说完曹淑范就捂着鼻子说她嫌膻。家宽说那就上"东方红饭店"吃小笼包子，两屉就够了。曹淑范看着家宽，意思是问家宽多少钱一屉？家宽明白曹淑范的意思，说八毛钱。曹淑范就没有再坚持说不饿，跟着家宽走进了十字街西道北的"东方红饭店"，走进饭店那一刻，心竟扑通扑通地有点跳。曹淑范在后面轻轻拽拽家宽，说会不会碰上认识人啊？你先进去看看。家宽到屋里望上一圈，屋里一桌一桌下馆子的人不少，家宽眼睛不够使，此时饭店跑堂的出来招呼，家宽和曹淑范不好意思再退出去。跑堂的请家宽点菜，问喝点什么酒，吃点什么菜，一面麻利地抹着桌子。抹桌子的抹布已经看不出是一条白毛巾还是黑毛巾，油渍麻花的。一坐到桌前，家宽就不好意思光吃饭不要菜，毕竟头一回领着未婚妻下馆子，曹淑范一次又一次用眼睛制止家宽，不让家宽点菜，可家宽是一个要面子的人，家宽就装作没看见未婚妻的眼神，在菜谱上看过来看过去，看了几个来回，最后要了一个"地三鲜"，就是土豆片过油，加上干豆腐，加上小辣椒，用几片猪肉佐以葱姜蒜炒，盘儿大。家宽还要再点，曹淑范干脆用手在家宽的腿上掐了一把，家宽只好改口说得了，再来两屉小笼包子。跑堂的看见曹淑范的手在下面掐家宽了，笑着说好哩，喝什么酒？是小烧还是来瓶"青泉"？家宽看看曹淑范，说二两小烧，然后冲未婚妻一乐。家宽会喝酒，而且酒量很大，但家宽只要了二两小烧。跑堂的又说了一声好哩，喊着"一盘地三鲜，两屉包子，二两烧酒——！"进了灶间。家宽又冲未婚妻笑笑，曹淑范没有笑，白了家宽一眼。

  从饭店出来，天还尚早，家宽不愿这么早就回去，就领未婚妻去"工人俱乐部"想看场电影。可一看黑板，写的是下午一点半，演《闪闪的红星》，看过了，家宽觉得没意思，又拽着未婚妻去逛百货商店。曹淑范也不经常来县里，也不经常逛商店，也难得跟家宽出来一回，就随着家宽从"一百"逛到"二百"，再逛到"三百"，不大一会儿就把县城的几个百货商店都逛完了。曹淑范总觉得人家的眼睛好像都在瞅他们俩，也不敢跟家宽靠近，各走各的，家宽还要不断地回头在人群里找她。走在前面的家宽在卖衣裳的柜台前等着曹淑范，打算给未婚妻买件衣裳。连订婚像都照了，应该给未婚妻买件衣裳才对。人家到了这个步骤，都要大包小包过彩礼的。他们这是属于私自行动，没有得到家庭允许，也就没有从家里得到这笔费用。家宽自己没有几个私房钱，本来想给未婚妻买件时兴一点的衣裳，可数了数自己兜里总共也剩不到十来块钱，于是便只好给未婚妻买了一套衬衣衬裤，是那种夜里一脱呲啦呲啦闪光的腈纶料，颜色上在枣红的和水粉的之间犹豫不决。问曹淑范，曹淑范说哪样都中，都挺好看的。最后还是家宽做主选了水粉的。回家的路上，家宽很兴奋，脸上有些红润，比来时话多，曹淑范似乎也不那么拘谨了，坐在家宽的屁股后面，累了的时候竟然敢把头轻轻靠在家宽的腰上。家宽就有一股幸福的暖流涌遍全身，浑身有使不完的力量，自行车蹬得飞起来一般，吓得曹淑范几次在后面喊慢点慢点，并且把家宽的腰抱得更紧。曹淑范不抱还好，曹淑范抱得越紧家宽骑得越快，家宽怕自己的车子慢下来曹淑范就不抱他了。最后曹淑范只有用呵斥学生一样严厉的声音喊：李家宽，你疯啦？！家宽真的疯了，家宽干脆一只手把着车把，另一只手回过来，搂住屁股后面未婚妻的脑袋，把未婚妻的脑袋狠劲摁在自己的后腰上，让未婚妻跟自己的腰贴脸。曹淑范挣扎，结果一挣扎，就把自行车弄倒了，两个人结结实实摔在地上。家宽吓坏了，抱住未婚妻说摔哪了摔哪了？曹淑范自己也不知道哪里摔坏了没有，半天才觉出腿疼，家宽要撸起未婚妻的裤子看，曹淑范抓住家宽的手不让，家宽只能隔着一层裤子给曹淑范揉破了皮的腿。曹淑范看家宽又害怕又心疼的样子，气乐了，忍不住在家宽的脖子上掐了一把。

公路两旁是壕沟，壕沟的外边是树带，树带的外边才是大片的庄稼。杨树的叶子在阳光里看上去像是一树成熟的苹果，又黄又亮。一阵秋风吹过，不时有一两片树叶懒洋洋地飘落在草丛里，或者飘落到公路上。等到几场秋霜之后，树枝光了，树叶被风撵着刮来刮去，刮得漫山遍野到处哗哗响，最后树叶们找个背风的地方藏起来，统统藏到壕沟里去了。夏天装半下子雨水的壕沟，秋天会装上半下子的树叶。放羊的羊倌躺在树叶上眯一觉，比躺在家里的褥子上还热乎呢。各种各样的蒿草已由绿变黄，也有黄中带红，也有红中透紫，半黄不黄，半红不红，大自然的色彩想不到到了秋天会变得如此的丰富多彩。一片谷子挨着一片高粱，谷子的黄与高粱的红搭配在一起，真叫鲜艳，看着就让人喜兴。然后又是一片半黄半绿的黄豆，黄豆的叶子半黄半绿，黄豆的豆荚却已经成熟，眼见着已经干黄干黄，摇一摇，像铃铛一样能摇出哗啦哗啦的声响。有衣着鲜艳的妇女穿行在黄豆地里剪草籽，看上去像是这副油画的主角。接着冷不丁出现一块油黑油黑的空地，一眼望出去很远很远，那是收割过的麦地，麦地已经被拖拉机翻过，麦茬被扣在土下。扣在土下的麦茬，包括尚未打籽的杂草，在土下腐烂，可以成为来年的肥料。接着又是一片黄绿相间的玉米，玉米的叶子发黄了，可玉米的秆子还是青绿青绿的，玉米的穗子在下午的阳光里闪闪发亮。接着又是一块翠绿翠绿的白菜地，一块萝卜地……一帮麻雀在庄稼地里忙忙碌碌，有人走过，麻雀们就腾腾飞起来，遮天蔽日的，仿佛一片乌云。家宽拿手指向天空的麻雀，嘴里"啪"地一枪。

曹淑范半天就想小解，在县里的时候就想了，却一直不好意思问人家厕所在什么地方。现在曹淑范还是不好意思开口。家宽看出了未婚妻的意思，就说你去吧，我给你看着人。家宽把下巴朝公路下边的高粱地里努努。曹淑范忸怩着下了公路。家宽把脸转到和未婚妻相反的方向，望那里的庄稼，耳朵却专注地听着身后高粱地里的动静。听见高粱叶子唰啦唰啦的，听见高粱秸秆摇晃，再听，就什么也听不见了。又一次听见高粱叶子唰啦唰啦的，听见高粱秸秆摇晃，听见曹淑范的脚步到了跟前，家宽才转过身来，把车子给曹淑范，自己也跑向刚才曹淑范小解的地里。家宽看见曹淑范解过手的地方有一块土地特别黑，家宽知道那不是黑，是湿。干土发白，一湿就变成黑黑的颜色，很显眼。曹淑范刚刚在这里解过手，家宽看见未婚妻解手的痕迹身体便有了异样的反应，想象着未婚妻宽衣解带的样子，想象着未婚妻脱去衣裳后露出光洁的皮肤，家宽突然产生了一种从未有过的强大冲动。家宽有点抑制不住自己的这种冲动，半天忘了解手，只是呆呆地望着地上那片湿地出神。直到听见曹淑范在公路上喊他，家宽方才醒过神来，高粱秸秆被家宽慌张的脚步碰得东倒西歪，唰唰作响。

离家不远的路旁，曹淑范发现几个小学生在剪草籽，便有点紧张，怕是自己班级的学生，就赶紧下了车子，让家宽从庄稼地里的小路回家，自己头前骑自行车走。家宽在背后哎了一声，曹淑范又站下了。家宽的"哎"，是在叫曹淑范，是对未婚妻的一种称谓，这儿的两口子之间都这么哎哎地称呼。曹淑范说哎啥？曹淑范不愿意家宽也像社员们那样管自己的老婆叫"哎"。曹淑范愿意家宽管自己叫名字，叫淑范。家宽却总是不习惯。家宽说下个礼拜天咱俩去取照片。曹淑范点点头。望着未婚妻的背影渐渐被庄稼挡住了，望也望不见了，家宽方才拐到一条田间小路上去。

令家宽和曹淑范俩人没有想到的是，他俩上县城照订婚照的事第二天就被村里的人知道了。不知道是什么人的眼睛这么尖，耳朵这么灵，嘴这么快。不过现在家宽和曹淑范已经不怎么在乎别人知不知道，知道就知道吧，反正订婚照也照完了。他们最惦记的是他俩的订婚照照得好不好看。不好看的话，俩人商量，他们还要去照第二回呢。

解放鞋

红霞的书终于念到头了，红霞高中毕业了。没有书念的红霞一时感到无比的惆怅，不知道接下来的日子该怎么打发才好。其实红霞对念书早就没了兴趣。她的两个要好的同学都是没念到头半路下来的，一个是高玉玲，人家下来是上公社的供销社上班，当了售货员；一个是林秀娟，人家下来是上公社卫生院，穿上了白大褂，戴上了白帽子，当了护士。红霞羡慕死了，书就念得更是没劲头儿。可是红霞的爹呢是个种地的老农民，没法儿跟高玉玲和林秀娟的爸比，人家高玉玲和林秀娟的爸都在公社当干部，人家下来能找到一份可心的工作，红霞下来能干什么呢？一点出路也没有，只能上生产队当农民，跟她爹一样，成为广大贫下中农中的一员。所以红霞不下来，一直坚持念到最后，每天背着书包，骑着自行车，燕子似的飞来飞去，按点上学按点放学，穿戴得整齐干净，样子像个上班的。爹几次在饭桌上不拿好眼神瞅她。爹的意思是，反正念也念不出个啥结果，干搭身子。还不如早点下来，干点活儿挣点工分，也能帮家里一把。红霞呢本来就抱怨自己的出身，抱怨自己的父母是个农民，怎么就不是个革命干部？为啥偏偏让自己出生在这样一个农民家庭，咋不让高玉玲她俩出生在农民家庭？想来想去，末了红霞总结了，这就是妈常说的命。是自己的命没人家好。夜里红霞把脑袋蒙在被窝里，动不动就委屈地抽泣上一回，早晨起来眼皮儿又红又肿。爹望着出去的红霞，说谁又惹着她了？妈说谁知道。忙着喂猪喂鸡喂鸭喂鹅，两手湿漉漉的。现在红霞看见爹不给自己好脸色，她呢便也没个好腔调答对爹，说她还没念够呢。就念。爹气得直翻眼根子。

红霞是暑期毕的业，在家呆上没几天，队里就开始轰轰烈烈地抢收小麦，掀起麦收新高潮了。生产队长连夜作了战前动员，号召全队的男女老少，都要全力以赴，镰刀磨得快快的，腿脚收拾得利索的，坚决打好这场麦收大会战，夺取"农业学大寨"的新胜利。为鼓舞士气，当众许下愿，答应等麦收一结束，新麦子一下来，公粮宁可晚交几天，保准让家家先吃上白面大馒头。社员们便兴高采烈摩拳擦掌，金色的麦田里，呈现一派热火朝天的繁忙景象。红霞虽然还不肯把自己当成个社员，不肯与那帮又脏又臭的社员为伍，可是家里外头，已经没人再把红霞当成学生，她已经毕业了，书念完了，没说的，书念完了自然就该下地干活了。爹早早给红霞准备了割麦子的镰刀、磨石，还有草帽，草帽上印着个鲜亮的红五星。红霞看着那些农具皱眉头。我们东北收割小麦的季节正是"三伏"，有句民谚叫"小麦不受三伏气"，可以为证。那个天儿，嘎巴嘎巴热，太阳像盆火炭当头烤着，就是不干活儿，站在太阳底下站上一会儿也受不了。干上活儿，一猫腰，一使劲儿，汗唰地就下来了，布衫就湿透了。红霞原先没正经割过几回麦子，就是往年放暑假的时候，被妈撵到地里去，给爹送壶凉水，送点干粮，捎带着帮爹割几把。也不着调儿干，割上几把就跑到一边的树地里凉快去了，也没人攀她。可如今红霞的身份变了，变成社员了，再不是个娇里娇气的女学生了，人家就得把她按照社员来对待了。爹晓得红霞是个姑娘家，刚下地，既没力气，又不熟练，只给红霞要了半个劳力的劳动量。就是，如果一个整劳力割十个"苗眼儿"，一天可以挣十个工分的话，那么半个劳力呢就割人家整劳力的一半，挣人家一半的工分，这叫"半拉子"。也有割人家一大半的，割七八个"苗眼儿"，挣大半个劳力的工分。这主要由生产队里的领工员（俗称打头的）根据劳动者的年龄和性别而定。社员说的"苗眼儿"，就是指一行一行的麦垄，只不过麦子都是平地播种的，实际上没有垄。由播种机播种的麦子，间距小且匀称，行与行之间，间隔大约也就半拃左右，窄窄的一行，窄窄的一行，所以社员将麦垄叫成"苗眼儿"是很贴切的。远远看上去像块毛毯一样平整密实的麦田，细看却是纹理清晰的。"打头的"自然是排在头一位，其他的社员依次排开，一直排到从这头看不清那头社员的脸，形成一条一字长蛇阵。社员们都向"打头的"看齐，不但在速度上向人家看齐，而且在质量上也得向人家看齐。"打头的"好比领头羊，人家干啥样，你也得干啥样，人家干到哪儿，你就得跟到哪儿，无论干什么，否则人家休息了，你还在后面"打狼"，脸面也不好看，工分也不好挣。所以社员们都拿眼睛盯着"打头的"，不能落后。"打头的"呢，往往是队里最劳而苦干的人，是生产队长最信任的人，干起活儿来不要命，有多大劲使多大劲，撒着欢地干，社员们在他的带领下，谁也别想偷懒耍滑。社员们都把生产队"打头的"呼之为老黄牛，革命的老黄牛。老黄牛只要一上套，鞭打不回头。社员们的腰身在金色的麦浪里起起伏伏。生产队割麦子，大多都是男女社员两个人搭配起来，女社员在前面放"麦要儿"，男社员在后面捆，齐心协力，一点也不窝工。社员们总结出一条经验，叫"男女搭配，干活不累"。嘻嘻哈哈，有说有笑，时间过得快，劳动是在愉快中度过的，可不就觉不出累么。红霞自然跟爹搭配，只有爹能将就她，在爹的旁边，负责给爹放"麦要儿"。所谓"麦要儿"，就是用来捆麦子的，类似草绳，拿两绺麦子，麦穗的一头挽个扣儿，对接在一起，便是能把麦子捆成麦捆子的"麦要儿"。但就是挽那么个简单的扣儿也需要技术，爹不厌其烦手把手教了红霞许多遍呢。红霞打了"麦要儿",先把自己割的一小把麦子放在上面,但是并不捆,继续往前割,继续一个接一个地打着"麦要儿",由后面的爹负责再一个一个地捆上。爹的手大,爹割的一大把麦子往上一放,地上的麦铺子一下子就大了,就够一捆了。爹便蹲下身,将"麦要儿"的两头在麦铺子下面摸索到,俩手一使劲儿,看着蓬松杂乱的麦子立刻打中间收缩成美人的腰肢,再拿坚硬的膝盖用力顶压,顺势两手一拧一挽,一个紧登登的麦捆子就像个穿着束身衣裙的小姑娘,袅袅婷婷地站立了起来,也就是眨巴眼睛的工夫。爹可是个地道的庄稼人呢。再看红霞割过的麦地,麦茬儿高不说,且有横七竖八的麦穗散落在麦茬儿当中,看上去,一点也不像爹割得那么干净利索,用爹砢碜她的话说,连家雀儿(麻雀)都不敢落脚。割麦子的速度呢,也跟老牛赶山一样,慢腾腾的。因为红霞割一会儿就直直腰,割一会儿就直直腰,东张张,西望望,盼望着突然出现个大救星什么的,救自己一把,不断地捶着后腰。本来白嫩的胳膊被麦芒扎出一层红点子,被汗水一浸,痒痒的,就挠啊挠,越挠越痒,越痒越挠,挠个没完没了,把个胳膊挠得像红萝卜;掏出个圆圆的小镜子,照啊照,看见自己红头涨脸的,鼻子窝里落了土,又拿块雪白的手绢,擦啊擦……结果就总是被爹撵上。爹便让红霞再少割一点儿,再给自己扔点儿,这样红霞就剩窄窄的一小条,而爹却增加到宽宽的一大片。爹一个人等于割了差不多一个半劳力的麦子。爹一个上午也没工夫直直腰,却仍然被社员们远远地甩在后面。爹就有些气恼,在后面忍不住骂红霞,骂红霞是个吃菜货。只干了两天,红霞发现自己的脸晒得黑红黑红,丑死了,就说什么也不肯上地了。但红霞不上地不说是因为脸晒黑了,红霞觉得脸晒黑了不是什么正当理由,有点说不出口,当社员嘛,哪有脸白的?爹肯定会这么说她。那帮女社员也会这么挖苦她。所以红霞不说怕把脸晒黑了才不上地的,红霞说腰疼。爹说腰疼?

人家七十二岁才长腰芽儿，你腰疼个啥？红霞瞥一眼爹，想了想，一眼看见了自己的脚，就又找了个借口，说自己没有干活儿穿的鞋。红霞将自己脚上的凉鞋伸给爹看，说你看看，脚都扎了，袜子都成黑色的了；又伸过胳膊，说你看看，叫麦芒扎的。妈赶紧拽过红霞的胳膊搓来搓去的。爹说你看谁割麦子不穿长袖衣裳？就你吧。我咋不扎呢？爹也伸出黝黑的胳膊。红霞说穿长袖不热？妈嘴撇了一下爹，说你那老皮老肉的。爹让妈给红霞找双旧鞋，妈就从紫漆斑驳的旧柜底下拽出一双旧布鞋，吹吹灰，露出鞋模样，是红霞的姐姐在家时穿过的。红霞不穿，皱着鼻子。爹说干活儿还穿好鞋，都穿糟践了。红霞说让我穿那鞋？我才不穿呢。那你穿啥？红霞不语。反正不穿。爹没招儿，又想哄着红霞上地，想了又想，只好趁中午休息，骑着自行车上了一趟供销社，一咬牙给红霞买回来一双崭新的解放鞋。可是红霞依然皱鼻子，红霞说那是人家穿的吗？红霞的意思，解放鞋样子不好看，不是女孩子穿的，是男社员穿的。这里说的解放鞋，就是一种胶底鞋，有黑胶底的，也有黄胶底的，但面都是帆布面，都是草绿色。起初这种胶鞋是当兵穿的，军用，行军打仗爬山越岭，结实跟脚，因此统称解放鞋。缺点是捂脚，脚臭，一脱鞋，味立刻就跑出来。由于经久耐穿，因此深受干活儿出力的人喜欢，一双鞋可以穿几年，价格又便宜，三五块钱，我们那里的农村人干脆叫它"农田鞋"。解放鞋有冬天穿的棉鞋，也有春秋穿的夹鞋。爹给红霞买的就是春秋穿的夹鞋。夹鞋有高勒的，有矮勒的，高勒的不如矮勒的好看，爹给红霞买的正是高勒的，系上鞋带，鞋勒可以把脚脖子都包住，严实实的，免得往里进土。爹说，这回干活儿穿它吧，又不扎脚，又不灌土。红霞皱着鼻子说，那是我们穿的吗？那都是大老爷们穿的。红霞想，我才不穿呢。脚上穿双"农田鞋"，就更像个社员了。红霞妈也埋怨红霞爹，买东西也不会买，买一双男社员穿的鞋叫姑娘穿，她能穿？红霞爹就有些气粗，穿鞋还分姑娘小子的，干活儿能穿出啥好样来？你看看那帮女社员不是也有穿的嘛。就这鞋我还穿不上呢。红霞爹穿一双红霞妈做的青布鞋，鞋前尖张着嘴，大姆脚趾头露出来，鞋边子都磨飞了。红霞心说活该。你看人家高玉玲她爸，大皮鞋又黑又亮。红霞到底还是没有穿那双解放鞋。

只要一加入社员的行列，就等于闲散自由的小马驹被塞进了车辕，戴上了夹板，套上了缰绳，接下来你就要在劳动的道路上，像你的前辈一样，永远不停地走下去，永无止境。社员们常嘻嘻哈哈地戏称自己是"农业大学修理地球专业"的。割完的小麦拉到场院，社员们连口气儿都没工夫喘，紧接着就是打小麦，早先是用石头碌子碾压，一遍一遍的，吱吱呀呀的，后来有了打麦机，成天成宿地轰轰，场院里机声轰鸣尘土飞扬，打麦子跟打仗似的，场院变成了战场，硝烟弥漫。社员们从战场上下来，个个满身灰土，脸黑得赛包公。加上天又热，汗水与灰土在身上和了泥，一发酵，浑身散发着馊味。女社员干活儿时都把头用透明的纱巾包裹起来，这样可以使脸上少落些灰土，又可以透风，又不遮挡视线。可是那些灰土真是无孔不入，纱巾一摘下来，鼻子嘴依然是黑的，只露一口白牙。你说这样的农活儿红霞怎么会干呢？打死也不会干。红霞只是到场院看了看，就赶紧捂着嘴巴跑出了场院。打完了麦子，麦收总算结束了，繁忙的秋收又开始了，土豆要起，甜菜要挖，白菜要砍，苞米要扒；还有那些站着的庄稼，大豆高粱，谷子糜子，样样都要割倒，再用马车一车一车地拉回场院。割谷子累人，割黄豆扎手。然而不管干什么，女社员们都和男社员一样劳动。队长常说，时代不同了，男女都一样。男社员割谷子，女社员也割谷子，男社员割高粱，女社员也割高粱，男社员一身臭汗，女社员也一身臭汗。可是呢，红霞不但不想跟男社员一样，红霞甚至不想跟那帮女社员一样，风里雨里泥里水里，连个女人样都没有。为了要与那些社员们区别开，红霞干活儿的时候也总是衣冠楚楚的。衣冠楚楚的红霞对所要从事的劳动常常挑三拣四，一看是太脏太累的活儿，干脆就歇工。人家别的女社员一年到头能挣两三千个工分，红霞一千也挣不上。社员们都笑话红霞是三天打鱼两天晒网。

别人在地里拼死拼活劳动的时候，红霞干什么呢？我们的红霞，穿戴得干净利索，骑上自行车，迎着明媚的阳光，唱着"我家的表叔数不清，没有大事不登门……"，上供销社找高玉玲去了，上公社卫生院找林秀娟去了。红霞说她就喜欢闻供销社屋里那股酱油味，那股糖果味，也喜欢闻卫生院那股子来苏味。上供销社呢就帮高玉玲卖货，上卫生院呢就看林秀娟给病人打针换药。时间一长，红霞对供销社的货价，尤其是高玉玲负责的那节柜台，花布多少钱一尺，袜子多少钱一双，毛巾多少钱一条，香皂多少钱一块，张嘴就来，甚至比高玉玲还熟悉。高玉玲站柜台站久了，厌烦了，顾客来买东西，爱搭不理的，眼皮都不撩，该看书看书，该织毛衣织毛衣，像是没听见一样，倒是红霞勤快地上前答对顾客。顾客把拿在手里的东西挑过来挑过去的，一双几毛钱的棉线袜子也要挑上好半天，红霞也不烦，笑盈盈的。顾客对红霞的服务态度很满意，走了还不住地回头看红霞，低声说这个新来的卖货员，可比那个强多啦。红霞听见人家夸她，很高兴，就对高玉玲说，跟你们领导说说，让我来给你们卖货得了。高玉玲看着红霞，摇摇头。红霞说我不要工资还不行么。高玉玲说不要工资？不要工资你图个啥？红霞说图个高兴呗。看你有个工作多好啊，脸也白，穿衣裳也能穿出个干净样来。高玉玲的脸的确很白，不但脸白，一双手也是白白的，且柔软，手掌上一个硬茧子都没有。裤子呢从来都是裤线笔直。红霞的裤子也带裤线，但红霞的裤线不是熨出来的，是用牙咬出来的，然后叠得规规整整，睡觉时压在枕头下。高玉玲皱了皱鼻子，说有啥好的。红霞说要不咱俩换换，我来当卖货员，你去当一回社员试试？看有个好工作把你给烧的。一天，高玉玲趴在柜台上埋头看一本书，红霞进来也不知道，红霞说看啥书呢，这么着迷。高玉玲红了脸。红霞见高玉玲脸红了，夺书在手，说我瞧一鼻子。书皮用牛皮纸包着，写着几个纤细的钢笔字：第二次握手。红霞翻了翻，问高玉玲，不是毒草吧？高玉玲夺过书，说啥毒草，你们家毒草这样？这叫《第二次握手》。红霞说那你脸红啥？高玉玲说等我看完借你看，你就知道了。高玉玲不直接告诉红霞她看的书是啥意思。高玉玲不讲，红霞就越发对高玉玲看的那本书增加了几分神秘感。红霞说那你快看。红霞就替高玉玲答对顾客，张张罗罗地卖货。高玉玲则一心一意地躲在柜台里埋头看书，看得泪莹莹的。

秋末的时候，庄稼都从地里拉回到场院，空旷的场院一下子就满满登登，山梁似的谷子垛黄豆垛高粱垛，一垛连着一垛，像连绵的群山；剥光了皮的苞米棒子，阳光下闪烁着灿烂的光芒，被装在秫秸围成的栅栏里，又圆又高，一个一个像鬼子的炮楼。麻雀们兴奋地飞来飞去，这面被人轰起来，就落到那面，那面被人轰起来，再落回到这面，誓死不肯离开这个令它们衣食无忧的乐园。农活儿当中，打苞米要算是比较适合女社员干的活计了。当时生产队打苞米已经用上了一种玉米脱粒机，社员给它起个名叫"胡抢"，圆筒状的，里面有锃亮的齿轮，外面的绿漆已经斑驳，女社员们只需把苞米一筐一筐地从栅栏里挎来，再由站在凳子上的男社员倒进轰轰作响的机器里，金灿灿的苞米粒子就会源源不断地从前面喷射出来，形成一道金色的彩虹。红霞上学时穿过一双翻毛皮鞋，就是那时流行的一种未经抛光的皮鞋，不用打鞋油，半高跟，咖啡色，配上咖啡色的鞋带，很漂亮。这也是红霞看人家高玉玲穿，哭着闹着，母亲才背着爹，攒鸡蛋给她买的。红霞很珍爱它，平常日子爱穿，学校一有什么劳动就脱下来，换一双别的鞋。打苞米不累，也不脏，天又冷了，红霞就把她那双心爱的翻毛皮鞋穿上。红霞挎着筐一走进场院，就引来众多的目光，一齐投向红霞的脚上，看得红霞都有点不会走路了。看也可以，可是那些目光里带着刺儿，扎你，扎得你浑身一点也不自在。一个看着另一个，用眼睛往红霞的脚上斜一下，偷偷撇下嘴唇，然后两个人共同掩上嘴乐。红霞就羞红了脸。更有那嘴尖舌快的，挖苦红霞，说呦呦，红霞这是要上哪儿去呀？上街呀，还是看电影去呀？红霞说干活儿呗。红霞一副懒得搭理人家的样子。呦，干活儿咋穿得这么带劲儿。红霞说我愿意。那女社员说你愿意？你愿意的事多了，你还愿意当卖货员呢，可惜当不上。那帮女社员的脚上，穿的不是布鞋，就是"农田鞋"，唯独红霞的脚上穿了双皮鞋，确实显得很扎眼。红霞走到那个说话尖刻的女社员面前，装作没看见，故意往人家的脚上踩了一下，那女社员尖叫起来。众人便笑。栅栏里的苞米打完的时候，栅栏的下面常常会出现许多小老鼠仓皇逃窜，社员们喊叫着打老鼠，红霞则吓得往人们的身后躲，也顾不上是男社员，还是女社员，揪着人家的衣裳，妈呀妈呀地喊。又是那个被红霞踩的女社员，拿眼睛剜着红霞，叫啥叫，有那么吓人吗？一个小耗子，还能咬坏你的皮鞋咋的。浪张！言外之意，红霞的鞋不等耗子咬就破了。"破鞋"一词可是句难听的骂人话。但红霞没有听出这句话里暗含着"破鞋"的意思。红霞只知道"浪张"这话不好听。红霞刚出校门，不怎么会骂人，嘴有点笨，只还了一句你才浪张。于是两个人就你一句我一句地吵了起来，那个看不上红霞的女社员说红霞是小姐身子丫鬟命，再臭美不也得干活儿么。有能耐去上班啊，回生产队干啥。红霞说你才是小姐身子丫鬟命。那女社员又说整天打扮得像个唱戏的似的，谁稀罕看是咋的。呸！红霞也照她的样子往地上呸一口，说用你看了？用你看了？打扮咋了，唱戏咋了？你不会也打扮，可惜你没长那样，像个猪八戒似的！你是猪八戒！你才是猪八戒！那女社员一听红霞骂她是猪八戒，就恼羞成怒地冲红霞扑过来，被人中间拦住了。被人拦住的女社员便将手里的苞米穗子像扔手榴弹似的朝红霞扔过来，红霞也不示弱，也照她的样子，也将手里的苞米穗子朝那个女社员扔过去。两个人把无数的苞米穗子扔来扔去，引得社员们都停下手看她们，任凭机器独自轰轰地空响。

在农村，不能干活儿就是不会过日子。不会过日子的人呢自然不能算个好人。红霞当然不在好人之列。向着红霞说话的人毕竟少，女社员们都有点看不惯红霞，背后也说红霞，脸蛋长得好看当啥，连个活儿也不会干，连个日子也不会过，将来怕是连个婆家都找不着。

红霞的爹妈也确实跟红霞上火，犯愁红霞不愿干活儿，只知道一天到晚的穷美，谁家正经过日子人家愿意娶这样的媳妇？妈就小心翼翼地劝红霞着调干活儿吧，咱这农村哪，不会干活儿将来咋过日子。再说你也干不了几年啊，一个姑娘家，能干几年？将来找个婆家就走了，就清闲啦。红霞说我自己的事不用你们管。爹瞪红霞，不用我们管？不用我们管用谁管？红霞说用谁管也不用你管。爹不说还好，爹一搭腔，红霞特别不爱听。红霞一想到自己的出身就恨爹。红霞一摔门出去了。爹就跟红霞妈唠叨，说你瞅瞅，养她这么大，养个冤家。能找着婆家才怪！红霞妈不愿听了，叫你一说还完了呢，我们霞子还烂到家了呢。爹翻一眼老伴，反正是个愁。将来若是找个条件好的人家呢，就算她有福。要吃有吃，要穿有穿。若是命不好，找不着个好人家，看她这辈子咋过！红霞妈也为自己的闺女犯愁，嘴上却说，我们霞子长得好看，没准能找个好人家呢。

冬天，果然就有媒人上门来给红霞说媒，还是一个小队会计的儿子。家庭条件不错。是那会计的儿子看上了红霞的长相，说红霞长得像铁梅。小队会计家里都不同意，说红霞是个中看不中用的货色。可是家里拗不过儿子。一说，红霞却不肯。爹问为什么，找个这样的人家，你喜欢穿喜欢戴，穿什么没有？戴什么没有？吃香的喝辣的。红霞摇头，不说为什么。会计的儿子也不怎么热爱劳动，留个长头发，穿件草绿军装，一条喇叭筒裤子，打扮得像个哈尔滨来的"知青"似的，成天骑个"永久"自行车，往供销社跑得勤，跟狐朋狗友们吃面包喝汽水。会计的儿子不死心，媒人三番五次地上门来，说只要红霞同意，人家要什么给什么。红霞说我要工作，问他能给吗？

其实红霞一直想找个有工作的对象。自己虽然没有工作，但自己一定要找个有工作的对象给大家看看。后来红霞果然自己处了一个有工作的对象，是个民办老师，穿戴干净利索，每天骑着自行车上下班，脚上蹬双锃亮的黑皮鞋，手上戴付白手套，天冷了脖子上还围条长长的围脖，不戴棉帽子。他们是在供销社认识的。那民办老师原先是有对象的，跟红霞黏糊到一块儿之后，就跟原先的对象吹了。原先的对象找到红霞，跟红霞厮打到一块儿，把红霞的头发薅掉了一大绺。红霞死死护着自己的一张脸，才没有被挠着，否则非被破相不可。那些日子，队里的妇女们凑到一块儿就讲究红霞，说红霞破坏了人家的婚姻，硬把人家给搅黄了。红霞的父母也不同意这门婚事，一个是恨自己的闺女丢人现眼，怎么能做出这等事来。再者，那个民办老师怎么那么好，非得跟人家去争？自己家穷，再找个穷人家，这日子啥时候能翻身？再说，那个民办老师，一瞅那样，除了能教个学，什么也干不了，到时候，家里家外的活计不都得是你的事吗？红霞听不进去，说做牛做马也认了。爹抄起笤帚疙瘩，红霞妈赶紧用身体挡在中间，说红霞爹，说说就得了，咋还动手呢？姑娘都那么大了。爹打红霞打不着，就照着红霞妈的身上胡乱地敲打两下，怒道，她都这样了你还护着她！转而对红霞吼，不听老人言，吃亏在眼前。将笤帚疙瘩一扔扔出门外，当院的鸡鸭惊叫着散开，一时间鸡飞狗跳的。红霞不干活，打扮得溜光水滑的，成天东一趟西一趟，社员们背后说啥的都有，弄得爹在队里抬不起头。如今找对象又闹得满城风雨，自己想一出是一出，想怎么就怎么，不让人笑话掉大牙？怎么养活了这么个闺女！

红霞跟那个民办老师很快就结了婚，结婚的时候，队里没有几个妇女去送，冷冷清清的。红霞坐上马车，一路哭着去了。

婚后的生活果真如父母所料，完全没有红霞事先想象的那样美好。红霞的对象家里一点也不富裕，不能像那个小队会计家许诺的那样要什么给什么。对象的那份民办老师的工作，收入微薄，连养家糊口都艰难，就更不用说供红霞穿好的戴好的。不过呢红霞依然一副无怨无悔的样子。并且努力把对象打扮得比别人漂亮，给对象用白线勾了一条带牙子的假领，亲手缝在对象的衣服领子上，风纪扣一扣，露一圈白白的牙子，把人衬托得格外精神。给对象用白线一针一针，勾了件白坎肩，胸前是两片大大的树叶，背后是"风华正茂"几个字。对象的衣服，从来不让带一个泥点子。对象下班了，只要红霞看见，就会远远地迎出门外，把对象的车子接过来，推进院里，把对象手里的拎兜接过来。跟人说话唠嗑呢总是把对象挂在嘴边上，说，我们家那个，工作可积极啦，上班从来没有迟到过，饭晚了宁可不吃饭；我们家那个，今年当上"劳模"啦，得了一张带镜框的大奖状呢；我们家那个，要转正了，听他回来说，今年全公社就给两个指标；我们家那个，今个儿上街开会回来，给我买了一条紫花的腈纶围脖，还买了副粉红色的尼龙手套，可新鲜，可暖和呢……

有一天红霞回家把那双解放鞋找了出来，那双解放鞋从打爹给她买回来红霞一回也没穿过，因为号码小，别人也没法穿。爹一看到那双鞋就生气，白瞎了好几块钱。现在红霞把那双鞋重新翻出来，妈瞪着眼睛不解，说你拿它干什么？妈没有想到红霞会穿。红霞说穿呗。爹说给谁穿？爹以为红霞是要把那双鞋送给别人，说那可是新鞋，一回都没下脚呢。红霞说能给谁穿？我干活儿穿。红霞拿着那双解放鞋，骑上自行车回婆家了，留下红霞的父母，望着红霞远去的背影愣神。望着，妈突然冲着红霞的背影喊，缺啥少啥回家来拿……话一出口就带了哭音儿。爹扭过脸，不愿看老伴这副样子。红霞妈往地上使劲儿甩了把鼻涕，再抬头，红霞的自行车已经被茂盛的葵花遮挡住了。

向日葵

  二十年前，徐丽中师毕业后分到了乡下的红旗中学，同时分到红旗中学的，还有她的同学文科。文科家本来就在农村，能分到红旗中学，对于文科来说已经心满意足了。而徐丽家在县里，分到农村来，徐丽打心眼里不高兴。可是不高兴也没办法，徐丽的父母都是普通工人，在酱菜厂工作，一点能力没有，所以毕业分配的时候只能听天由命。

  那一阵子，徐丽情绪一点也不好。烦死了。看什么都不顺眼，看什么都皱眉头。首先是对农村的生活环境不习惯，下雨天连个道眼儿也没有，出门就踩两脚泥。吃饭呢小心翼翼的，因为稍不留神就会把苍蝇吃进嘴里，那样徐丽还不得把胃液都吐出来。下雨天寝室又暗又潮，一股发霉的气味，跳蚤也多，咬得徐丽身上净包，半夜起来与跳蚤大战。农村没自来水，徐丽爱干净，星期六礼拜天不回家的时候就洗衣服，就得自己上门前的那口水井打水。那口水井的井壁上长了一圈绿色的苔藓，徐丽往下一看就眼晕。徐丽闭着眼睛摇上一柳罐水会累出一身的汗。这还不算，徐丽还要提心吊胆的，如果半道坚持不住的话，柳罐掉下去，飞转的辘轳把儿会将徐丽打下深不见底的井里。所以每次徐丽洗衣服打水都犯愁。还有更让徐丽犯愁的呢，就是上厕所。学校的厕所在学校的房后，地上挖一条深沟，上面搪上一溜木板，然后用土墙一围就成了厕所。有一次徐丽上厕所被人从后面趴墙头上偷看了，徐丽腿都吓软了，回屋趴办公桌上哭。后来同事知道是这么回事，说这算什么，这是常事。徐丽再上厕所跟深入敌占区似的，先绕到厕所的后面侦察侦察有没有敌情，然后再进厕所慌里慌张地解决，再慌里慌张地跑回办公室。上课也打怵，一看见那些闹吵吵的孩子就头疼。那些野孩子，在她的课堂上就敢啥话都骂，就敢动手打架，根本不把徐丽当回事。徐丽喊也喊不住，逼得徐丽动了手，拿教鞭照学生的脑袋敲，其实并没有敲咋样，徐丽手无缚鸡之力。挨打的学生回家一说，说老师拿教鞭照他的脑袋打，打得他的脑袋嗡嗡叫，家长就信以为真，就心疼了，立马找上门来，指着鼻子数落徐丽，气得徐丽把个眼珠子哭通红。那段日子，徐丽几乎每天都哭一场。学校的伙食不好，徐丽不喜欢吃苞米馇子，而学校几乎每天晚上都是苞米馇子，文科家离学校不算远，这种时候，文科就从家里给徐丽送点花卷啦油饼啦什么的，有时候也把徐丽领到家里吃他妈擀的过水面条，打鸡蛋卤。

徐丽念师范时学的是美术，分到学校自然当美术老师，教学生们画画，写美术字。虽然只有她一个美术老师，全校十几个班级的美术课都由她一个人教，可多数时候她的美术课不是被劳动给占了，就是被其他什么文体活动给占了，一个学期下来，徐丽也上不了几节课。美术课嘛，没文化课重要，可上可不上。领导老师们都这么认为，徐丽也巴不得不上。闲着的时候就自己画画，背了画板出去写生。徐丽喜欢画画。校园旁边不远有一块葵花地，秋天葵花开放的时候，一片金黄。徐丽喜欢早晨和傍晚色彩分明的时候到葵花地去写生。徐丽画早晨带着露水的向日葵，画傍晚披着晚霞的向日葵。早晨的向日葵，朝气蓬勃，一个个扬着笑脸，精神焕发的样子。而傍晚的向日葵呢，样子则有些疲倦，面对红彤彤的夕阳，像喝多了高粱酒，满面红光，晚风中摇摇晃晃；又像个羞涩的少女低眉顺眼，不敢大声说话，不敢直眼看人，见了人把头低下靠边走路。向日葵宽阔的叶子亦如少女美丽的衣裙，随风飘舞。徐丽画各种各样的葵花，画盛开着的，样子像是开怀大笑；画半开不开的，一副欲说还羞的模样。晚风吹过茂密寂静的葵花地，葵花宽大的叶子相互摩挲，徐丽就会心跳地朝深不可测的葵花地里望上一会儿。徐丽怕葵花地里藏着什么人在偷看她，或者突然钻出个什么野兽来吃了她。徐丽就让文科吃完晚饭跟她一块去画画。文科当然高兴了，很欣然地答应。有了文科陪着，徐丽心里踏实了，在葵花地的外面，支上画板，专心致志地写生。画悠远的蓝天，画蓝天上几朵镶了金边的彩云，画彩云下一片碧绿的草地，画草地旁那片金黄的向日葵。文科看得着迷。一面看画板上徐丽的画，一面对照天上的云霞，地上的葵花，看徐丽画的到底是哪一片云彩哪一朵葵花。有时候，文科怎么也找不到徐丽画的是哪一朵云彩，徐丽就得意地笑。徐丽笑文科，徐丽没有说你个傻子，那朵云彩早就变了，变成一匹马，一条狗，或者是一棵树一座山了。但徐丽笑的意思文科明白，文科就拿从园子里摘的黄瓜将徐丽的嘴堵上，不许她笑。徐丽的一口小白牙把翠绿的黄瓜嚼出脆生生好听的响动，黄瓜的清香从徐丽的薄嘴片里吹到文科的脸上。文科看徐丽吃黄瓜看得有些发呆。徐丽就说你一个劲看我干什么。没见过吃黄瓜？文科红了脸，再去接着对照徐丽画的向日葵，向日葵是不会马上变的，还能一转眼就变成一棵苞米，一棵高粱不成？文科根据徐丽的视角，跑到葵花地边，指着说是这棵不是？徐丽摇头。文科又指着说是这棵不是？徐丽还是摇头。文科一连指了一大片，徐丽都摇头说不是。文科说你瞎说。文科拿一片宽大的葵花叶子轻轻抽了徐丽一下，抽飞了一只叮在徐丽脸上的蚊子。文科凑近画板仔细看徐丽画画，其实眼睛看没看不知道，鼻子倒是仔细地闻着徐丽身上散发的胭脂的味道。徐丽身上的味道让文科不免有些恍惚。徐丽说去去去，别碍事。文科就听话地离开徐丽，到草地上抓蝈蝈，抓蚂蚱。文科突然灵光一闪，把一只蝈蝈放在葵花上，让徐丽画。蝈蝈是草绿色的，葵花是金黄的，徐丽也觉得好看，生动有趣呢。可是那个被放在葵花上的蝈蝈不肯在葵花上老实呆着，文科一撒手，蝈蝈就蹦了，三下两下就蹦得没了踪影，文科在葵花地里左扑一下右扑一下，蝈蝈还是逃掉了。徐丽就笑。徐丽一笑，很美很美，比盛开的葵花还好看。徐丽一笑，文科也笑。文科就再去抓蝈蝈。徐丽只有画葵花的时候才这么开心。葵花开放的那段时间，徐丽跟文科两个人天天都在校园旁边的那片葵花地流连忘返，直到葵花谢了。徐丽画了好些幅葵花，还送了几幅给文科，画上题上"祖国的花朵"，"朵朵葵花向阳开"什么的。文科拿眼睛白了徐丽一下，说你才是"祖国的花朵"呢。徐丽也笑了，哟，说你是"祖国的花朵"你还不愿意呢。那你是什么呀？徐丽想了想，是"早晨八九点钟的太阳"好不好？徐丽说着就在另一幅画着一大朵向日葵的画上题上"早晨八九点钟的太阳"一行字，字写得歪歪扭扭。

葵花凋谢的时候，沟边的稗草抽出一片毛茸茸的穗子了。苞米的红缨也不再鲜艳，苞米棒子正在全力以赴地灌浆。青绿青绿的谷穗子沉甸甸地耷着脑袋，慵懒地接受阳光的照射和抚慰。一股股青嫩的气息，一阵阵扑面而来。这种时候，徐丽就画秋天的景色，秋天的庄稼，秋天的草木，画着画着就渐渐把什么都画得凋零了，也把徐丽自己的心情画得悲凉起来。徐丽脸上飘着一片愁云，虚虚地看向远方，遥望县城的方向。文科知道徐丽的心事。可是文科一点也帮不上徐丽什么忙。文科也不知道应该怎么安慰徐丽。其实他最想说的，就是抓过徐丽的手，放在自己的手心里，然后悄悄对她说我不让你走，我不让你回县里。可是文科连碰一下徐丽的手都不敢，都心跳。这样的话他就更说不出来。他知道即使他真的说出来了，徐丽也不会留下来。徐丽揪下一枚好看的草叶在手指上缠绕着，缠绕着。文科见了，也掐下身边的一枚宽一点的草叶，把草叶横放在嘴上吹，一吹，草叶就发出了悦耳的声音。文科说你看我用草叶给你吹一支歌曲。徐丽把嘴撇了一下。文科说不信你听。就鼓着腮帮子，脸都憋红了，果然吹出了调子，让徐丽猜他吹的是什么。徐丽说是《我爱北京天安门》。文科就高兴得差点跳起来，说你真的听出来啦？文科又吹，让徐丽接着猜，徐丽又猜着了，说是《学习雷锋好榜样》。文科一连吹了好几首他们小时候唱过的歌曲，只吹歌曲的头一句，结果就都被徐丽猜中了。后来文科就换了内容，用草叶说话，用草叶说"我爱你"。徐丽红了脸，摇摇头说猜不着。把眼睛不看文科，看向一片绚烂的葵花地。

转过年学校又分来一个新老师，叫张曙光，家也在县里，据说分到乡下只是个过渡。星期六礼拜天学校放假的时候，徐丽便跟张曙光一块儿坐车回县里，星期一的早晨两个人再一块儿回来。又是葵花盛开的时候了，徐丽又早晚都到葵花地的边上去写生，可是这回陪徐丽的是张曙光了。后来徐丽果然跟张曙光一块调回县里去了。调回县里不久两个人便结了婚。

还在徐丽跟张曙光没调回县里的时候，文科就变得沉默寡言了，整天夹着书本出来进去的，在默默地复习功课，准备重新考大学。徐丽喜欢干净漂亮的城市，所以文科暗暗发誓一定要考上大学，一定要离开这个地方到干净漂亮的大城市去。文科晚上开夜车天天开到下半夜，白天照常上班上课。后来文科果然考上了师大中文系。在大学的时候学习也特别勤奋努力，毕业之后又考上了研究生，后来留校了。

一晃这些都是二十多年以前的事情了。徐丽领着考上师大的女儿一走进师大大门的时候，第一眼看见师大那个醒目的牌子，徐丽心里不由得有点紧张和激动。文科早已等在门口。师大的校园大得简直比她们那个县城还大，徐丽和女儿哪儿也找不上哪儿。到处是报到的学生和家长，到处是人，好像世界上所有的人这一天都上师大报到来了，拥拥挤挤的，乱乱哄哄的。若是没有文科领着，徐丽真的有点蒙头转向了。文科领着她们办理报到手续，交费手续，住宿手续，从这个楼到那个楼，楼上楼下跑来跑去。文科派了两个学生帮着扛徐丽女儿的行李箱子，文科则帮着拎大大小小的背包拎兜。徐丽空着手跟着还热得红头涨脸的，不断地拿手绢擦汗，擦到嘴边的时候，小心翼翼地绕着嘴边轻轻地擦，怕将口红擦掉。文科望着徐丽发胖的身体，说你干脆就在楼下等着吧。说得徐丽红了脸，就听话地站在楼下等着。看人们进进出出地忙碌，徐丽想到了电影里演的战争场面。徐丽被这么多人的场面激动着，同时也被师大这么宏大的气魄激动着。想着文科就在人这样多、楼这样高的大学里上班，当教授，徐丽羡慕得要死，嫉妒得要死，后悔得要死。此时的徐丽心情说不出有多复杂。

晚上，喧嚣了一天的校园渐渐肃静下来。文科陪徐丽在到处是丁香树的师大校园里漫步。像山头一样密一样高的楼群此刻已经灯火辉煌。徐丽仰视那些灯火辉煌的高楼，看那些明亮的窗户里闪动着人影，觉得这些人真的像在星光灿烂的天上一样。文科给徐丽边走边介绍这是什么，那是什么，什么文史楼，外语楼，科技楼；什么美术馆，图书馆，体育馆；什么礼堂，餐厅，宿舍。光餐厅就分第一餐厅第二餐厅第三餐厅，还有教授餐厅。宿舍就更不用说了，分男生宿舍女生宿舍，有十好几栋楼都是宿舍呢。现在的大学，学生可真多。走到一处文科介绍一处，徐丽也分不清东南西北，记不住啥是啥哪儿是哪儿，早被大学的气派大学的复杂给弄迷糊了。哪像咱那地方的学校呀，就一溜平房。文科呢，只穿一件很休闲的雪白半袖衫，戴着眼镜，略微有些谢顶，看上去样子比二十年前更加斯文，更像一个满腹经纶的大学教授了。

两个人终于说到了从前。文科说明天我带你上美术楼去看看。徐丽说可不去。早都荒废了。再说，也没那个热情了。怎么，你不画画了？只是给学生上上课。随便画画。文科吧嗒吧嗒嘴说可惜啦。你画向日葵的时候多有激情啊。你画的那些充满青春活力的向日葵，虽然画儿没留下来，却一直保留在我的记忆深处。徐丽微微红了脸。你画的那副"祖国的花朵"，送给我的，还记得吗？那时候你可不像现在。那时候你可是很有意思的。上厕所被人偷看回来就哭。上课被学生气回来也哭。徐丽推了文科一把，说去你的。其实徐丽的心中也同样保留着那些有关向日葵的记忆。那些曾经快乐的日子徐丽哪能轻易忘掉呢。两个人似乎都沉浸在回忆的河流中，顺着回忆的河流漂回到过去。只是有时候徐丽又有点不太愿意回忆过去，一回忆过去，就躲避不了心中那份对文科的歉疚。就难受。文科突然说，徐丽，我得感谢你。徐丽看着文科，一脸茫然，不明白文科为什么竟然会说得感谢她。他应该恨她还恨不过来呢。文科说，如果那时候你不跟张曙光回城的话，我恐怕也不可能有今天。我们很可能在那个偏僻落后的农村中学呆上一辈子。文科特意加重了"我们"两个字的发音，徐丽明白文科说的"我们"意味着什么。不过徐丽听出了文科说的感谢之中，其实是包含着怨恨的。徐丽小声说，文科，对不起。文科没回应，把眼睛看向灯火辉煌的高楼。想起当年，文科也有些伤感。过了一会文科才说没什么对起对不起的。其实，若是换了我，也可能那样选择。农村和城市毕竟存在着很大的差别嘛。谁不向往又干净又漂亮的城市呢？如果现在让我回到农村去，让我跟一个农村的女人结婚，我也受不了。徐丽说真的吗，你真的这么想吗？正好走在一片茂密的丁香树丛里，徐丽忍不住抓住了文科的胳膊，再一次小声说文科，真的对不起，其实……徐丽想说其实我心里是喜欢你的，但话到嘴边又咽了回去。徐丽属于那种感情丰富却又含蓄的女人。比如现在的徐丽，真实的情绪就是想把自己的身体扑进文科的怀抱，或者搂上文科的脖子流一阵子眼泪，然后对文科说其实我的心里一直是喜欢你的。这些年来，她不止一次在心里对文科说着这样的话。可是徐丽没有。徐丽只是抓了文科的胳膊一下，就马上松开了。文科追问了一句，其实什么？徐丽说其实没什么。文科很想听到徐丽说出心里话，说她其实是喜欢他的，并不喜欢张曙光。文科特别想听徐丽亲口说出这样的话，那样会让他的心里好受一点。可徐丽把到了嘴边的话咽了回去。徐丽还想说，那时候如果你是城里人，或者将来能回到城里的话，我会毫不犹豫地选择你的。徐丽依旧没有表白。徐丽曾经在心里暗暗地把文科与张曙光作过比较的，发现自己确实更喜欢文科一些，就像喜欢田野上的向日葵。文科身上那种农村孩子所特有的品质，也如同向日葵一样，淳朴而又热情。可那时候，徐丽更喜欢的是城市。

文科说，你还记不记得我给你抓蝈蝈了，把蝈蝈放在葵花上，让你写生。可它不听话，一蹦就蹦没了影。我时时想起家乡的向日葵，大片大片金黄的向日葵啊。徐丽眼里蓄满了泪水。徐丽想起了她被分到农村的那段孤独难过的日子，如果没有文科陪她，陪她画画，画葵花，她不知道那几年的时光会怎样度过。文科紧紧抱住了徐丽。这种想抱一抱徐丽，亲一亲徐丽的冲动，在当年幽静芬芳的葵花地里不止一次出现过，可那时的文科一次也没敢。现在的徐丽比当年丰满多了，肉乎乎的，被文科一抱，浑身禁不住微微战栗。怀抱徐丽的文科，想着当年葵花地写生的情景，于是就越发地激动不已。文科把现在的徐丽，当成二十年前那个美丽的徐丽了，他把徐丽的脸蛋，嘴唇，鼻子眼睛，包括耳朵脖子，包括焗过的头发，都一一深情地吻遍了。文科嘴上的力道，手上的力道，身体的力道，使徐丽的喘息越来越费劲，越来越急促，胸脯起伏剧烈，身体和四肢由开始时的战栗变成了抽搐。先是僵硬，慢慢就软绵绵地，支撑不住自己，瘫软在丁香树丛之间绿茵茵凉丝丝软绒绒的草地上。于是徐丽就闻到了扑面而来的青草的味道，波斯菊的味道，江西腊的味道，眼前就出现了大片大片的葵花，徐丽舒展开四肢，任凭葵花宽大的叶子摩挲自己的脸和身体。徐丽觉得自己仿佛与葵花的叶子一起随风摇曳起来，飘舞起来……

文科挽留徐丽多在省城玩几天，他可以多陪她几天，说你不是喜欢城市嘛。可是第二天一早徐丽就坐上了回家的客车，在车上给女儿发了短信，嘱咐她照顾好自己。想到把女儿一个人扔在那样一个陌生而又充满险恶的城市里，徐丽隐隐有几分担心，掏出手绢不住地擦眼睛。

二十多年来，徐丽一想起那段在农村的日子，心里都要难受一会儿。总觉得自己是自私的，对不起文科，是自己欠文科的。现在徐丽不这么想了。现在徐丽想，我不欠他什么了。徐丽叹口气。车窗外的庄稼和树木一掠而过，偶尔有村庄隐没其中。徐丽远远望见了一大片的向日葵，它们齐刷刷一起扬着笑脸，迎着太阳开放，宽大的叶子随风起舞，这让慵懒委顿的徐丽又有点振奋。

手风琴

张霞嗓子本来不怎么好，唱歌呢该拐弯的地方就是拐不过来，就像一个刚学会骑自行车的人骑自行车一样，声音显得发直发硬。就是说没什么音乐细胞，却偏偏喜欢音乐，喜欢歌曲。张霞说她硬是被和平的歌声给迷住的。

在师范学校念书的时候，和平是校园里小有名气的业余歌手。男生寝室敞开的窗户里，经常传出男生们七长八短的歌声，有人唱"我愿做一只小羊偎在她身旁，我愿她拿着皮鞭轻轻打在我身上"；有人唱"九九那个艳阳天咦哎咳哟，十八岁的哥哥呀惦记着小英莲"；有人唱"妹妹找哥泪花流泪花流，不见哥哥心忧愁心忧愁"……几个人同时唱着不同的歌子，你唱哥，他唱妹，有吵的，有闹的，张霞却能从那杂乱无章的歌声里准确地分辨出和平的声音。和平的声音圆润浑厚，感情饱满，富有感染力。张霞不但喜欢听和平的歌声，连和平说话的声音也喜欢听。一听见和平的歌声，张霞说她的心中就会荡起层层的涟漪。排队等着打饭的食堂里，男生们拿筷子敲着饭碗，把脖子上的青筋都唱得鼓起来。出来进去的，什么时候见着和平他们的人影，什么时候都会听见他们哼哼呀呀的。有时候他们故意把挺好听的抒情歌曲唱得要多悲伤有多悲伤，要多难听有多难听，他们一点也不怕把自己的嗓子喊哑喊破，他们只想唱出让女生们把耳朵都捂上这样的效果。他们用这样说唱不是唱,说嚎不是嚎的歌声来宣泄那种不可名状的青春躁动。学校搞晚会的时候,只有和平能登台演唱,和平在台上唱,张霞在台下随着,和平唱完,张霞带头鼓掌,喊再来一个,再来一个。那时正流行台湾校园歌曲,和平跟一个女生唱《外婆的澎湖湾》,俩人的二重唱每每赢得全场热烈的掌声。可张霞总对别人说那个跟和平唱二重唱的女生,说那女生唱的啥呀,难听死啦!我上去都比她唱得强。见到那女生张霞把脸往一边扭。可是别人都觉得那女生歌唱得挺好听的。当张霞说那女生唱得不好的时候,别人都笑。和平他们在学校的礼堂排练,歌声从窗户飞出来,如果想听的话,操场上本来可以听得很清楚,可张霞总要趴到窗户上去看。其实张霞就是想看看和平跟那个女生到底练什么呢,怎么个练法。张霞恨不得自己上去把那个女生顶替下来。毕业的时候张霞毫不犹豫地跟随和平分到乡下的一所中学。张霞家在外县县城,却能跟和平来到一个落后的乡下中学,足见张霞对和平是死心塌地的。

  有副好嗓子的人都爱唱歌,不唱嗓子痒。每逢学校举办庆祝活动的时候,也是和平大显身手的时候,和平是这些活动的积极分子,是主角。像"五四"啦,"七一"啦,"十一"啦,元旦啦,这些节日都要搞庆祝活动,搞什么和平都跑不了,到最后想不参加都不行了。学生们都知道和平老师歌唱得好,他们把和平老师当成了自己心中的偶像,报幕员只要一报出和平老师的名字,台下的学生们就是一阵暴风雨般的掌声。唱完一首还不答应,一定还要再唱第二首第三首。和平就一次次地返场,向台下鞠躬。流行台湾校园歌曲的时候,和平就唱《童年》,唱《外婆的澎湖湾》,唱《走在乡间的小路上》,后来流行《牡丹之歌》,再后来流行《十五的月亮》……反正流行什么,和平就唱什么。和平也真够可以的,不怎么会识谱,可不管什么新歌,别人还不怎么会唱的时候和平就已经会唱了。那时刚好流行《十五的月亮》，就是唱"军功章呵有我的一半也有你的一半"那首歌，歌颂军人的。以往和平都是独唱，这次公社举办庆"十一"文艺演出的时候，教音乐的女老师主动提出跟和平唱《十五的月亮》，说《十五的月亮》本来就是男女声二重唱，代表着军人和妻子。这主意立刻得到了全体老师和领导的赞成，都把巴掌拍得哗哗响。教音乐的女老师是中师刚毕业的，在师范学的就是音乐，歌唱得自然也好。还会拉手风琴，练习的时候亲自用手风琴伴奏。和平一听见手风琴悠扬的琴声就按捺不住了，胸中就会激情涌动，唱出的歌声也格外动听。不过唱二重唱跟唱独唱不大一样，唱独唱只要自己把歌曲练熟，别忘词别跑调就算成功。唱二重唱麻烦一点，不是简单地你唱一段，我唱一段。音乐老师像是给和平说戏，说二重唱讲究的是和谐，讲究男女生眼神的交流，共同完成一首歌曲，把歌曲的思想内涵表达出来，感染观众。尤其这首《十五的月亮》，更需要这种交流，比如唱"十五的月亮照在家乡照在边关，宁静的夜晚你也思念我也思念"，就需要俩人深情地对望。听音乐老师一讲，和平有点犯难，音乐老师鼓励说，你有音乐天赋，乐感又好，接受能力比谁都强。和平高兴了，就每天利用业余时间上音乐室去，跟音乐老师一起练歌，音乐老师用手风琴伴奏，竹笋一样的十根手指在黑白分明的键盘上灵活地跳动。下课的时候，歌声和琴声惹来一帮学生拥挤在窗外看。

张霞看见和平在音乐室跟音乐老师一块儿练歌，看见音乐老师还教和平拉手风琴，心里早有几分不痛快。有时候上音乐室喊和平出来，叫和平干这干那，故意把和平支走，意思是让和平少在音乐室待着。回家虽然心里不大高兴，开始也没表现得太明显，该做饭做饭，做好饭喊和平吃。一回饭桌上张霞一边吃饭一边说，我们组的老师说，你们家和平歌唱得真好，当老师真瞎了他这块料啦。当个歌唱家多好。你听听，那些人，什么意思。张霞对学校的老师背后讲究和平很不满的样子。和平也气愤愤地说我唱不唱歌碍他们什么事了？张霞说碍不碍啥事不说，我可怕人家说出什么更难听的话来。张霞撂下饭碗，撂下饭碗的同时脸也撂下了。和平没把张霞说的话当成张霞自己的话去理解，和平真的以为是有的老师背后讲究他，所以和平没在乎。每天照样该唱唱，该练练。音乐令和平陶醉，使和平快乐。现在和平满脑子里都是《十五的月亮》的旋律，是手风琴悠扬的琴声，和平的脑子变成了一台录音机，一遍一遍不停地播放，不停地播放，反反复复，和平自己都控制不了这台录音机了，录音机的开关失灵了，想不播都不行。和平脑子里播放着歌曲的旋律，嘴上也自然跟着不停地哼唱，有时候直到走进教室上课那一刻才醒过神来，才住嘴。所以这种时候想把和平从歌曲的情境中拉出来是不容易的。

  和平跟音乐老师排练的时候，始终放不开，不像自己独唱那样轻松自如。按要求和平跟音乐老师交流的眼神应该是深情脉脉的，是丈夫思念妻子的那种感觉。和平呢，无论音乐老师怎么开导，看是看了，眼神却总是躲躲闪闪的。音乐老师说你怎么这么封建呢你。这是表演，又不是……最后没办法，说行了，到时候你用眼睛看我一下，像那么回事就行。回家对着镜子再练练。音乐老师说和平脸上的表情也有点僵，应该再自然一些，面含微笑，音乐老师还做了示范，很专业地微笑。其实和平自己独唱的时候表现得很好，很自然的呀，不知为什么，跟音乐老师眼光一对就不自然了。音乐老师的眼光就像有电似的，电得和平浑身上下哪哪儿都不自然。和平很听话地回家对着立柜上的穿衣镜练。张霞在厨房做饭，隔着玻璃一眼一眼地朝屋里望，最后忍不住说，你帮我烧烧火行不行？在学校还没练够，回家还练？那音乐老师也真能"嘚瑟"，又不是专业演员，要求那么高干什么！和平听张霞骂音乐老师"嘚瑟"，就忍不住顶了张霞一句，说你这人咋净事儿呢？张霞生气了，把手里的饭盆使劲摔在锅台上，饭盆发出哐啷啷的声响，掉了一块漆。和平就瞪大了眼睛，说你这是干什么呢？张霞嚷，你说干什么？你说干什么？我正想问你呢！还没怎么着你就开始护着她了。要过就过，不过就散！和平到厨房去给张霞烧火，得了得了，我给你烧火还不行么。张霞则干脆躺到床上去，也不做饭了，也不搭理和平了，拿被蒙上头去哭。和平上前去掀张霞的被子，被张霞一脚蹬开了。张霞的皮鞋在和平的腿上蹬出一个土印子，和平拍一拍。张霞说上学校练去吧，还有人给你伴奏，有人喜欢听，有人跟你唱，多来劲！和平知道张霞喜欢吃醋的老毛病又犯了，意识到原来问题不在练不练歌，不在学不学琴上，关键在于音乐老师是个年轻漂亮的女老师，跟一个那么年轻漂亮的女老师在一起，张霞心里不舒服。张霞哭着骂和平，整天围着人家大姑娘屁股后黏黏糊糊的，黏糊什么呀！和平像是被人揭了短扇了耳光子一样，脸腾地红了，说你这种人，没法跟你说。摔门走了。

　　和平也没别的地方去，一走，就又走到学校来。教音乐的女老师是刚分到学校的新老师，在学校住宿，吃完晚饭没什么事，就在音乐室里拉手风琴，拉《喀秋莎》。和平一走进校园就听见了悠扬的琴声，心情立时舒畅起来，禁不住跟着手风琴的旋律哼唱起来。若是往常，和平肯定会拐到音乐室去。张霞没说起这件事的时候，和平从来没觉得有什么不正常的，现在经张霞这么一说，和平倒好像心里真的有鬼似的，连朝音乐室张望的眼神也鬼鬼祟祟的。隔着窗户和平看见音乐老师抱着手风琴在拉，和平怕被音乐老师看见叫住，赶紧绕着进了自己的办公室。和平坐在办公桌前，什么也干不下去，也不开灯，就那么摸黑坐着，静静地听着外面的琴声。不知过了多久，窗外有了月亮。一片月光把窗前婆娑的树影投射在办公室的白墙上。琴声如行云流水，在夜晚的房屋与房屋之间回荡，在树木与树木之间回荡，在校园南墙下的蔬菜地里回荡。和平在办公桌前一直坐到夜深，一直坐到琴声没了。和平都不知道琴声是什么时候停下来的。

第二天七八节自习课的时候，音乐老师先是打发学生来叫和平去音乐室练歌，和平犹犹豫豫没有动，后来音乐老师笑盈盈地亲自来找，有几个正在备课的老师就停下笔暗暗看他们。和平支支吾吾说差不多了，用不着再练了吧。眼睛连看也不敢看音乐老师，看着自己的抽屉，在抽屉里翻腾来翻腾去的，像是在找什么东西，却半天也不知道自己要找什么。音乐老师以为和平真的在找什么，就站在和平的桌旁等着。越等和平就越慌乱，越慌乱就越是翻腾来翻腾去，音乐老师莫名其妙地看着一脸通红的和平，说你快点行不行，慢慢腾腾怎么像个大闺女似的呢。找什么呀我帮你找，急死人啦。屋里的老师就忍不住抿嘴乐。

张霞一连好几天也不跟和平说话，也不给和平做饭，和平怎么哄也不开晴。哄到最后，和平说我保证今后不再唱歌还不行吗？张霞说你还有那个脸！和平的脸腾地红了。和平不是一个憨脸皮厚的人，自尊心很强的，经张霞这么一说，和平真的被激怒了，和平冲着张霞大声喊，你不要欺人太甚！我怎么没脸了？我唱歌有什么错了？我学琴有什么错了？和平一肚子委屈无处诉说，一肚子火气无处发泄，忍不住一拳砸向了身旁的家具，家具上的玻璃哗啦就碎了一地。又是一声哗啦，又一块玻璃碎了一地。玻璃上原本是画着画儿的，于是地上就是五颜六色缤纷的花雨。

张霞与和平结婚那会儿，农村时兴打家具，不管什么样的家庭，条件好不好，都要打几样家具的。自行车、手表、缝纫机什么的可以上百货商店去买，但家具百货商店是买不到的，比如立柜、写字台、高低柜、装被褥的炕琴等等，百货商店里还没经营这些东西。男方家庭条件好些的，不用女方张口，该打的都给打了，家具打的全，样数多，满足女方的要求让女方高兴是一方面，自家的面子上也好看。条件不好的，起码也要打个一样两样，立柜不用寻思是必须打的，接下来打啥不打啥，就需要考虑考虑了，往往要征求一下女方的意见，看看女方喜欢什么。如果两个人都不会写字，用不着写字台，那就可以不打写字台，打样更适用的，像高低柜，既可以装点日常随手用的小玩意，也可以当梳妆台使。如果不喜欢高低柜呢，喜欢装被褥装棉衣服的炕琴，那就不打高低柜而选择打炕琴。炕琴嘛，当然是安在炕上的，有的姑娘不喜欢，嫌炕挤巴，那就打地琴，下面当写字台，当梳妆台，上面装被褥，装衣服。总之，打家具是结婚时一个非常重要的步骤。许多人家往往在这个环节上出问题，常常因为一样两样家具打还是不打，一方非得要，一方就是不给，僵上了，导致好好的一桩婚姻黄了的也有。和平家经济条件不好，家里只给打了立柜和写字台，张霞也没像别人家的闺女那样矫情，张霞毕竟念过书，通情达理，和平家愿意给啥就给啥，没挑。两样就两样，多了也没地方摆。张霞说我嫁的是和平，又不是嫁的家具。和平的父母张口闭口都夸张霞懂事，将来肯定会体贴人。张霞跟和平都是当老师的，当老师的就跟一般的农村人不一样，对家具的要求也就多了一些讲究。比如立柜，一般都是两边开门，中间镶一块穿衣镜，这叫双开立柜。讲究主要讲究在两边的立柜门上。那时时兴玻璃画儿。一般人家打的家具都安玻璃画儿。画儿的内容也大都比较传统，农村人喜欢大红大绿，看着喜兴，那就画牡丹荷叶，有红有绿；要么就画鸳鸯蝴蝶，具有象征意义，象征着小两口恩恩爱爱比翼双飞；要么就是松鹤延年什么的，象征着幸福长寿。张霞跟和平商量了，说家家都画那些，有点俗气。那画什么呢？和平说不如画西湖，画桂林，画黄山，画画风景。张霞点头说好。后来和平又改了主意，说画风景也不大好，他看见别人也有画风景的，别人有画的，咱们就不画。张霞又说好，你说画啥就画啥。张霞什么都依着和平。最后还是按照和平的意思，画唐诗宋词。张霞说唐诗宋词怎么画呀？和平就选了一些唐诗宋词里面很有意境的句子，张霞一看连连称是，夸和平有才。于是请来的画匠按他们提供的唐诗宋词的句子画，像"月上柳梢头，人约黄昏后"；像"秋千慵困解罗衣，画梁双燕栖"……立柜两边的门，写字台的门，能画玻璃画儿的地方都画上了。一幅一幅的画儿，把这些家具装饰得新鲜漂亮。小两口没事的时候，念念"月上柳梢头，人约黄昏后"，常常沉浸在幸福甜蜜的回忆中。现在和平气昏了头了，忍不住拿身旁的家具出气，一拳就把立柜上的那块"月上柳梢头，人约黄昏后"哗啦砸成了缤纷的花雨。砸了一块还不解气，和平又一拳，又哗啦把"秋千慵困解罗衣，画梁双燕栖"也砸成了缤纷的花雨。人在情绪失控的状态下，一旦发作起来是不容易一下子控制住自己的，好比刹车，凭着惯性还要跑出一段距离的，所以和平接二连三砸了立柜上的玻璃，砸了写字台上的玻璃。转眼间，一块块色彩鲜艳的玻璃画儿粉碎在地上了，漂亮的家具立时变得丑陋了，留下一个个黑洞洞像窗户似的空白。

张霞蒙在被窝里，半天连哭也没有哭。张霞好像被和平的疯狂吓蒙了。张霞还从来没有见过和平会发这么大的脾气。张霞跟和平认识好几年了，都不知道和平有这么大的脾气。和平砸过之后，那噼里啪啦的粉碎声仿佛就是和平肚子里的火气，随着和平把家具上的玻璃砸碎的同时，也就把肚子里的火气发泄了出去。望着地上花花绿绿的玻璃碎片，和平一下子清醒过来，清醒之后开始后悔，开始心疼，他把那些花花绿绿的玻璃碎片打扫干净，默默地扔到屋后的垃圾堆上。和平在做这些的时候，床上的张霞始终没有动静。从恋爱到结婚他俩从来没有打过仗的，张霞什么事都依着他，知疼知热，体贴入微，什么都好，就是心眼小。张霞没动静，和平害怕了，赶紧上前揭张霞蒙着的被子，喊着张霞张霞，却冷不防被张霞一脚丫子蹬坐在地上。和平起来，说你再使劲蹬几脚吧。和平抓过张霞的脚丫子让她往自己的身上蹬，可是张霞不理他，你越让她踢，张霞反而不踢了。张霞哭着说，砸吧，有章程你把家具都砸喽。和平无话可说。第二天赶紧找了画匠，一切按照原来的样子重新画好装上。

画儿画得几乎跟原来的一模一样，好像本来就没发生过什么似的，可是张霞很长时间都不敢看那画儿。原来的"月上柳梢头，人约黄昏后"，看了心里有一种幸福和甜蜜的感觉，勾起的是美好的记忆。可现在，就像条件反射一样，一看见那些玻璃画儿，头脑中响起的就是那刺耳的粉碎声。

一连几天，两个人干什么都是默默的。和平想哄张霞好，做了饭叫张霞吃，张霞也不吱声，也不吃饭。张霞不吃饭和平也不吃。等了一会，和平耐不住，把饭盛了，把筷子插到饭碗里端给张霞，和平说你不吃我也不吃，咱俩都绝食。张霞望一眼和平消瘦的脸，白一眼。两个人就默默地吃饭，吃罢再默默地拾掇碗筷，默默地铺床睡觉。张霞把被子紧紧地裹在身上，给和平一个后背，几天来张霞一直给和平一个后背，身后的被子被张霞压在身底下，意思是不给和平一点机会。和平在张霞的身后长吁短叹，凄凄凉凉的。后来张霞听见身后的和平打起鼾声，就放松了戒备，翻了翻身，压在身下的被子也松动了，和平冷不丁掀开张霞的被子钻进张霞的被窝。受到突然侵略的张霞，奋力反抗，手脚并用，连推带蹬，打算把和平轰出自己的领地，和平扯住被角，紧紧抱住张霞不放，并且拿被一下把张霞整个蒙起来，被窝里的和平看不见哪儿是哪儿，只顾在张霞的身上乱咬一气。张霞受不了和平那张带着胡茬子的嘴，痒得缩成一团翻来滚去。开始张霞忍着就是不乐，张霞不想给和平乐。张霞不乐和平就不罢手，拿嘴专门挑张霞受不了痒的地方拱，张霞到底忍不住，妈呀妈呀叫着，乐得上气不接下气的。

演出的日子临近了，听说和平冷不丁不打算上台唱《十五的月亮》了，音乐老师找和平，以为和平是临阵怯场了，说你咋这样呢，这么没自信。你唱得多好呀，咱俩的二重唱肯定会打炮的。再说，你不学手风琴了？音乐老师一劝，和平有点心动了。和平差点就跟音乐老师说了实话，说不是我不愿意跟你唱歌，也不是我不愿意跟你学琴，是张霞不让。和平还被老校长叫去好顿损，说你和平的歌唱得好，学生老师都喜欢听。大家喜欢听你就唱么，唱个歌有什么了不起的？端什么臭架子！和平支吾着说不是。那是什么？这次是全公社国庆汇演，到了节骨眼儿上你撂挑子，拿把是不是？拆台是不是？老校长把桌子上的一个本子拿起来又啪地摔在桌子上，说不唱就不唱？你以为缺你个鸡子儿还不做槽子糕了？！和平被老校长撸个茄皮子色，有点招架不住，汗也下来了，脸也通红。老校长见状，把态度缓了缓，说唱歌是好事么，我还想上台唱呢，可惜嗓子比大缸还粗。得了得了，什么价钱也不要讲。和平回家愁眉苦脸的，张霞说，没听说唱歌还有强迫的。明天我去找校长，我就直接告诉他，我们家和平就是不能跟那个音乐老师唱二重唱。你瞅瞅她那两个奶子，颠上颠下的，那个欢实，比结过婚的还大。让我们家和平成天在她跟前转悠，我就是不放心。

那场国庆演出，人们等到最后也没有看见和平跟音乐老师上台唱二重唱。女老师们见了张霞，问张霞，你们家和平今天怎么没上台呀？和平没上台唱歌大伙都感到挺奇怪的。张霞笑嘻嘻说我们家和平从今往后告别舞台啦！老师们以为是开玩笑，和平肯定是因为什么事没能参加。

后来教音乐的那个年青漂亮的女老师在县里找了对象，调到县里去了。新来的音乐老师是个男的，这下和平一有时间就泡在音乐室里。女音乐老师走了之后，那架手风琴再没人会拉，和平就抱着女音乐老师曾经拉过的那架手风琴，虽然还拉不出个旋律，可是手风琴每一个琴键随便发出的声音，在和平听来都是那么的美妙，那么的动听。和平发誓一定要学会拉手风琴。

　　音乐老师临走的时候，留给和平一本手风琴演奏学习手册，还写了留念什么的。一天张霞在和平的抽屉里发现了，书的扉页上原来有音乐老师的名字，被和平用钢笔涂抹了，这一涂抹反而引起了张霞的格外注意。张霞盯住被涂抹的地方看过来看过去的，看了老半天，到底看出了是音乐老师的名字。看出是音乐老师名字的时候，张霞的眼里就沁满了泪水，手里拿着那本手风琴演奏手册，恍恍惚惚的一时不知该怎么办才好。

红灯笼

望奎的姥爷成分不好，地主成分，还是个戴帽地主。那时，凡是地主富农成分的人，包括他们的子孙后代，臭得很。那真是狗屎一泡。望奎的姥爷，望奎的舅，望奎的姨，包括他几个舅家的孩子，一个个，像是夹着尾巴的狗，见了人，连眼皮都不敢撩。家里家外只是闷头劳动，一刻都不闲着，这叫老老实实接受改造，不许乱说乱动。望奎的姥爷在外边，更是话少，像个避猫鼠似的。还动不动就被吆喝到大队批斗一盘，被支书扇上一顿耳光，脸扇得又红又肿，连吭也不敢吭一声。晚上躺在炕上，浑身像散了架子，睡梦里哼哼哼哼的。

望奎小时候就喜欢上姥家待着。星期礼拜不用说，就是平常，有时不愿上学了，半路上就拐到姥家去，然后对姥娘撒谎，说学校放假。回家还撒谎，说上学了。有时在家挨了打，也赌气不给爹妈上那个破学了，也往姥家跑。寒暑假，几乎一天也不在家待。望奎家离姥家虽说是前后屯，但也有十里八里的，无论是夏天草木葱茏，还是冬天风雪迷茫，望奎都敢一个人走。一路跑着，进了姥家的门，脑袋上全是汗。姥娘一面给外孙儿擦着汗，一面说你瞅瞅，你瞅瞅。跑啥呀？姥娘心疼。望奎如此迷恋姥家，一来呢，在姥家，望奎是最小最小的，姥爷姥娘宠他宠得不行，嘴里含着怕化喽，手里捧着怕掉喽，把这个外孙儿当成了掌上明珠，别人也就谁都不敢惹他不高兴，对望奎全是好态度。望奎喜欢那种被人哄着捧着的感觉；二来呢，是惦记着姥家的好"嚼裹"。姥家哪怕吃一点差样的东西，都得先给望奎留足喽。得可着他。有一样东西望奎没吃到嘴，当姥娘姥爷的，心里就觉得不得劲。在家就不同了。在家望奎是老大，望奎身下还有弟弟，弟弟身下还有妹妹，一个比一个小。虽然望奎满打满算还不到十岁，但爹妈不知从啥时起，就已经不把他当小孩子看待了。外面的活儿不用干，但家务活儿，妈忙活不过来的时候，经常支使望奎。去把猪圈门打开，把猪撒回来喂喂。望奎就上房后，把猪撒回来，再给猪食槽子里倒上泔水，仓房的囤子里抓把谷糠麦麸子什么的撒在泔水上面，猪便埋头吱吱地喝起来。这些喂猪的程序，望奎已经相当熟练。猪们也都熟悉了望奎，只要一看见望奎的影子，不等望奎解开拴圈门的绳子，长嘴就先从猪圈门的门缝里伸出来，吱哇叫着，一副迫不及待的样子。出了猪圈，撒着欢地跑，直奔院里的猪食槽子。每次喂猪，望奎手里都拎根棍子维持秩序。有的猪喝着喝着，可能是嫌伙食太差吧，造反了，一嘴巴将猪食槽子拱翻，泔水洒了一地。爹妈见了，就会骂望奎。望奎就会把一肚子气撒在那头惹事的家伙身上，手里的棍子在猪身上留下一道道的白印。可惜望奎的力气太小，无论怎么使劲，打不疼，猪们依然我行我素，根本不把望奎的惩戒当回事。不过望奎还有手段，他干脆不等猪们吃饱，便不再给它们添食，挥着棍子强行把它们赶回圈里。相比之下，鸡要好伺候多了。冬天的时候，鸡的伙食相对要好一些，否则难以度过寒冷的冬天不说，伙食不好，来年开春开张下蛋也晚。所谓好伙食，就是隔三差五往地上撒几把苞米，鸡们就像过年了一样疯抢。而多数时候，是在一个木头槽子里用水拌些秕谷喂鸡。鸡的食物预备妥当之后，望奎每每还要学着妈的样子，咕咕地高调叫上两声，呼唤鸡们回家吃饭。四散在生产队场院里的、邻居家院子里的、或者是在柴垛上粪堆上觅食的鸡们，听到望奎的呼唤，先是伸长脖子听上一听，听出来是自家主人的声音之后，便一路叽叽嘎嘎欢叫着往家跑，有的干脆就是飞回来的，像在外面玩耍的小孩子听到母亲喊他回家吃饺子一样兴奋。地上的苞米眨眼就没了，鸡们仰脸看着望奎，跳起来去啄望奎的手，望奎便故意逗鸡们发疯，把手里的粮食东撒一把，西撒一把，鸡们就呼啦啦，东一嘴，西一嘴，两面跑着抢。有时候，望奎会趁鸡们埋头抢食的机会，突然出手逮住一只大公鸡，拔下它屁股上两根漂亮的尾羽做毽子。除了喂猪喂鸡，妈将手里的针线活儿收拾起来，下地要做饭了，往往先喊望奎抱柴火，望奎就上挺远的柴火垛，吃力地拖回一捆苞米秸秆。以为抱回来就算完事了，刚一转身，妈说干啥去？烧火！望奎就不怎么情愿地蹲下，给在锅台上忙活的妈烧火。由于望奎的心根本不在烧火上，一心惦记着外面等他的伙伴，这火烧得不是带死不活的，就是烧得太旺，把锅烧干了，飘出一股糊巴味，这种时候，望奎的头上冷不丁就会挨一巴掌。妈那一巴掌，打了望奎一脸的苞米面子。院子是每天都要打扫的，除了鸡鸭猪的粪便不说，还有柴火叶子啦、风刮来的草末子啦，土啦雪啦，反正要经常保持整洁。否则，爹干活儿回来，第一眼就会看见，第一个就要骂望奎：那么大了，怎么就不知道找活儿干？我像你那么大，都能放猪啦！望奎就贴着墙边，绕着爹，眼睛防备着爹那猛烈的一个炮脚，乖乖地去拿搁在鸡架上的扫帚，把院子扫得乌烟瘴气。爹见了，知道望奎这是不满呢，拎把笤帚疙瘩出来，望奎见状，扔下扫帚就跑。这是说干活儿。吃喝上，望奎也是干眼馋。得发扬雷锋精神，先人后己，有点好吃的，得先可着弟弟妹妹。若是嘴上实在忍不住，偷偷抢了弟弟妹妹的，两个小东西就会毫不客气地往地上一躺，打滚撒泼，委屈得鼻涕一把泪一把。爹妈听见了，毫不犹豫地冲过来，上去给望奎个大耳刮子，屁股后再补上一脚。爹妈更心疼小的嘛。比较起来，小的毕竟是弱者。所以望奎一天也不愿在家待，姥家成了望奎的乐园，也是望奎的避风港。

　　姥家像是解放区，望奎一到解放区就自由了，翻身得解放了。每日从早玩到晚，玩够了，也不用提心吊胆地回家。连衣裳弄脏了撕破了也不怕姥娘骂，姥娘会拍打着望奎衣裳上的土，说瞅瞅你，这是搁哪儿整的，打滚了？造的，像个灰土驴子。说着，针线笸箩里找根针线，把望奎扯坏的衣服兜一针一针缝好。换成妈，哪有这好脾气，脸蛋子不给你拧出紫疙瘩算便宜你。所以每次玩完回家，临进门，望奎都事先检查检查身上埋不埋汰，埋汰的话，先拍打拍打，然后才敢进屋。初来乍到的几天，望奎还保留着在家的习惯，帮姥爷打扫院子，帮姥娘抱抱柴火，喂喂鸡鸭，姥爷上井沿儿挑水，望奎也跟在屁股后。姥爷就喷着嘴，跟姥娘夸望奎，说这孩子，能干活儿，有出息。姥娘说，哼，在家都叫他爹妈给管怕了嘛。姥爷姥娘不叫望奎干活儿，一遍一遍撵望奎出去玩。望奎在外面玩饿了，跑回来，先奔炕上的火盆，姥娘的火盆里，不是埋几个烧土豆，要不就是埋几个烧豆包。姥娘早就摸准了望奎什么时候该饿了，时间掌握得很准确，事先就把这些吃的给望奎预备好了。这些好吃的，全都属于望奎自己，没人跟他争跟他抢。若是夏天，望奎可以随便进出门前的菜园子，钻到黄瓜架下面，扒拉着黄瓜秧找，非把两个衣裳兜揣满不可。在家，怎么可能呢。借他个胆子也不敢。园子里的黄瓜，稍稍长大一点，妈都用红布条贴根系上，少一根都知道，头一个挨揍的保准是他。只有等到黄瓜结得多了，长够大了，妈才摘下几根，一人分一根，望奎捞到的肯定是最小的。

　　望奎解放了，自由了，但望奎的姥爷却是被管制的，三天两头就要被整到大队收拾一盘。有时候，白天干了一天的农活，夜里还要被收拾到下半夜。批斗的时候，望奎的姥爷几个（这里边，有主要挨收拾的，也有陪绑的。有主角，有配角），统统腰撅成九十多度，一动不动，就那么一直撅着，汗淌下来，噼里啪啦的。有时撅着撅着，就一头栽倒在地上。望奎姥爷的脸上常常青一块紫一块。望奎曾经亲眼目睹过姥爷挨斗。那天晚上，望奎跟着几个伙伴上队上去玩，说是去看热闹，望奎也不知道是啥热闹，糊里糊涂地跟在后面。生产队的屋子里人挤得满满当当，一盏马灯高挂在社员的头上，烟雾笼罩着一张张昏昏欲睡的脸。望奎他们从大人们的腿缝往进挤，挤到前面，前面是一张会计算账用的白茬大头沉桌子，桌子后坐着个吹胡子瞪眼的人，脸子吊丧的一样难看。一个伙伴趴在望奎的耳朵上告诉望奎，说那是支书。桌子跟前，面向大伙，并排撅着几个老头，都属于"地富反坏右"五类分子。由于他们猫腰的幅度比较大，从正面只能看见他们或花白或光秃的头顶。望奎是头一回看见这种阵势，不知道这是演的什么戏。那个支书一直在讲，而且越讲越激愤，讲着讲着就噌地起来，从后面挨个踹几个老头的屁股。由于空间狭窄，施展不开，支书在踹地主屁股的时候，腿必须抬得很高，动作有些夸张滑稽。第一个挨踹的没防备，一下闹了个狗抢屎，引来屋里一阵哄笑，人们一下睡意全消。后面的有了防备，腿上暗暗使劲，站得稳当，所以后面的一个也没被踹趴下。支书坐那气喘吁吁。支书说，笑什么笑？毛主席教导我们说："千万不要忘记阶级斗争"……望奎就有些害怕，往后缩，却被一个伙伴拽住，指着刚才趴下的老头，说，那不是你姥爷吗？你姥爷被踹个狗抢屎。望奎还嘴，说是你姥爷！你姥爷才狗抢屎！望奎以为人家在骂他。那伙伴说，真是你姥爷，不信你上跟前看看。望奎虽然看不见姥爷的脸，但认识姥爷那个早就谢了顶的脑袋，熟悉姥爷穿的那身青布的棉袄棉裤，磨得乌亮泛光，两个棉裤的裤脚用麻绳紧紧地绑着，这样免得往裤腿里钻风。望奎就挤到姥爷跟前，去拽姥爷，给姥爷擦脑袋上热腾腾的汗水。姥爷蒙里蒙登的，半天才看清是望奎给他擦汗，结果把姥爷吓坏了，慌张而又严厉地斥责望奎，你咋来了？

赶快回家。望奎不走，要拽着姥爷一块回家，支书冲望奎一瞪眼珠子，骂一声滚蛋！那晚望奎半宿没有睡着。第二天，姥爷像个没事人似的，照样下地干活去了。姥爷吓唬望奎，说，再不许上生产队去玩，叫支书看见，把你屁股踢两半！那时候，望奎对地主一词还不太明白是咋回事。不知道姥爷为啥被人踢屁股也不吭声。那些小伙伴跟望奎打闹的时候，也学望奎姥爷挨斗的样子，望奎气得抹着鼻涕回来。平常，社员们也不敢跟姥爷家来往，姥爷一家过着屈辱而又孤独的生活。

望奎就好比是姥家的一盏明灯，望奎一来，就把姥家黑暗的日子照亮了，一切的忧愁和烦恼仿佛都烟消云散了，平时难得一见的笑容也偶尔会挂在姥爷的脸上。姥爷高兴的时候，甚至让望奎把自己当马骑，在炕上来来回回地爬。望奎骑在姥爷的背上，屁股一颠一颠的，嘴里驾驾地吆喝。望奎的姥娘喊，轻点，一会儿把你姥爷的腰颠折啦！过年也舍不得让望奎回家去过，姥爷手牵着望奎，上大队供销社，给望奎买块布做件新衣裳，给望奎买一包糖球，半斤饼干，几个冻梨。姥爷拿一块糖球塞望奎嘴里，叫望奎含着，望奎含一会儿就忍不住嘎嘣嘎嘣嚼。糖球揣在姥爷的兜里，望奎一会儿上姥爷的兜里抠一块，一会儿抠一块，不等到家，就已经剩不下几块了。望奎的兜里，一面揣挂"小洋鞭"（一种很细很小的鞭炮，专门给小孩子玩的），一面揣包"磕头了"（一种很细很小的彩色蜡烛，也是给小孩子玩的），一路用手捂着，怕它们自己跑掉似的。供销社的屋子里，从这头到那头，当空悬挂着各式各样的新鲜的年画儿。那时的年画儿，多是样板戏的剧照，《红灯记》啦，《沙家浜》啦，《智取威虎山》啦，等等。望奎见了这张要，见了那张也要。尤其喜欢腰上挎着枪的杨子荣，郭建光。回家，望奎把画儿一张一张摊在炕上，趴在画儿上看。三十晚上，姥娘偷偷把几个黑不溜秋的冻梨泡在半盆凉水里缓，不让望奎看见。望奎若是看见了，不等冻梨缓好就拿出去啃，一会儿一个，一会儿一个，不吃得肚子疼不肯罢休。等吃完了半夜那顿饺子，盆子里的冻梨也缓好了，一人分一个，冰凉爽口。望奎吃完了一个，再上盆里去找，盆里只剩下一盆白白的冰窝了。姥娘瞅着姥爷，俩人偷着乐。

一到年跟前，望奎总要缠着姥爷扎灯笼。那时候，农村供销社没有卖现成的灯笼，就是有也舍不得花钱买，所以家家挂的红灯笼，都是自己动手扎的。有的扎成方形，有的扎成圆形。方形的好扎，随便弄几根秫秸也有用木棍的绑成个四框，外面一糊就得。圆形的好看，但工艺复杂一些。扎的时候，需要一定的手艺和耐性。望奎的姥爷给望奎扎的就是圆形的灯笼，又大又圆，全屯找不出第二个来。扎灯笼的材料也不用秫秸，而是用柳条，柳条似乎更结实耐久一些。屯外的甸子上有成片的柳条，割来一把，在屋子里缓上一会儿，本来僵硬的柳条慢慢变得绵软而柔韧，想怎么使就怎么使。望奎的姥爷先用两根柳条弯成两个相等的圆圈，望奎就问姥爷，搣圆圈干啥？姥爷说，一会儿你就知道啦。然后再将其他的柳条弯成满弓的样子，每一根柳条的两头用铁丝绑在两个圆圈的外沿上，一根柳条与另一根柳条的间距是相等的，根根柳条都往外鼓着大肚子，这样，两根相对应的柳条都朝外鼓着肚子，就成了一个大圆圈，整个灯笼看上去就是由很多的圆圈构成的。那些柳条实际上起着灯笼的骨架作用，撑起了一个圆形的空间。姥爷看上去一双粗黑的大手，想不到却那么灵巧。望奎在一旁看着，想看明白姥爷是怎样把那些柳条鼓捣成灯笼的。一会的工夫，一个圆形灯笼的轮廓就出来了。望奎就兴奋地拍手跺脚。姥爷说，看会了没有？赶明个自己扎一个给姥爷看看。灯笼坐在炕上，姥爷左右端详。原来，一个圆圈是当了灯笼的屁股，叫灯笼会坐着，而另一个圆圈则当了灯笼的房顶。接下来，姥爷把早就买来的几张大红纸裁好，就着糊墙剩下的糨糊，在柳条的外面一糊，连灯笼的屁股也糊上了，只留房顶通气。望奎不明白，就问姥爷咋不都糊上？姥爷说，你说咋不都糊上？都糊上，从哪疙瘩往里搁蜡烛啊？灯笼的屁股里放块木板，木板上倒钉一根铁钉，蜡烛就坐在铁钉上，一点，灯笼就亮了，高高地挂在当院竖起的一根杨木杆子上，一下子把个漆黑的院落照得红彤彤亮堂堂。民间把过年时点的灯笼做成圆圆的，红红的，其寓意显而易见，祈盼日子团圆，红火。姥爷还给望奎另做一个小灯笼，里面点根"磕头了"，望奎拎着那灯笼，美坏了，专挑黑暗的地方跑，跟小伙伴们比，看谁的灯笼好看，看谁的灯笼又红又亮。常常是望奎骄傲地获胜。望奎跑回家，告诉姥爷，说他们的灯笼一点儿也不好看。望奎拎着灯笼跑，一跑，风就大了，火苗就倒了，把灯笼烧了，望奎懊恼得大哭。姥爷笑着，照望奎的屁股拍一下，说，完蛋，哭啥？姥爷再给你糊上不就得了。看着灯笼在姥爷手里重新漂亮起来，望奎抹着鼻涕笑。

到十二三岁上，望奎唱歌的天赋逐渐显露出来，样板戏的许多经典唱段望奎都能唱得像模像样。社员们见了望奎，常常逮住他，非让望奎唱一段才肯放他走。望奎挣扎不脱，只好草草唱一段。可是社员不放手，说好好唱一段，郑重其事的。望奎只好再唱一段。开始望奎脸都是通红的，头上冒着汗。回数多了，望奎的脸也就不红了，也不冒汗了，也不羞口，让唱就唱。后来生产队利用冬闲的时间组织社员成立文艺宣传队，宣传毛泽东思想，占领农村文艺阵地，社员们一致推荐望奎加入。望奎就天天晚上跟大人们排练节目，唱《红星照我去战斗》，一排排到大半夜。

等到上了初中，十几岁的望奎，不但歌唱得越来越好听，人也长得越来越精神，就有老师说望奎，将来是个当演员的料。望奎心里便暗暗使劲，立志长大当个歌唱家。干活的时候，放学的路上，自己一个人，放开歌喉，唱得树上的鸟直飞，唱得地里干活的社员，住了手听。一听就知道是望奎。后来县剧团下来招演员，一下就看中了望奎，把望奎一家人乐坏了。可是等来等去，却没了下文，泡汤了。原因是，望奎的社会背景不好，望奎有一个地主成分的姥爷。好些天望奎的情绪都特别低落。

除了当歌唱家，望奎从小还有个愿望，就是当兵。应该说当兵的愿望并不算远大，不过比较现实。那时候，很多农村青年想脱离农村，出路就是当兵。身穿绿军装，手握冲锋枪，真让许多小青年羡慕死。望奎高中毕业那年的冬天，征兵工作一开始望奎就积极报了名，还写了志愿书，向毛主席表忠心，说自己积极响应毛主席的号召，"提高警惕，保卫祖国"，到了部队，一定要发扬"一不怕苦，二不怕死"的精神，等等。到最后，还是政审没过关，还是因为他有个地主成分的姥爷。从此，望奎一肚子的怨气，恨死了姥爷家，下决心与姥爷家划清界限。

让望奎没有想到的是，在生产队当了一年多农民之后，国家恢复了高考制度，据说限制得也不像当兵那么严格了。望奎当然不能错过这样的机会，怀着一颗忐忑不安的心情走进了考场，结果连他自己也不敢相信，他如愿以偿，考上了一所地区师范学校。临上学走，父母撵望奎上姥家串个门。你都好几年没去了，你姥和你姥爷总是念叨你。姥爷姥娘给望奎准备了他最爱吃的白面油饼，小鸡炖粉条，姥娘一遍一遍上当街（读"该"音）往屯外张望，一直等到饭菜凉了，也没见望奎的影。在学校念书的时候，无论填什么表，主要社会关系栏里，望奎从来不填姥爷家。人家问，他说姥爷早就去世了。

一九七九年，对于望奎姥家来说是一个冰消雪融的春天。这年，国家取消了地主富农成分。也就是说，望奎的姥爷跟其他广大社员一样了，笼罩在姥爷一家头上的阴霾终于烟消云散了。过年的时候，望奎上姥家串门。那时候，姥爷已经得了半身不遂，躺在炕上一两年了。姥爷知道望奎这些年为啥一直连门也不登。姥爷不生望奎的气。不但不生气，相反，姥爷心里总觉得对不住外孙子，是自己这个地主的破成分连累了望奎。要不，望奎早就当上了演员，当上解放军了。姥爷一见望奎，眼泡就红了。望奎站在姥爷的身边，拉着姥爷僵硬的手。过去，姥爷那么挨收拾，被专政，却从没见他掉过一滴眼泪。打队里回来，依然乐呵呵地哄着他玩。姥爷说话含混不清，挂着眼泪的脸上露出笑容，手往自己的头上比划着，告诉望奎，说自己头上"黑五类"的帽子已经摘掉了，他不是地主了，不是"黑五类"了……姥爷还叮嘱望奎，这回好好念书吧，你跟别人家的孩子都一样啦，将来一定能有大出息。姥爷的意思望奎明白，就是，姥爷不会再连累他了。望奎攥着姥爷的手，攥得紧紧的。

　　姥爷哄着望奎，说不哭不哭。那么大了哪能说哭就哭呢。你得学姥爷，打死也不哭。姥爷这辈子，没做过亏心事，哭不出来。去，把灯笼挂上，亮亮堂堂的，咱们好好过个年。望奎在仓房里找到了过去姥爷给他扎的灯笼，因为这几年望奎一直没上姥家来，那灯笼也就一直放在仓房里，过年姥爷也没心思挂它，灯笼上落了一层灰尘，红纸也褪了鲜艳的颜色。望奎买来大红纸，重新裱糊了，把灯笼挂在窗前，挂在姥爷抬头就能看到的地方。上个世纪七十年代末，我们那里的农村已经通上了电，家家的灯笼里不再点蜡烛，而是点明亮的电灯泡，望奎特意安了个大灯泡。晚上，望奎早早把灯笼点上，灯笼立时又红又亮，躺在炕头的姥爷，脸被映得红光满面。望奎发现，姥爷红红的脸上，有晶亮晶亮的东西往下流淌。

杨姑娘

先是看着杨姑娘的腰一天比一天粗，然后是肚子一天比一天大，最先发现这个惊人变化的，是杨姑娘的娘。在强行掀开杨姑娘的衣裳看了个究竟之后，杨姑娘的娘，整个人就不行了，一屁股坐在了身后的炕沿上，心跳得厉害，浑身哆嗦得一点劲儿也没有了，脸色要多难看有多难看。杨姑娘的娘连脑子也乱了，都不知道自己接下来该干什么了。本来想去抱柴火做饭，却上泔水缸里舀了半桶泔水去喂猪，可是到了门外呢，却又把半桶泔水泼在了当院里。杨姑娘的娘是被气糊涂了。往回，家里有什么事，杨姑娘的娘都是第一时间告诉杨姑娘的爹。可是这件事，杨姑娘的娘一时拿不定主意，要不要把这件事情马上让杨姑娘的爹知道。杨姑娘的爹脾气不好，气性大，在外面社员说什么也不敢吭声，多数时候是回家跟家里人耍脾气。她怕杨姑娘的爹若是知道了，不气死，碴碜也得碴碜死。杨姑娘的爷呢，解放前是地主，如今三天两头就要被民兵捉到大队去斗争一回。杨家人本来就惶惶不可终日，整天像夹着尾巴的狗，如今杨姑娘又弄出这样一件丢人现眼的事，这不是要人命嘛！

夜晚，趁家里人都被钟声敲到队上开会去了，杨姑娘的娘没有让杨姑娘去开会，叫人给请了假，说是病了，在炕上躺着呢。等家里肃静了，杨姑娘的娘完全像个贼一样，把脑袋探出院门外，左右瞧了瞧，然后快速地把门插上，进了屋，又赶紧把屋里的门也关上，这才毫无声息地进了杨姑娘躺着的小屋。老杨家现在是老少三辈住在一起，房子就显得窄窄巴巴，杨姑娘大了之后，就从爹娘的炕上搬到屋子后面接出来的一个低矮的小屋里住，有了女孩子自己的生活空间。我们那里很多人家，房头紧张的时候都是这样将就，在大房的后面再接出个小屋，叫"后倒栅子"，在后山墙上扒个门，跟大房相通。夏天不错，凉快。冬天极冷。那个"后倒栅子"就成了杨姑娘的闺房。白天的时候屋里的光线特别暗，跟夜晚差不多，连墙上那张李铁梅高举红灯的剧照都看不清鼻子眼睛。但白天再怎么暗也是不能点灯的。大白天哪有点灯的呢。夜晚点上灯，就显得光明敞亮了许多，好像连墙上的红灯都被点亮了。杨姑娘睡觉睡不着的时候，就躺在那儿看高举红灯的李铁梅，羡慕铁梅长得咋那么好看。长得那么好看的人，会找个啥样的对象呢？杨姑娘常常是在想入非非中入睡的。如今杨姑娘没有点灯，就那么摸黑躺在炕上，头朝里。杨姑娘的娘进来，也不敢点灯，黑暗中先摸着的是杨姑娘的脚脖子，再一摸，才摸着杨姑娘的胳膊，扯着将杨姑娘拽起来，对着杨姑娘的脸，压低着喉咙吼，我的小祖宗，我问你，你是跟谁有的呀？啊？杨姑娘羞愧难当，低垂着头。你咋能干出这种事来！你还让不让我们活了？杨姑娘的娘说话的声音都是颤抖的，显然是又羞又怕，气恨交加。她手里早就攥着一把笤帚疙瘩，也不等杨姑娘回答，迫不及待地上去就给了杨姑娘一笤帚疙瘩。杨姑娘早有心理准备，料到了早晚也要过这道关。所以挨了打的杨姑娘一声不吭，也不躲避。杨姑娘的娘一打起人来，气喘得就更粗，不顾脑袋屁股，发了疯似的朝杨姑娘的身上接二连三一顿胡敲乱打，仿佛被她打的不是自己的闺女，不是人，而是一头钻进园子糟蹋了绿油油蔬菜的猪，是一头拉磨时偷嘴吃了粮食的驴。无论怎么打，杨姑娘依然不躲不避，只是把双手抱定脑袋，任凭笤帚疙瘩在她的身上噼里啪啦地响。杨姑娘的母亲本来一生气就浑身哆嗦，没多大力气，气喘吁吁的，你说，这孩子到底是谁的？杨姑娘把头快要塞进了裤裆里，听不见哭，也听不见回答。杨姑娘的娘骂，你哑巴了？啊？你哑巴了？杨姑娘依旧不吭声。杨姑娘似乎真的一下子变成了一个哑巴。可即使是哑巴，这种时候也会用手比划比划，而杨姑娘似乎不但是个哑巴，还是个聋子，任凭杨姑娘的娘凶巴巴地问什么，就是不回答。杨姑娘的娘下手就越发地狠，只管挑解恨的地方打，哪儿最疼就往哪儿打，恨不得一下子将杨姑娘打死拉倒的架势。杨姑娘的娘照着杨姑娘的脑袋打，杨姑娘本能地用胳膊挡在头上，笤帚疙瘩便打在杨姑娘的手上，杨姑娘的手就像被猫咬了一下，又赶紧把手背到身后，可是胳膊从头上一拿开，脑袋就完全暴露出来，一点遮拦也没有，杨姑娘的娘就抓住机会，照着杨姑娘的脑袋连敲了两下，你说不说？是不是永久？是不是？永久是支书的儿子。杨姑娘咬紧牙关，不说是，也不说不是。杨姑娘不吭声，杨姑娘的娘就认为一定是了。杨姑娘的娘之所以猜是永久，因为平时支书家的永久就黏糊杨姑娘。杨姑娘的娘连气带累，连完整的话也说不成。知道是支书的儿子之后，杨姑娘的娘扔了笤帚疙瘩，一屁股坐在了炕沿上，手捂着脸，呜呜地哭起来。一面讲，跟谁好也不能跟他好啊。要是别人家，兴许还有个办法想想，商量人家，早点把你娶过去，兴许还能遮遮丑。这支书家，人家会娶咱家的闺女吗？做梦吧你！

　　杨姑娘的娘在屋里转来转去，终是无计可施。黑暗中就压抑着声音号啕，你说你可咋整唉……杨姑娘从来没有听过娘这样一种绝望的哭法，吓得浑身苏苏地抖。杨姑娘的娘哭了一会，由号啕转而抽泣，转而哽噎。火柴刺啦一响，屋子里有了恍惚的灯光。杨姑娘的娘端着油灯，翻箱倒柜的，就有黑影子大大的在墙上晃动。翻了半天，不知道翻出了一件什么旧被面，还是旧褥子，咔嚓撕了，撕成一条宽宽的带子，扔给依旧把头垂在裤裆里的杨姑娘，告诉杨姑娘，明天上队上干活儿，把这个缠腰上，紧点儿勒着。杨姑娘的娘怕杨姑娘不会，上去把布带子给杨姑娘缠在腰间，缠了一道又一道，然后两手拽住布带子的两端，咬牙切齿地用劲儿，杨姑娘的肚子倒是收回去了，可气却喘不上来了。杨姑娘张着嘴喘气。杨姑娘的娘说，就这样。第二天，杨姑娘很听话地把那条宽宽的旧花布仔细地缠在了腰上。杨姑娘每天下地干活儿，腰上都缠着那条宽宽的带子。左一道，右一道，连猫腰都费劲了。气也喘得粗。挨着杨姑娘身边干活儿的女社员，听见杨姑娘喘气的声音，偷偷打量杨姑娘。再后来，杨姑娘的娘又给杨姑娘找了一件杨姑娘二哥的上衣，让杨姑娘穿。那件衣裳当然是很旧很破了，连杨姑娘的二哥干活儿都不愿意穿。但那件衣裳穿在杨姑娘身上，又肥又大，正好把杨姑娘粗壮的腰身掩盖起来。又有女社员看着生疑，说，你怎么穿了这么件衣裳？杨姑娘一向穿戴干净利索。那女社员嗔怪道，你咋还不知道好看赖看了呢。中间休息的时候，女社员都结伴离开人群，走出很远，躲到庄稼地里去解手，杨姑娘则谁也不跟谁一块去。人家叫她的时候，杨姑娘摇头说不想去。可是呢，等人家走了之后，杨姑娘自己则朝相反的方向，也钻进庄稼地里，庄稼叶子哗啦哗啦，一直响出去很远。杨姑娘喜欢独来独往。别的女社员聚在一起，像群麻雀开会，唧唧喳喳，唧唧喳喳，谁也听不清在说什么。杨姑娘则一个人默默地垂头而坐。话也少。

　　杨姑娘的娘知道，那条布带子越来越没多大作用，掩饰不了多久的。那件肥大的衣裳到最后也会无济于事，也会显得捉襟见肘。杨姑娘的娘自己实在是没有什么主意了。夜里忐忑不安地把这件闹心事跟杨姑娘的爹断断续续地说了。杨姑娘的爹半天才问，多长时间了？两三个月了。杨姑娘的娘等着杨姑娘的爹说话，却只听见耳旁粗重的喘息。喘着喘着，杨姑娘的爹猛然翻身坐起，披衣下地。杨姑娘的娘说你干啥去？死死扯着杨姑娘的爹。干啥？干脆打死她算了！杨姑娘的娘把他摁回到被窝里。杨姑娘的爹在被窝里踹了杨姑娘的娘一脚，你看看你养活的好闺女！早晨起来，嘴角起了一堆黄泡，连饭也没有吃，蹲在厕所里干呕了几口。然后就扛着锄头下地了。

一连几天，杨姑娘的爹都不说话。跟谁也不说话。更不愿看杨姑娘，见了杨姑娘，把脸恨不得拧到脖子后去。吃饭的时候杨姑娘也不上桌，盛了半碗饭上外头去吃。夜里躺在炕上，两口子翻来覆去谁也睡不着，长吁短叹。杨姑娘的娘试探着说，要不，托人上支书家问问？咱闺女肚子里有了他儿子的孩子了，看他家咋办？要是真攀上支书家这门亲事，咱家往后的日子可就好过啦。杨姑娘的爹把身翻过去。杨姑娘的娘说，那你说咋整，你倒是拿个主意呀。杨姑娘的爹头蒙在被里，嘟囔道，你咋想得那么美！

杨姑娘的脸色一天比一天黄，每天干活儿回来，就往自己的小黑屋里一躺，连饭也不想吃。杨姑娘的娘端了碗小米粥搁在炕沿上，焦黄的粥里有两个扒了皮的鸡蛋，白瓷似的莹润。你，跟那臭小子说了没有？杨姑娘眼睛呆呆的，不明白娘问的啥意思。杨姑娘的娘就低下声，永久知不知道你肚子里有了孩子呀？杨姑娘点头。那，他是啥意思？就有泪水从杨姑娘的脸上流了下来。杨姑娘的娘脸就撂下了，咋养活了你这么个没出息的货！你要是不愿意，他咋能得逞呢，你说？

一天，社员晌午收工了，却久久不见杨姑娘回家。杨姑娘的娘终是惦记，独自出去寻找，一路流着眼泪，找到社员们干活儿的庄稼地里。杨姑娘还在地头孤零零地坐着，手里拿着那条绛紫色的旧布带子，头上是棵老榆树。杨姑娘的娘上去夺过那条布带子，扯了杨姑娘回家。一面压着声音骂，你死也不能死在外头，你怕别人都不知道吗？

自此杨姑娘的娘就不再让杨姑娘上队里干活，跟队上请假，说杨姑娘病了，说公社卫生院的大夫说了，杨姑娘得的是肺结核。连小孩子都知道，肺结核可是一种传染的病。社员们一听说，个个大惊失色的，说那不就是过去的痨病么。回家都叮嘱老婆孩子，谁也别再上杨姑娘家去。本来杨姑娘的爷就是个"黑五类"，据大队孙支书说，杨姑娘的爷总想恢复他失去的天堂，还想像过去那样骑在劳动人民头上作威作福。每回开会孙支书都这么讲，还让大伙跟杨姑娘的爷，也包括杨家所有的人划清界线。所以谁见了杨家人都不敢搭理，用孙支书的话说，把杨家人当臭狗屎一样臭着。如今杨姑娘得了这种烦人的病，显然是臭上加臭，遇上杨家人，更像躲瘟神一样躲着，甚至还要把嘴捂上，好像杨家人的身上真的有狗屎似的。这也正是杨家人求之不得的。杨姑娘整天呆在家里，整天躺在自己的小黑屋里，只要她自己不出去找别人，没有人来打搅她。倒是杨姑娘的娘，时刻监视着杨姑娘的一举一动，绳子啦，剪刀啦，农药啦，通通都藏起来，提防杨姑娘自寻短见。

　　杨姑娘的娘跟杨姑娘的爹发脾气，说你倒是赶紧想个办法啊，就这么整天连个屁也不放。杨姑娘的娘平时是从不敢跟杨姑娘的爹这么说话的。如今实在是忧愁得要死。想点啥办法才能把杨姑娘肚子里的东西打掉呢？杨姑娘的爹看着杨姑娘的娘，气哼哼的，我又不是大夫，我能有啥办法？杨姑娘的娘就又无助地掉起了眼泪。杨姑娘的娘，两只眼睛红红的，已经红了好些天，上了几瓶眼药水也不好，依旧是红红的。杨姑娘的爹就又多了一份担心，担心老婆的眼睛整不好要瞎掉。杨姑娘的爹沉重地叹一声，手捂着腮帮子，将一口凉水远远地吐在院子里，咬牙切齿地说，真恨不得照她肚子踹两脚，踹掉得啦！杨姑娘的爹一上火就牙疼，半个腮帮子肿挺高，实在疼得受不了就含上一口凉水。杨姑娘的娘见状，也恨恨的，骂道，要不是怕她有个三长两短，你以为我不想踹她两脚？把她肚子里那块病给踹掉喽！可是呢，说归说，真要动真格的，爹妈两个，谁又能下得去这个手呢。半天，杨姑娘的爹重新在水缸里舀了瓢凉水含在嘴里，犹犹豫豫地说，要不，你叫她跑，跳，叫她使劲干活儿，兴许就能把孩子抻掉。杨姑娘的娘疑疑惑惑地看着杨姑娘的爹，看看他说的是不是气话。杨姑娘的爹说你看着我干啥？柳青媳妇的孩子不就是干活儿抻掉的么。第二天家里只剩杨姑娘的娘和杨姑娘的时候，杨姑娘的娘真就叫杨姑娘在屋里又蹦又跳的，累得满头大汗。又让杨姑娘干活儿，啥活儿重干啥，比如挖菜窖，那本来是杨姑娘的爹利用晚饭之后的时间，在房后的园子里挖的，已经挖了一人多深，现在杨姑娘就站在一人多深的菜窖里，把用洋镐挖下来的土再用铁锨扔到菜窖的上面去。这种活儿，平时是不让杨姑娘干的。杨姑娘用尽全身的力气，并且把那力气用在腹部，靠腹部的力量往起挺，把土一锨一锨地扔到上面去。杨姑娘心里明白爹娘此时叫她干这样的重活儿是什么意思。杨姑娘何尝不希望自己肚子里的东西能哗啦掉下来呢。所以杨姑娘就死命地干活儿，死命地用力。可是跳也跳过了，活儿也干过了，等了几天，依然不见动静。人家想要孩子的，千小心万小心的，摔个跟头，结果就把孩子摔掉了。这不想要的，倒是咋弄也弄不下去。杨姑娘的娘看着杨姑娘一天比一天隆起的肚子愁眉苦脸，跟杨姑娘的爹说，你说，这是不是老天爷成心想叫咱家丢这个砢碜哪？夜里常常整宿整宿睡不着觉，翻过来掉过去的折腾。杨姑娘的爹睡醒一觉了，见杨姑娘的娘还没睡，就也瞪了眼睛在黑暗中叹气。除非，除非找大夫开点打胎的药。杨姑娘的娘在黑暗里看着杨姑娘的爹，那你明天赶紧去吧。杨姑娘的爹又犹豫了，说，我去？高罗锅认识我。高罗锅就是大队的赤脚医生。再说，就他那两下子，也不知道会开打胎的药不会？第二天杨姑娘的娘忐忑不安地来到大队卫生所，见到缩在椅子上迷迷糊糊的高罗锅，高罗锅伸了伸懒腰，懒洋洋地打着招呼，说你不是四队老杨家的吗？你们家老爷子那人，解放前，可是了不得。财主啊。这远近十里八村的，谁不知道。唉，如今，高罗锅摇摇头。有病了？觉得哪不舒服？高罗锅拽过杨姑娘的娘的胳膊，就给杨姑娘的娘号起脉来。杨姑娘的娘往回抽了抽手，本想说不是我有病，却又不敢直接说出杨姑娘的事。一说，不等于告诉人家，说自己家的闺女肚子里有了孩子了吗？高罗锅走家串户的，他要是知道了，那不就等于家家户户都知道了？结果，高罗锅摸了半天杨姑娘的娘的手腕子，然后睁开眼睛，说，你这段日子，好像睡眠不好吧，是不是总是迷迷糊糊的？杨姑娘的娘就点头。高罗锅说心神不宁啊，也难怪。先吃两合柏子养心丸吧。高罗锅的话，让杨姑娘的娘听得心惊肉跳的。好像，杨姑娘肚子里有了孩子，高罗锅早就知道似的。

　　杨姑娘把孩子生下来，正是冬天。杨姑娘的父母早就打算好了，孩子一生下来，就把孩子赶紧扔掉。孩子出生的当晚，刮着风雪。杨姑娘的娘把孩子用个早就准备好的棉被包起来，包得厚厚的，紧紧的。夜色无边无际，连同风雪，一起笼罩着这个孤寂的村落。杨姑娘的娘往外看了看，竟有些害怕。放在平时，这种天气，算什么呢？杨姑娘的娘独自一人不是没走过夜路的，秋天的时候贪黑捡庄稼，生产队打场半夜起来去换班，一点也没觉得害怕过。可今天，不知咋的了，腿就是哆嗦，就是哆嗦，哆嗦得连路都走不成。杨姑娘的爹只好接过那个棉被卷成的圆筒，将那被筒藏在自己的破羊皮袄下，一头扎进了黑夜里。杨姑娘的娘，靠着门框站了一会儿，一时恍恍惚惚，仿佛丢了魂。杨姑娘的娘忽然就改了主意，跟跄着追出门去。把孩子丢到野外，就是个冻死，要不就是被野狼吃掉。唉，恨归恨，毕竟是自己的骨肉啊。杨姑娘的娘想让杨姑娘的爹不要把孩子扔在野外了，挑行人多的路口扔，之后躲一边，看看有没有人拣。等看见有人抱走了再回来。千万别搁那儿冻死。杨姑娘的爹听见身后的脚步声，不知道是谁，走得更快，逃也似的。杨姑娘的娘只好小声喊。杨姑娘的爹停下来，怒道，你吓死我啦！杨姑娘的娘就又小声叮嘱了一遍。回来，站在门口，直到听不见屯头嘎吱嘎吱靰鞡踩雪的声音了，才回身进屋。杨姑娘似乎睡着了，打着轻微的鼾声。杨姑娘折腾得实在不行了。杨姑娘生孩子，连"老牛婆"（我们当地把会接生的女人叫"老牛婆"）也没敢找一个，就是杨姑娘的娘仗着胆子给接的，是死是活，豁出去了。还好，没出什么差错。门和窗户，都用被子挡上了，怕杨姑娘的叫声被外面听见。但杨姑娘的叫喊还是让杨家人心惊肉跳，杨姑娘的娘顺手拿了个枕头压在杨姑娘大叫着的嘴上。杨姑娘的娘将那些沾满血污的破烂棉花，破布条子，统统拾掇拾掇，填进灶膛里，烧了。孩子的脐带，也收拾起来，仓皇地拿到房后草草埋掉。外面的风雪一阵紧似一阵，雪粒子打在窗户上，唰啦唰啦的。门外又响起了嘎吱嘎吱的脚步声，门一开，一股风雪跟着一个黑影刮进来，是杨姑娘的爹，老羊皮袄下还抱着那个被筒。扔哪儿了？杨姑娘的娘还是担心杨姑娘的爹不肯听她的话，把孩子扔到野外去。她知道杨姑娘的爹早就憋了一肚子的气，恨不得把孩子扔得越远越好。杨姑娘的爹没有吱声，把老羊皮袄的怀敞开，孩子还在里面睡觉，并不知道刚才已经到风雪的世界中走了一遭。杨姑娘的爹说，这孩子。杨姑娘的娘露出惊喜的神色，赶忙把耳朵贴在孩子的脸上听了听，说睡觉呢。咋的，没人拣？杨姑娘的爹叹口气，说我把他搁在路口，这孩子本来是睡着的，我刚往回走几步，他就哇地一声哭上了。我又回去把他抱起来，一抱，他就不哭了。再说，这黑灯瞎火的，天又这么冷，哪有人从那儿走啊。杨姑娘的娘说那可不。被筒子已经冰凉冰凉，早被风雪打透了。杨姑娘的娘说，这孩子，肯定是冷了。就脱了鞋上炕，盘腿坐在炕头上，把孩子抱在怀里，再扯了床棉被盖上。杨姑娘的爹坐在炕沿上，垂了头抽烟。良久，又说，要不，你再去扔一趟吧。杨姑娘的娘把被筒抱得紧紧的，我？……我可不敢。杨姑娘的爹知道，其实杨姑娘的娘不是不敢，是舍不得。望着熟睡的孩子，两个人愁眉紧锁。要不，要不，找个好人家送了？杨姑娘的娘眼里已经含满了两泡泪水。杨姑娘的爹长叹一声，说，还能有啥办法。

　　杨姑娘不知是什么时候站在门口的，她扶着墙一步一步走到炕前，想要看一眼襁褓中的孩子。杨姑娘的爹娘互望了一眼，然后给杨姑娘闪开一块地方，杨姑娘先是迟疑了一下，然后急切地掀开被子的一角，想要看看自己生的这个孽种到底长个啥模样，黑暗中却怎么也看不清楚哪儿是哪儿。模模糊糊中眼前忽地一亮，有灯光在孩子皱巴巴的小脸上一跳一跳。是杨姑娘的爹，手里端着油灯。灯光一照，就把孩子的眼睛给照亮了，睁开眼睛的孩子张大了空空洞洞的嘴巴哭。虽然嘴巴张得大大的，但发出来的声音却虚弱无力，听起来像是从很遥远的什么地方传来的。杨姑娘的娘说，你听听，像个猫崽子。一双小腿却很有力地一蹬一蹬，一会儿就把个被筒子蹬散了，现出一捧红嘟嘟的肉团。杨姑娘就那么把赤条条的孩子横抱在怀里，不由自主地勾头亲了一下孩子的脸蛋。那脸蛋皱皱巴巴，像是风干了的土豆。亲了孩子的杨姑娘，当着爹娘的面，忽而就有些不好意思起来，忸怩着再没有亲第二下。孩子并没有因为母亲的亲吻而打住了哭声，依然张着一张空空洞洞的嘴巴大声哭叫，一根红红嫩嫩的舌头生动活泼，可爱之极。但杨姑娘却被这无休无止的哭声弄得陡然心烦了，骂道，你个小冤家呀……你哭！你哭！你是屈死鬼托生的？整死你算啦！就扯过被角，堵在孩子大张的嘴上。杨姑娘的爹娘看出了杨姑娘的不对劲，一把将孩子夺了过来。

　　没过多久，杨姑娘生孩子的事情还是在屯子里悄悄地传播开了。杨姑娘则整天抱着个枕头，给那枕头唱歌，给那枕头喂奶，骂那枕头，你个小冤家……

　　后来，杨姑娘出嫁了，婆家找得很远很远，成分也不好，男人比杨姑娘大了好些岁。不过，对杨姑娘，却是没比的。

采黄花

五月节这天学校放假，青青骑上自行车，找了个塑料编织袋带上，和两个同学上草原采黄花。我们这里的人们习惯把草原不叫草原，叫甸子，草甸子。大草原呢就叫大草甸子。青青她们去的甸子就是个一眼望不到边的大草甸子。究竟有多大，叫什么名字，青青她们说不上。只是听说，再往西就跟蒙古草原连上了。早在离过节还有许多天呢青青就和同学约好了，说等过节放假，咱们上甸子采黄花去。青青她们叫的黄花，就是金针菜。青青她们采的是金针菜的花蕾而不是茎，不是叶子。金针菜的花蕾既有药用价值，又可食用，是百姓餐桌上的一道美食。年年的五月节前后，甸子上遍地黄花开放，来甸子上采黄花的人一拨一拨的，已成风俗。农村人采黄花不仅是为了吃，甚至采了黄花自己也舍不得吃，要拎到街头卖了，换几个零花钱。这和城里人采黄花的目的不同。这些年城里人来甸子上采黄花的越来越多，一到这个季节，一车一车的城里人来到甸子上，一下车呼啦一下子四散开，张着胳膊奔跑，很快融入到碧绿和金黄的色彩之中。他们被满甸子的绿草黄花激动着，大张着嘴巴呼吸着草原的气息，满甸子叫，满甸子跑，全没了往日上班时的端庄持重，仿佛回到了无忧无虑无所顾忌的童年。小孩子则被草尖上欢蹦乱跳的蚂蚱弄得眼花缭乱，他们从来没见过这么多各式各样的蚂蚱，有点心惊肉跳的，半天也逮不住一只，急得大喊母亲过来帮忙，可母亲却顾不上小孩子的把戏，母亲有母亲的兴趣所在，母亲早被满甸子的黄花迷住了。准确地说城里人大老远地上甸子来，不是来采黄花是来看黄花的。偶尔也采一采，城里人采黄花主要是被黄花迷住了，忍不住采上一把，放在鼻子下一遍又一遍地闻，黄花的馨香让城里人的心情顿时如花一样绽放，如花一样好。一来二去的，草甸子便成了我们那里的一处旅游的景点了。

　　青青她们几个女孩子说是采黄花，其实也带有来甸子上游玩的意思，也有采了黄花换点零花钱的意思。如果有了钱，青青打算到商店买一盒想望已久的化妆品，让自己的脸蛋也像城里女孩那样白嫩。或者上一趟美发店，把自己的头发像城里女孩那样弄得又黄又弯，然后呢再买上一瓶护发素什么的时不时的对照镜子喷一喷。青青还喜欢城里女孩穿的那种肥大的蝙蝠衫，那种旧不拉叽的瘦腿牛仔裤。青青的同学却说穿蝙蝠衫牛仔裤不如穿裙子好看。要买，就买一件连衣裙，黄色的，像这黄花一样黄。往这黄花棵子里一躺，让你分不出哪是黄花哪是人。青青的另一个同学就撇一下嘴，说她顶顶喜欢的，是拎包，她要买个拎包，白色的，洁白洁白的，再买双高跟鞋。女孩说着就将自己的胸脯挺一挺，做出一副城里女孩拎包走路的姿态。青青她们几个乡下女孩一边采着黄花，一边聊着各自的梦想。其实青青她们并没有亲眼看见过几回城里人，她们只是在电视里见过，再就是在甸子上见过。看见城里人来甸子上游玩的时候，青青她们远远地躲开了。她们不敢跟城里人打照面，她们不敢跟城里人打照面的原因其实很简单，就是怕城里人笑话自己的穿戴，笑话自己采黄花原来是为了卖钱。她们总是远远地用一种兴奋的目光观察城里人，与城里人保持一定的距离。城里人穿的怎么那么好，城里人怎么那么有工夫，一帮一帮地出来玩呢？不像她们，放假了也总有做不完的农活，即使没有农活可做的时候，也要给猪割菜，给鸡鸭割菜。所以，青青她们最喜欢的劳动数起来当然是采黄花，又能开心，又能挣钱。

青青她们几个开始彼此离得还不远，互相叽叽嘎嘎说着话，可采着采着就分开了，各自被眼前无数的黄花牵引着走下去，走向不同的方向。她们是在不知不觉中分开的，是在不知不觉中忘了说话，只顾手里忙活而顾不上说话了。她们彼此离得越来越远，不自觉的就形成了各自的一块领地，她们在自己的领地里把自己采黄花的手艺发挥到极致。等她们稍稍有空停一下手，把眼睛从黄花上移开望向远方的时候，由于她们看黄花看得太久，乍一看别处的时候看什么都是黄色的，连天都是黄色的，连天上都是无数的黄花。青青就揉一揉眼睛，半天也没找见一个伙伴。伙伴们怎么一个都不见了呢？用手遮住阳光细细瞭望，一望无际的甸子上，慢慢看见这一个小红点儿，隔着挺远还有一个小白点儿，小红点儿和小白点儿还在蠕动，青青就知道是穿着红衣裳的同学和穿着白衣裳的同学。此刻两个伙伴变成了甸子上两朵红色的花和白色的花。越往甸子的深处草木就越葱茏，黄花也越繁茂，简直可以用遍地黄花来形容。因为越往甸子深处越是人迹罕至，很少受到人畜的破坏。这个秘密应该说还是人家城里人告诉她们的。城里来旅游的人喜欢往甸子的深处走，城里人一来，他们的汽车就直接往里边开，一直开到青青她们望也望不见的地方。青青她们开始还纳闷，并不知道城里人为什么一定要跑得那么远，难道那里还有另外一个比这儿更美的草甸子不成？等青青她们被黄花牵引着真的走到甸子深处的时候，几个女孩子一下子有些不知所措，一时连回家的方向都分辨不清了。她们先是被草甸子大海一样浩瀚的气势吓住了，没想到甸子原来这么大！也被甸子上的景象迷住了。这里的草比青青她们那边的草深多了，像青青她们这样大的女孩子进去，草快要没过了她们的大腿。这里的黄花也比青青她们那边的黄花多多了。那边的黄花虽然也不少，但跟这里的黄花比起来，咳，简直没法比。怎么说呢，稀稀疏疏的，像奶奶头上的头发那么稀，采了这棵还要找下一棵。而这里的黄花是不需要选择的，一棵挨着一棵，一朵挨着一朵，你的手可以不停地采，不停地采，一直采下去，好像一辈子也采不完似的。采到后来，青青干脆不采那种像喇叭筒一样完全开放的花朵了，青青专门挑那种欲开未开含苞待放的花骨朵采，据说这样的花骨朵吃起来口感更好，卖的时候也比花朵压秤。除了黄花，青青还认识紫色的马莲，认识白色的狼毒花，认识山韭菜，小根蒜，野茴香，包括像蒲公英，车前子，防风和龙胆草这样的药材青青也认识。在草原边上长大的孩子没几个不认识这些的。还有这一丛那一丛的是红毛柳，这一片那一片的是榛子棵，在天空中不停地歌唱的叫云雀，突然在你的脚前飞起吓你一身冷汗的是鹌鹑。你明明看见一只鹌鹑就落在离你不远的草丛里的，可等你蹑手蹑脚地赶过去，它却在离你很远的地方飞走了。

　　青青已经看见那些早早来到甸子上的城里人了。今天是五月节，这几年城里人就不在家里过节了，一过节，起早就都跑到甸子上来了。有的是全家人一起来，有的是整个单位的人一起来。青青大致能看出哪是一家人，哪是一个单位的人。一家人么，有丈夫，有老婆，有孩子。一个单位的怎么能看出来呢？比如说是一个学校的，是一个机关的，怎么能看出来？青青是从他们的穿戴上看出来的，这些人往往穿着在青青看来差不多没什么区别的衣裳，男的穿半袖衫，大短裤，女的呢多数穿裙子，一步裙，超短裙，连衣裙。当然女孩子除外，城里的女孩子现在都不穿裙子了，都穿牛仔裤，就是还没等穿呢屁股大腿就已经磨得发白的那种。连他们衣裳的颜色都没多大区别，一眼看过去好像都是白花花的，白色的半袖衫，白色的老头衫。或者是月白色的裙子，淡黄色的裙子，水粉色的裙子，总之女人穿的要比男人多姿多彩。即使是服装不太一样，但有一样却是完全一致的，就是这些人头上戴的那种长遮的太阳帽肯定是一样的，要么是黄黄的，要么是红红的，要么是白白的，远远的就能看得很清楚，就好像是专门为了出来旅游戴的。青青就是从他们戴的太阳帽上认定他们是一起的。太阳火辣辣地晒着青青的脸的时候，青青也特别希望自己有那么一顶漂亮的太阳帽遮挡阳光。太阳帽不仅能遮挡灼热的阳光，太阳帽也能把人打扮得像个城里人一样精神，一样时尚。就在青青这样想着的时候，青青真的在草丛中发现了一顶太阳帽，太阳帽是黄色的，静静的像一朵硕大的黄花。太阳帽跟甸子上的黄花一个颜色，不到跟前是很难分辨出哪是黄花哪是太阳帽的。所以太阳帽掉在草地上才没有轻易被人发现。也许丢帽子的人找了，但就因为这样太阳帽才没有被人找到。青青拣起那顶太阳帽，四下看了看，四下里没人，不知道帽子是什么人丢的。青青便把太阳帽戴在自己的头上试了试，有一点点小，卡脑袋，青青由此判断帽子肯定是一个小孩子戴的。也只有小孩子才能够把头上戴着的帽子丢掉自己还不知道。

　　青青在经过了一阵欣喜之后觉得还是应该把太阳帽还给人家才对，拣了人家的东西自己戴上了，好吗？青青便首先朝着离自己最近的一拨城里人那儿走过去，一面走青青在心里一面想着怎么跟人家打招呼。青青心里有点害怕跟城里人说话。城里人也是一个鼻子俩眼睛，又不吃人，有什么可怕的？青青主要是怕人家城里人瞧不起乡下人，嫌乡下人贫穷，嫌乡下人土气，吃不像吃，穿不像穿。连说话也土，连思想也土，浑身上下从里到外都透着土气。青青整整衣裳，理理头发。走近了，青青把那些游人的鼻子眼睛都能看清了，他们三三两两的四散着，干什么的都有。一个男孩子殷勤地为一个女孩子拍照，女孩子手里拿一把黄花，歪着头，作出妩媚的姿态；又蹲在草地上，抚弄一丛黄花，欲与黄花比比看谁更娇嫩的意思；又仰躺在草地上，让绿草和黄花覆盖了自己。男孩举着相机，把相机挡在眼睛上，像瞄准似的对着草丛中的女孩，走近两步，又后退半步，站着不行，又半蹲不蹲的，反反复复调着焦距。刚刚弄好，见了青青，摆一摆手，怕青青冒冒失失走进镜头里去。女孩冲着青青说你离远一点好不好？青青本来想张嘴说话的，一下没了勇气，怕自己打搅了人家，惹人家讨厌，就讪讪地走开，走向坐在一棵老柞树下打扑克的几个人。打扑克的人是两男两女，男的光着膀子，女的不能光膀子，但女的光着脚丫子，露出半截白腿，半截白腿压倒一片青草，她们故意让青草摩挲自己的皮肤，享受着青草带来的凉丝丝的快乐。女人不时发出兴奋的尖叫，快乐的情绪随风飞扬。在她们的身边，有矿泉水，有水果，有吃的，有挎包和鞋子，也有采的黄花，只是被太阳晒得发蔫，没了精神。她们对青青的出现感到有些惊讶，惊讶的原因是，她们不知道从哪里冒出来这么个土丫头。青青戴的太阳帽吸引她们朝青青头上看了一眼，流露出的眼神告诉青青，她们在说，这丫头怎么也会戴这么一个跟她们一样的太阳帽呢？这样漂亮的太阳帽戴在青青的头上，在她们看来有点不伦不类。于是两个女人相互一笑。青青被她们那一笑笑红了脸，我怎么就不能戴这样的帽子？哪儿写着只有你们城里人才能戴？她差一点就把这话冒出口。结果青青连问一声你们谁丢了太阳帽也不想问了，那些人的样子实在扫青青的兴致，她不情愿把太阳帽还给这些瞧不起自己的人，即使真是她们丢的也不还。丢了活该。青青的脚下忽然有一只鸟飞走了，青青就在鸟飞走的草窠里找到了鸟窝，几只麻色的鸟蛋还是热乎的，还带着鸟妈妈的体温呢。那只飞走的鸟妈妈一直就在青青的头顶上不敢落，也不肯走，焦急地叫个不停，好像在骂青青，或者是在求青青，说你别动我的宝贝好不好！最后竟朝青青的头上几次俯冲下来，一付要跟青青拼命的架势。青青把拿在手里的鸟蛋重又放回鸟窝里。在一个开阔清澈的水泡子里，一些游人在洗澡，有男有女，水泡子边上散放着这些人的衣裳、帽子和鞋。青青闻到了水的味道，草甸子上的水，含着青草和野花的气味，青青觉得嗓子眼有点发干，忍不住想喝水。她忽地想起自己随身带着一瓶子井水呢，是用喝过的矿泉水瓶子灌的，便转过身，背对着那些人，仰脖喝了一阵。洗澡的男人和女人们嬉笑打闹着，相互泼水，或者薅一把水草投掷对方，青青心里想，城里的女人连洗澡都敢跟男人在一起的呀。青青只把眼睛虚虚地看向水面，不敢落在某一个赤裸的身体上。有一个女人发现不远的青青徘徊在那里看她们洗澡，跟另一个女人说句什么，另一个女人就出水上岸。那女人穿的可真少，洁白的皮肤经阳光一照更是白得耀眼，青青疑惑地看她把那些散乱的衣裳和物品往一块归拢归拢。青青就又一次红了脸，青青看出她们是对自己不信任，怕自己偷她们的东西。青青想说我可不是来偷东西的，我是来还你们东西的。为了证明这一点，青青就怯声问你们有没有人丢帽子，青青说时用手指了指自己的头上。可那女人好像根本就没听明白青青是什么意思，转身又扑进清凉的水中去了，青青怯弱的声音完全被她们无拘无束的嬉闹声淹没了。一只蚂蚱在青青的脸上蹬了一下，惊慌地飞走了，蚂蚱薄薄的羽翼在阳光里晶莹透明。青青在几个喝酒的人那里闻到了肉的香味，不由自主地停下脚步。那些男人和女人们喝着铁盒啤酒，吃着面包红肠，地上铺着一块塑料布，塑料布上摆满了各种各样好吃的东西。青青发现城里人可真能折腾，他们居然把家里的煤气罐都拉到了甸子上，还带来锅，他们用泡子里的水炖起了鱼，这叫"河水炖河鱼"。鱼的香味飘散在草甸子上。青青就有了饥肠辘辘的感觉，咽了一口口水，禁不住朝地上那堆吃喝多望了一眼。一个比青青小的小女孩，从地上的方便袋里拿了一截红肠和一个面包，朝青青跑过来。小女孩冲青青扬着笑脸，把东西递过来。青青拧着身子躲开，脸窘成一片彩云。青青从小到大就没接受过别人的东西。青青是一个自尊心极强的孩子。所以青青不但没有接受那小女孩的面包和红肠，那本来诱人的面包和红肠反而令青青困窘地跑开了。青青想我可不是奔你们的好吃喝来的。可是青青连问也没问是谁丢了太阳帽就慌慌地跑开了。青青有点怪自己实在没出息，怎么一见了城里人就慌成那个熊样？青青自己对自己都有些瞧不起了。不怪人家城里人说咱农村人没文化，真是没文化，连一句谢谢的话也不会说吗？连问一句谁丢了帽子也不会问吗？青青自己跟自己生气了。生了一会气，青青自己又给自己找了个台阶，想，帽子就戴在我的头上，没藏着掖着，还用人家问吗？谁丢的谁自己来认就是。草丛里有对男女见青青过来，停止了纠缠。男的头枕在女的腿上，女的掐一枚带茎的草叶，用草叶在男的脸上画来画去，男的痒得受不住的时候，一把把女的掀翻，也拿一枚带茎的草叶在那女的脸上画来画去，女的格格乐得要哭，直到告饶。青青从没有亲眼见过这样的场面，仿佛遇见了狼一样吓得心头乱跳，逃也似的走开，走出一段距离忍不住回头张望，隐约看见草尖还在剧烈地颤动。青青的脸有些烧。只管慌慌地走，一口气走出很远很远，再忍不住回头望一望时，早已经什么也望不见，只有微风吹过草尖，吹起一层一层碧绿的波纹。青青恍惚了半天，不知道自己接下来应该干什么。抬头望望自己的伙伴，才想起人家肯定比自己采的黄花多多了，说不定塑料袋已经采满了。一这么想，青青心里着急起来，看看自己塑料编织袋里还是空空的少半下，回头怎么跟同学讲，怎么跟家里人解释呢？找不到就找不到吧，反正又不是自己没找。青青就戴着那顶灿烂的太阳帽飞快地采黄花。青青这一回戴着那顶太阳帽，心里有一种理直气壮的坦然。

　　回家的时候，青青和几个同学集合到一起，同学们发现青青头上的好看的太阳帽，都羡慕不已，说青青运气可真好。青青说我想还给人家的，可我找了大半天也没找到是谁丢的，还耽误了我少采多少黄花呢。

　　几个女孩往家走的时候，那些城里人的汽车从后面超过她们的自行车，突然一个小男孩喊，我的帽子！一辆大巴车里伸出一个孩子的头和一只手，男孩指着青青头上的帽子，说她戴的是我的帽子。青青就停下来，打算把帽子还给男孩，可汽车并没有停下来，从她们的身边开过去，车里人笑着什么，青青手里扬着太阳帽，一阵尘土迷住了她的眼睛。青青以为城里人又是在笑话她，笑话她不配戴那样漂亮的太阳帽。青青把那太阳帽拿在手里看了看，然后一转身朝草甸子上扔去。太阳帽飘飘悠悠落在一片草地上，像一朵盛开的黄花，硕大无比。

政治课

我念书的时候是上个世纪七十年代。毛主席有个"最高指示",叫"学制要缩短,教育要革命"。所以那时的学制不像现在是十二年,而是九年。小学五年,初中二年,高中二年,加起来总共九年。孩子们念完九年书,然后就高中毕业了。高中毕业之后呢,当然就是"上山下乡"了。九年当中基本上没正经学过什么课本知识,今天学张铁生"交白卷",明天学黄帅"反潮流",后天批"师道尊严",批"学而优则仕",批"白专道路",整天瞎胡混,老师懒洋洋的也不怎么管。

张兵的顽皮是出了名的。迟到旷课打仗骂人对于他来说就是家常便饭。这个毛病,上高中之后也没有改。散漫惯了嘛。高中?高中老师算个啥!张兵大摇大摆,故意让老师们听见。班主任老师姓许,外号"许大马棒",教育学生三句话不来就动手。学生没有不怕他的。新学期才刚开始,刚开始就如此猖狂,以后还不骑老师脖梗上拉屎?为此,许老师将一张驴脸拉得更长,紧抿着嘴巴,在讲台上走来走去,挺吓人。许老师说,我就不信!谁惯得你这个臭毛病?打听打听,我可不是惯孩子的娘。到我这,你们身上那些臭毛病都得通通改一改!不然,土豆搬家——滚球子!许老师虽然没有指名道姓,然而目光如炬,像两把利剑射向窗外。大家就心知肚明。

正此时，张兵来了。大家的目光隔着玻璃投向张兵，替张兵捏把汗。张兵也不敲门，哐啷推开，大咧咧径直走向自己的座位，眼中似没看见讲台上有人。"许大马棒"怒不可遏，大吼一声：滚出去！干啥吃的？张兵揉揉眼睛，歪着脖子出去，然后重新敲门，门拍得啪啪响，门板差点拍下来。许老师不喊"进来"。张兵就又敲，一次比一次响。如是几次。张兵象征性地立在门口，等待老师的发落，黄帆布的书包，带子放到不能再长，耷拉在屁股以下，瘪瘪的，直悠荡。张兵的书包一向都是这个样子，瘪瘪的，飘轻飘轻，只有两本没了封皮的破书。如果某一天你发现张兵的书包突然丰满了起来，沉甸甸的，那也不会是课本作业本什么的，可以肯定，不是夹子就是弹弓泥球儿之类的捕鸟用具。当然也少不了一只小小的青霉素药瓶，里面蠕动着无数条肉乎乎白胖的苞米虫，是用夹子打鸟时的诱饵。每年的春季，张兵的这些各式各样的武器便整天随身携带，人也成天奔波于野地里。这是张兵旷课最多的季节。许老师拿眼角鄙夷地看着屁股下悠荡着书包的张兵，心说这简直就是个"二流子"嘛。你看看几点了？许老师忍气压气，指点着自己腕上的手表。所有的目光唰地聚焦在许老师锃亮锃亮的手表上。张兵撸起自己的袖子瞥了瞥，道：七点六十！学生不敢乐。张兵的腕子上居然也戴着手表，这不能不令许老师暗吃一惊。须知，那个年代，即使是老师也不见得人人都有表可戴的，何况学生？自行车、缝纫机、手表，俗称"三大件"，不是一般的家庭所能具备的，既是一种时尚，也是家庭生活条件优越的体现。

张兵的父亲是我们红旗大队的支书，当了二十多年，后来年纪大了退下来，也没有直接退回家，而是管理大队的"青年点"，领导那些城里来的下乡知青。"青年点"都是大闺女小伙子的，用一个年纪大些且又德高望重的老领导管，比较妥当。知青们亲切地称他"张叔"，每次回家，都要带大包小包的礼品，回来孝敬他老人家。

平时也经常到"张叔"家串门，称张兵的母亲为张婶，称张兵为老弟，比亲的还亲。所以，张兵家自然与一般的农村家庭不太一样。红漆大柜里经常有许多城里人喝的瓶酒，城里人吸的洋烟，城里人吃的各种各样的罐头糕点糖果，甚至城里人穿的衣服皮鞋，应有尽有。我们年少的张兵就是在这样无比优越的生活环境中长大，被那么多人宠着，有时难免会表现出纨绔子弟的派头。

许老师嘴角的肌肉跳了跳，本来握紧的拳头松开了，语气缓了缓：你整整迟到半个钟头。干什么了？张兵脖子歪了一下，不假思索地回答，吃饭晚了。这是他迟到后使用最多的理由。许老师可能是为了缓和一下气氛，给自己刚才态度的转变铺垫一下，破例调了一回侃，做出吃惊的表情说：吃饭碗了？你牙口不错呀！请问，你吃几个饭碗哪？"晚"与"碗"同音。许老师是教语文的，这里他故意将"晚"换成"碗"，偷换概念，想幽张兵一默。下面的同学自然笑了，因为连老师自己都笑了。张兵明白这是老师在取笑他，便也不示弱：那也赶不上你们"老吃"能吃呀！张兵他们背后管老师不叫老师，叫"老吃"。比如，管许老师叫"许老吃"，管张老师叫"张老吃"，取"师""吃"的谐音，也是不尊敬老师，讥讽老师。这一次张兵竟然当面戏称许老师为"老吃"，许老师脸上有些尴尬。有的同学把脸憋得通红，不敢笑出声。许老师收敛了笑容，紧一紧眉头，拿嘴巴一拱，示意张兵回到座位上。许老师很明智，心想得赶紧收场，再整下去，指不定这小子还会整出什么更让他难堪的节目来呢。

学校历来都是禁止学生吸烟的。但是这一点，对于张兵来说似乎是个例外。张兵的烟龄估计得从十来岁算起，而且都是知青们送的带锡纸的洋烟。张兵抽烟不像有的同学，下课躲到厕所去抽，或者临进校门前将烟头掐灭扔掉。张兵抽烟就是明目张胆在教室里抽。许老师进屋，鼻子吸两下，便闻出屋里的洋烟味，然后连问也不问，直奔张兵过来,搜张兵的身。搜出的战利品拿到办公室,与诸位老师分享,很大方地挨个桌子上扔,一面说尝尝,尝尝,张兵请客,好烟哪,"大前门"呢!听说是"大前门",都停下手里批改的作业。许老师只管搜烟,并不管张兵抽了烟该如何处置。许老师的意思,你能抽,我就能搜。韩信将兵,多多益善。张兵也明白了许老师的用心,却越发抽得甚。张兵家里有的是洋烟。张兵学着样板戏里的腔调,有板有眼地道白:"革命者是永远杀不尽的——!"不仅自己抽,有时还鼓捣男生都抽,挨个给,必须抽,不抽不行,不抽他骂。自习堂动不动就整个烟雾弥漫。女生遭罪了,鼻子嘴一捂,趴桌子上,或者干脆跑到教室外。许老师发动了一场"禁烟运动",一连在张兵身上搜了三天,连书包,连桌堂,墙角旮旯都搜遍,居然一根烟也没搜到。许老师有点尴尬,动了肝火,冲大家吼:都谁抽烟了,自动站起来!一个自动站起来的也没有,都在左顾右盼。许老师走到张兵桌前,逼视着,你也没抽吗?张兵目视前方,说抽了。许老师摊开手掌,烟呢?张兵说没了,抽没了。许老师一拍桌子:所有的男生统统给我站起来!男同学就全起立,把凳子弄得一片乱响。许老师开始逐个搜身。将男生的衣兜逐个搜遍,结果依然一无所获。许老师骂了一通,狐疑着走了。许老师前脚刚出教室,张兵随后就点着一支烟,喊道"平安无事喽——"!这是电影《平原游击队》里的一句经典台词。不想许老师并未走远,像鬼子松井那样,杀了个"回马枪",张兵赶紧将大半根烟含在嘴里。不过刚刚出口的一缕烟雾仍然在他眼前缭绕。许老师嘴角露出一丝笑意,那意思是,再狡猾的狐狸也斗不过老猎手。蛮有把握地再搜张兵。依然一无所获。许老师心说怪哉。同学们也纳闷。许老师没法下台阶,只好把张兵带走,在办公室站了半堂课。说再发现你在班级抽烟,哼!许老师用鼻子哼一声。许老师始终不知道张兵能把烟藏在什么地方,一直绞尽脑汁,想了好几个张兵可能藏烟的地方,比如帽子里,鞋窠里,后来一一搜查,依然没有。

老师一走,张兵趴窗户往外看了看,回头得意地跟大家说,小样,累死他也找不着!那么张兵的烟到底藏在哪里了呢?谁也想不到。其实,张兵把烟就藏在了前面那个女生高志芹的衣兜里。

张兵不学习。啥也不学。各科老师反映说张兵上课最好的状态就是睡觉。如果哪一堂课他不睡觉,哪一堂课就麻烦了。一个鱼腥一锅汤,属于害群之马。所以老师们看见他睡觉,都睁一眼闭一眼,甚至劝他睡觉。

数学老师是个女的。张兵本来对数学课就头疼,看数学老师也不顺眼。数学课睡觉时多不睡觉时少。实在没睡意,便在下面接数学老师的话把儿,乱喊一气,回答的问题,十个有十个是错误答案。却又比谁嗓门都高。数学老师气得冲下面说,不会别瞎叫唤!能不能咬着草根儿眯一会儿?这句话用的是隐语,等于含蓄地骂张兵是兔子。数学老师戴眼镜,据说有五百度。一日伸手拿粉笔时手指上有凉瓦瓦肉乎乎的感觉,细一看,一条水红的蚯蚓在粉笔盒里蠕动。数学老师叫一声,扔了粉笔盒,连骂的力气都没了,按着胸口回了办公室。

生物课,讲桌上放一只罐头瓶子,里面是两只蛤蟆。学生们以为这堂课老师要讲解剖呢。生物老师见了,问这是咋回事?连问两遍。张兵站起来,说老师,请你分辨一下,哪个是公的,哪个是母的?生物老师也是女的,说你混……蛋字没敢骂出口。张兵端端肩膀。

赶上雨天,外面没法活动,教室便成了娱乐场所。同学们在黑板上练飞镖。具体的游戏是这样:在黑板上画个圆圈儿,然后大家用泥球投掷,看谁准。泥是就地取材,从自己的鞋底上抠下来的,湿的,捏成球。投掷者站在教室的中间,稍后一点,距离越远,命中率又高者,为优胜。张兵每每夺冠。整个一个中午,男同学一直都在玩这种游戏。黑板上沾满了泥饼（泥球呱唧摔在黑板上时就变成了一块小小的泥饼）。黑板的下面，落地的泥球滚了一身的粉笔面，令人联想到杂技舞台上抹了白鼻梁的小丑。上课时大家还兴犹未尽。那天午后的第一节是历史课，讲"大泽乡起义"，老师回头写板书"大泽乡起义"的题目时，后面突然飞来个泥球，啪嗒粘在了黑板上，把刚写出"大泽乡"三个字中的"泽"字粘上了。历史老师停了笔，尖着嗓子嚷：谁这么缺德？臭不要脸！外面大雨哗哗地敲打着玻璃，老师的声音被淹没了，显示不出应有的震慑力。历史老师回头又写，又啪嗒一块泥球飞来，这次不是打在黑板上，而是打在历史老师的屁股上。历史老师这一次也没有尖着嗓子骂"臭不要脸"，历史老师涨红了脖子，骂"臭流氓"，冲出教室，水淋淋趴在自己的办公桌上，谁问什么也不说。历史老师是个刚参加工作的女孩子。

　　张兵在人们的心目中，就不仅仅是调皮捣蛋的问题了。每个人都会得出这样的结论：张兵是一个道德品质存在严重问题的学生。拿泥蛋儿打女老师的屁股，这不是流氓是啥！

　　张兵的变化是从教政治的老师来了之后开始的。教政治的老师是北京知青，半路接的政治课。我们也说不上她是从哪里来的。张兵说不是他爸那个"青年点"的，否则他一定认识。现在已经想不起当年政治老师穿的是什么样的裤子，印象最深的是她始终穿一件草绿军装，夏天是"的确良"的，冬天是棉布的，是只有两个上兜的那种。略有一点儿掐腰，女性穿着很好看。人长得特别白，牙也特别白，是那种近乎透明的白。脸型说不上好看，颧骨略微高，一笑露牙床，粉粉的。说话声音柔和，总是"您您"的，一听就很有文化，很有教养，不像屯子人。一口地道的北京味（不过当时我们并不知道北京口音是什么味）。至于她的来历，我们不像了解其他老师那样一清二楚，教过几年级，打什么地方调来的，出过什么笑话，全掌握。对于她，就是一本从没读过的书，陌生、新奇、有吸引力。我印象中，政治老师没给我们讲过什么正儿八经的政治课。一到政治课，她便拿了一张报纸来念。她念的报纸，节奏、语调、音色，跟播音员差不多，很中听。我那时个子小，坐前排，而她也不站在讲台上，是站在第一排的前面，军装的下摆蹭着我的桌子，这样我便可以近距离的看清楚她的脸，看清楚她的牙。她念报纸的时候，文章都是事先找好的，甚至可能先在办公室念上一遍，否则不会那么流利，连一个生字也没有？还有，重要的地方，她都用红笔画了横杠，圈圈点点，这样有的长篇文章，她就只选画了横杠的地方念给我们。不然，一大篇文章，一堂课是念不完的。她拿报纸，也不是整张全部展开双手端着，而是很巧地折叠起来，左折右叠，留出要念的部分，这样拿着方便，一只手就可以了。另一只手，有时候是抄在另一只袖筒里，有时候是插在裤兜里。她的手，又小又白。应该说，在我们农村，我们很少见过这样大地方来的女人，在她一个人面对我们一群人的时候，害羞的不是她，却是我们。在新来的政治老师的课堂上，我们这些带着乡土野性的农村学生，竟然表现出忸怩、腼腆。连张兵都腼腆的像个大闺女了。而且我注意到，自从换了这个政治老师，张兵对政治课居然产生了浓厚的兴趣，认真听讲，全神贯注。政治课念完报纸也就得了，没什么课后作业，有一次张兵的同桌竟然要求政治老师给留点作业。同学们乐。因为以前的政治课，从没做过作业的嘛。张兵的同桌马上说是张兵让留的。同学一乐，更让政治老师认为张兵是在无理取闹。她应该对张兵有所耳闻，应该知道张兵曾经用泥球打女老师屁股的逸闻。政治老师避开张兵的眼睛，不看张兵，目光看向大家，说谁如果愿意做作业，课后自己找报纸多学习学习就行啦。政治老师一点也没生气，声音依然那么温柔似水。又说，其实多看看报纸，关心关心国家大事，也是好事，可以增长知识。

报纸念多了，同学们开始烦，上课就不怎么肃静了。张兵往往一个眼色就制止了说话的，搞小动作的。看不见他眼色的，张兵干脆直接动手，暗暗的然而却是咬牙切齿地警告人家遵守纪律，俨然成了政治课的维持会长。这样一来，只有政治课的课堂纪律最好，最肃静。连政治老师自己都纳闷，都意外。

张兵本来个子不小，是坐在最后一排的，可多数时候，一到政治课，他就跑到前排来，把我挤到后面去。跑到前排的张兵，坐得笔直，目光炯炯，直视政治老师一张一合的嘴巴。政治老师衣领的风纪扣扣得严严实实，露一圈白领，是白线勾的那种假领，衬托着政治老师白皙的脖颈。红唇白齿，一张一合，便有如兰的气息和美妙的声音扑面而来。

背后议论老师的时候，张兵不直接夸政治老师长得白，张兵说数学老师长得黑，像土豆。说数学老师的手干巴巴又黑又瘦像老鸹爪子。说生物老师讲课的声音又沙又哑像鸭子。说历史老师一脸的家雀屎，他偏不说是雀斑。说政治老师美中不足的是左耳垂上有一个米粒大的痦子，眉毛里有颗"美人痣"。说政治老师衣服上总有一股肥皂味……

政治老师住宿，学校伙食不好。小米饭大馇粥，干粮也就是苞米面窝窝头，大米基本没有，白面偶尔吃个一顿半顿，算是改善伙食。蔬菜常吃的是土豆白菜。偶尔吃顿豆腐感觉好吃的不得了。政治老师上课有时就捂着胃皱眉，打嗝。打嗝时政治老师自己控制不住，越想控制打出的嗝越是奇形怪状。有个别男生就憋不住乐。政治老师红着脸到教室外面站一会儿。张兵不乐。张兵吼，乐什么乐？回家乐去！

张兵后来甚至反对学校放假了，不愿离开学校，对学校产生了一种恋恋不舍的感情。礼拜天，政治老师喜欢洗洗涮涮，张兵也喜欢到学校玩篮球。发现政治老师自己到井沿打水，拎水，很吃力，也有危险。一桶水足有几十斤，从十来米深的井下摇上来，如果中途没了力气，水桶掉下去，会带动辘轳飞一样转，躲闪不及，辘轳把儿会把人打下井去的。张兵见了，飞快地跑过去，替政治老师打水，一只胳膊便可以摇动辘轳，一只手拎着水筲一气走到政治老师的宿舍去。政治老师在后面跟着。张兵放下水筲，脸不变色心不跳。匆匆一瞥之中，已经将政治老师的行李，被褥，以及被褥上堆放的要洗的衣物尽收眼底。那一刻，张兵看着政治老师的这些生活用品，感觉亲切和心慌。

星期天办公室里空空荡荡，张兵喜欢专门在政治老师的椅子上坐一坐。他认识那把椅子，嫉妒那把椅子，甚至想自己怎么不是那把椅子呢。政治老师的毛垫儿厚厚的，有斑斓的鸡毛从花格的布里钻出来。坐着很暄腾，很舒适。张兵闭起眼睛陶醉。陶醉得忘乎所以。政治老师进来，张兵吓得脸通红，赶忙从政治老师的座位上起来，仓皇逃走。

那个期末，张兵考试大多不好，甚至是"鸭蛋"，唯有政治非常好，比一般同学都好一些，是及格以上，破天荒的。

冬天的某个周日，白雪飘飞，政治老师结婚了。政治老师嫁给公社革委会主任宋百川的儿子。宋百川的儿子从部队转业了，分配到县武装部。早在政治老师到学校教政治课之前，他们就订婚了。

政治老师一周没来上班。那一周，政治老师尽情享受着人生最快乐最幸福的黄金时刻。张兵也一周没来上学。那一周，张兵一直都在广阔无边的旷野里领狗撵兔子。冰天雪地里的张兵，又是跑，又是喊，又是在雪地上打滚，近似疯狂的宣泄着他的青春激情。

班主任许老师派学生到家中去找，张兵说那个破书我不念了。后来，政治老师也派学生来找。同学见了张兵，特意强调是政治老师叫我们来的，她让你回去好好念书。张兵眼圈有些红，墙角里找出破书包。

　　后来政治老师调到县里去了，临走，特意赠给张兵一个塑料皮日记本，扉页上写了一句话：祝张兵同学"好好学习，天天向上"。字也写得不是很好看。张兵整天搁书包里背着，一直到毕业。

大雪纷飞

我十多岁的时候,见过一回送葬的队伍。是我们屯子一个八十多岁的老人死了。那个队伍,浩浩荡荡,即使是上小学的操场去看电影的人好像也没有那么多。不但本屯的人都参加了,连外屯的人,别的生产队的,只要知道信儿,都顶风冒雪地赶来了。我从来也没见过这样盛大的场面。以往屯里死人的事也时有发生,我们小孩子多是吓得几天不敢单独出门。而那次,因为人多,男女老少,甚至连各家的狗都跟在送葬的人群里,我们这些半大小子,不但不害怕了,还把那个葬礼当成了一场从没有过的热闹。

死者叫陈守仁,是个地主,白头发白胡子,笑眯眯的,屯子人平时都叫他老陈先生。这里的"先生",并不完全是尊称,是我们那个地方对有医术的人的称谓,跟现在叫"大夫"的意思一样,但大概也含有尊敬的意思。称陈守仁为老陈先生,称他的儿子陈树德为小陈先生。尽管称小陈先生,其实陈树德也已快六十了。老陈先生死在腊月里。人们已经准备过年,杀猪、淘米、糊墙,勤快一点的人家,开始一趟一趟地往供销社跑,买酱油、买冻梨、买花布、买年画(样板戏的剧照)。老陈先生就是在人们忙活过年的时候悄然过世的。

那天从早上开始就一直纷纷扬扬地下着大雪。家家的院子里都是厚厚的积雪,路上也是厚厚的积雪,脚踩上去能没过脚面子。陈树德为老陈先生准备的棺材有点寒酸，有点应付的意思，就是普通的杨木板子，还很薄，刷薄薄一层紫漆。陈树德这样做，一来呢是没钱，买不起好木材，其实有钱也没处弄木头票去，比如上等的红松木，连当官的都淘弄不着；二来是不敢那样铺张，怕上边知道。比如大队的支书，公社的包队干部老梁，他们若是知道了，肯定没他好，开批斗会，办学习班，估计那都是轻的。队长的老爹却看不下眼，说什么也要把自己准备的好棺材让给老陈先生。队长老爹的棺材是白松的，虽然也算不上最好的木材，但规格上制作上绝对算得上一流。棺材帮及棺材底是四寸厚，棺材天（即棺材盖）是六寸厚，这有个叫法，叫"四六"的。普通百姓，死了能用上这样的"四六"大棺材，那是无比风光荣耀的了。而且，里外刷了好几遍的紫漆，油光乌亮。不单是为了好看，主要是为了防腐。本来队长的老爹还要找杨画匠再画上"二十四孝"的，队长没同意。队长没同意也没说什么，只是瞪了一眼老子，队长的老爹也就没再坚持。队长的老爹也知道那是犯禁的事。棺材上画"二十四孝"是解放前流行的做法，解放后就不行了，属于封建迷信。

　　陈树德百般不肯。陈树德红着脸说，这这这哪行呢。这这这可不行！陈树德的意思，一是，等队长老爹百年之后，他拿啥还人家这样一口大棺材？就是把自家那两间破房子卖了也不值；二是，即使人家不要棺材，可这样一份盛情也让他承受不起。这不得欠人家一辈子！再说，那样一口大棺材，得多少人才能抬动？叫他求谁去？但队长的老爹脾气一向是很倔的，陈树德越是推辞，他就越是要给。两个人在陈家的院门外，像打仗一样，惹得不少人围观。最后还是队长骂了陈树德，陈树德才不再推辞。

　　人死了，灵柩用马车往出拉，跟用人抬是不一样的。不管多远，用人抬到墓地，这是对死者的最高礼仪。一般的人家，死了老人，如果本家亲戚少，人缘又不怎么好，关键时刻没几个肯上前帮忙的人，最后就只好用马车拉出去。当然，那样会叫人笑话一辈子。老陈先生的"四六"大棺材，沉得很。最低得需要十几个强壮的男劳力抬，人手少了根本抬不动。陈树德为此很犯难。他想用队里的马车，又不敢跟队长张嘴。队长瞪了他一眼，这事，不用你管了！陈树德就唯唯诺诺地站在那，半天不动。其实陈树德是个孝子。老爹死了搁马车往出拉，无论如何他心里都难受得很。队长一说为老陈先生扛棺材，社员们争先恐后往上上。用来抬棺材的杠子，是一根根碗口粗的松木杆子，横着两根，竖着两根。竖着的两根，其实不是两根，是四根，是两根两根绑在一起，加长了。长长的松木杆子，足有二十几米，这样可以上来更多的人一起扛。当然也不是随便多少人都行。扛棺材的人数是有讲究的。一般八个就够了，最多是十六个。用十六个强壮的男劳力抬棺材，这种情况是不多见的。

棺材头前，走着老陈先生的后人们，棺材的后面，跟着全屯的男女老少。按理，别人不必，但老陈先生的子孙后代起码应该披麻戴孝，戴重孝。那个年代，人死了，戴孝、烧纸，以及找个阴阳先生看看坟茔地的风水好不好，看看死者死的时辰有没有啥说道，犯不犯病，算算出殡的时辰，临出殡前给死者"开光"，为死者指路，找人给死者扎个纸牛纸马，等等，这些早先发送死人的习俗，统统属于封建迷信，谁家也不敢整。人死了，就那么草草一埋。所以说是葬礼，其实啥仪式也没有，就是大伙一起跟着把灵柩送到墓地。那么杂乱的队伍，除了哭泣的声音，除了脚步的声音，再就听不到别的声音了。所幸，纷纷扬扬的大雪给每个送葬人的身上披上了白色的外衣，像是所有的人都在为老陈先生披麻戴孝。大片的雪花飘落下来，也像是上天为老陈先生洒落的纸钱。人们默默地跟在棺材后面，诚心诚意地送老陈先生一程。我们小孩子看着大人们肃穆的神情，心中有种莫名的沉痛。

陈家的祖坟早在土改时就被撅平了，土地归了队里，种上了庄稼。如今屯里死了人，都往屯外五里远的一片草甸子去埋。日积月累，草甸子上已经长出一片的坟包。不管多远，出殡的棺材半路是不好撂到地上歇息的。人累了，旁边的人上来替换。如果没人替换，你就得咬牙坚持到底。若是中间有人顶不住了，腰塌下来，重力就会倾向另一个人的肩头，另一个也承受不了，会影响整个队伍。弄不好就只有停下来。为此出殡的人家都要事先请扛灵的人好好喝上一顿酒，说上无数的好话。陈树德没有。陈树德根本没想到会用人抬。队长跑前跑后，给扛棺材的社员鼓劲，调动队伍步伐一致。十六双大脚，在雪地上发出整齐的声音，唰唰唰唰，听起来好听。扛棺材的社员，脸上个个淌下汗来。红头涨脸，狗皮帽子摘下来，垫在肩膀上。

　　送葬的队伍突然停了下来。大队支书领着两个基干民兵拦在了前面。支书右肩膀上挎着一杆"洋炮"。所谓"洋炮"，就是打铁砂子的鸟铳。支书参加过"抗美援朝"，喜欢枪，平时出门总是背着，枪不离身。大概也有震慑阶级敌人的意思。支书脸色铁青，狐狸皮帽脸上两片白霜，更显得脸色阴沉，嘴唇哆嗦。支书一生气就是这个样子。支书生气的样子人们十分熟悉。支书不生气的时候少，一天到晚见不到乐模样，忧国忧民的。生气的时候，好张嘴骂人，骂人骂不利索，就动手、扇耳光、踢屁股。一面打，一面骂。当然，这得看对象。"广大贫下中农"他基本不打不骂。而对一小撮"地富反坏右"分子，则绝不留情。每一个动作都充满了阶级仇恨。这大概就是支书理解的"无产阶级专政"的含义。如今老地主已经躺在棺材里了，骂呀打呀都没用了（需要说明的是，即便老陈先生活着的时候，支书也没有怎么打骂过他，这一点，老陈先生作为一个名副其实的地主绝对是个例外），支书便对着陈树德的屁股踢一脚。陈树德蒙头蒙脑，不敢动弹。陈家人一概垂首侍立。队长过来，把支书拦住，说不关他的事，都是我张罗的。支书看着队长，嘴唇哆嗦半天，方才发出声音，你，你，你是干啥吃的！你还有没有点阶级斗争观念？有没有点阶级立场？平时人们都怕支书，怕他打骂是一方面，主要是怕扣帽子。不管啥事，一到支书这，三句话不离本行，政治挂帅，喜欢上纲上线，动不动就要把人绑了往公社送，办学习班。家庭出身不好的，无论大人小孩，见了支书，魂都没了，像见了阎王。支书愤愤地一挥手，指着浩荡的人群，这事，你，你，你请示谁了？队长说死人也得请示呀？再说，大伙都是自愿来的，我又没动员。支书嘴唇哆嗦半天，没说出啥来。队伍里边，几个生产队的头头脑脑，像副队长、会计、保管员、民兵排长、妇女主任，包括"打头的"刘三，全蔫了吧唧撤下来。陈树德腿早软了，跪在雪地上，双手抓着支书的棉裤脚，求支书。陈树德认为是自己连累了大伙，要打要罚，要杀要剐，可他来。陈家人见状，一齐给支书跪下来。一个个瑟瑟发抖。刘三身边的社员拽住刘三，小声说，你算个啥干部。你怕个啥？早有社员主动顶上干部的位置。队伍里又有人小声说，死人还不让埋，地主本来就臭，不埋上，更臭啦。众人忍着不笑。支书拦在前面，他的意思，并不是不让大伙去埋老陈先生，他是想把众人撵回去一些。这么多人给一个地主送葬，上面知道了，他是脱不了干系的。再说，影响也不好。支书拃挲着双臂，像轰小鸡似的，却轰不回去一个。谁家的狗不知好歹，冲着支书汪汪两声。支书挑队伍里成分不好的社员往回拽，可是拽了一个拽不了两个，那两个基干民兵光看不动手。其他出身不好的社员就用狗皮帽子把脸捂上，或者把头低下，躲在人背后。支书这样一搅，队伍耽搁下来，那些肩上抬着棺材的社员不干了，嚷起来，压死啦压死啦！再不走，撂下啦！队长一瞪眼，谁敢撂？走走走！队伍便又往前走了。毕竟人多势众，大伙一动，后面的人群也往前拥，支书几个人挡不住。支书在众人面前显得人单力薄，差点被杆子撞倒，队长趁机把支书拽开，赔着笑脸，说有啥事，他担着。他一个地主死了，赶紧埋上算啦。你说是不是？跟支书一块来的那两个基干民兵，一转眼支书也找不见了，挤进了人群里。支书歪着脖子，朝公社的方向走去。走几步又窝回头，告诉队长，晚上开会。

老陈先生旧时当过潘秧子街里"仁和药店"的坐堂医生。祖籍山东登州府。医术是祖上传下来的。治小儿食积，小儿拉肚子，小儿抽风，妇女月经不调，妇女不孕不育，老年人中风不语，口眼歪斜，半身不遂，以及一些地方常见病，很有一套。一张桌子，一个脉枕。据说老陈先生脉条很好。什么病，手往你腕上一搭，就知道个差不厘儿。常用的治疗手段是针灸，拔火罐，开汤药。附近乡村的百姓都知道潘秧子街里有个陈先生。医术好是一方面，主要是对待病人的态度好，用今天的话说，就是医德好。不夸大病情，不吓唬家属。能花一块钱治好病，他绝不让你花两块钱。老陈先生看病，不分穷富。相反，越是穷人家，老陈先生越是热情诚恳。按规矩，老陈先生一般是不出诊的。但对穷人例外。不论严寒酷暑，也不论刮风下雨。只要有穷人家来接先生看病，老陈先生二话不说。若是往大了说，老陈先生可算是穷人的救星了。夏天好说，赶上雨天，顶多挨顿浇，回家换身衣裳便可。冬天出诊，太遭罪。所以一般的医生冬天都不愿出诊。当然，江湖游医除外。老陈先生为此准备了一套行头，一件老羊皮袄，一顶狗皮帽子，一双大毡疙瘩，往身上一穿戴，跟个老农没啥两样。冬天用来接老陈先生的交通工具，多是马爬犁，爬犁上铺了厚厚的谷草，再搁床棉被，预备给先生盖。除此，四下光溜溜的，一点挡风的东西也没有。马爬犁在雪地上飞驰起来，小北风飕飕的，跟刀子似的刮鼻子刮脸。一般也就是十里二十里的路程，个把钟头，即便如此，等到地方下了爬犁，脚也不会走道了。进屋赶紧给老陈先生挪过火盆来，暖和暖和手脚。碰上有的病人家忒穷，根本拿不出出诊费，老陈先生也不在意，摆摆手，说以后再说以后再说。告诉病人家到街里的"仁和药店"去抓药，把账记在他头上。平时赊了诊费和抓药钱的乡邻，都谁赊了，赊了多少，老陈先生并不记账。但乡邻们自己心里有数，到年底了，纷纷来还老陈先生。有的依旧没钱，只好拿些东西，比如抓两只母鸡，抱两只鸭子，或者一捆粉条，或者一袋黏豆包。总之一到年关陈家就热闹了。老陈先生反而觉得是自己欠了大家的情，千恩万谢的。

老陈先生不喝大酒，不抽大烟，也不纳妾，也不逛窑子。这在旧社会，像老陈先生这种有钱人，不好找。别的有钱人，有钱之后没有不娶小老婆的。而且是隔几年就娶回一个新的，隔几年就娶回一个新的。七老八十了，还想娶呢。老陈先生不娶小老婆。老陈先生兜里有了钱，便惦记着往家里买地。常常利用下乡给人看病的机会，打听屯里谁家有好地卖。隔几年往回买一块地，隔几年往回买一块地，这样慢慢慢慢就攒下不少地。大约有一千多亩，房屋呢也有百八十间吧，开了一家烧锅，一家油坊。别人是攒下一堆女人，老陈先生是攒下一片又一片的土地。当然，像老陈先生这样的人，那年头乡下也有不少。都是省吃俭用，口挪肚攒，攒来攒去，攒成个地主。谁也没想到，土改时老陈先生辛辛苦苦攒下来的家底，一夜之间化为乌有，全被分掉了，分给了穷人。别的地主，都被光身撵出去，连住的地方都没有，全家搬到屯外的破庙里住，或者临时搭个马架子。老陈先生还没那样惨，农会的干部们还念及老陈先生过去的恩德，给陈家留下两间房子住。也没像斗别的地主那样狠，打得爹一声妈一声的。对老陈先生是格外手下留情的。还有就是，那些分得陈家财产的穷人家，知道自己家分的东西是老陈先生家的，白天分了，晚上便偷偷给老陈先生家又送了回去。老陈先生哪里敢收？连说使不得使不得。老陈先生眼含热泪，打躬作揖。

我们这里还流传一种说法，颇具几分传奇色彩。说是老陈先生被斗的时候，多亏了一帮要饭花子。老陈先生被斗的时候，开始，像前面说的，农会的干部是手下留情的。穷人们分到的东西又悄悄给陈家送回去。可是不知怎么被上级知道了。上级就是区里（那时乡一级的政府叫区），也可能是县里。上级就派来了人，协助土改工作队搞土改。来的人是个南方人，说话也没人能听得懂，别人说话他也不听，一点情面不讲，说话狠，下手黑。老陈先生也跟别的地主一样，不但东西被分个精光，人也被打得鬼哭狼嚎。可是有一天夜里，月黑头，呼啦冒出来一帮要饭花子，有十几个人，把农会给围住了。初时还以为是来了"胡子"，可把农会的干部们吓得不轻。吓尿裤子的也有。要饭花子们把老陈先生保护了起来。花子们人人手里拎着一根"打狗棍"，谁打老陈先生，他们就打谁，你一棍他一棍，棍棍打你的脑瓜门、小腿棒子、手指头节，专挑没肉的地方，指哪儿打哪儿，准确无比。农会的人不敢惹，那个南方来的干部也无计可施。要饭花子们把农会搅个乌烟瘴气。并且放出狠话，谁再动老陈东家（这是叫花子们的叫法）一根汗毛，就抄他家！不信试试。还有个要饭花子用"打狗棍"照那个腰里挎着匣子枪的南方干部的脑袋比划了一下，意思是叫他的脑袋开花。那个人手按在匣子枪上，恨不得给那个要饭花子一枪，但是脸气得乌紫，还是没敢动手。不管这事是不是真的，整个土改下来，各地被打死的地主不计其数，但老陈先生确是安然无恙。

解放后"仁和药店"充了公，掌柜被人民政府收监了，老陈先生也不再行医治病，弃医务农。快六十岁的人了，每日参加生产队劳动，老老实实接受改造。晚上总要看一会医书才睡。老陈先生原先一箱子发黄的医书，破"四旧"时都被当"四旧"烧掉了。老陈先生只好托人买了新的医书看。《汤头歌诀》《伤寒论》《金匮要略》《黄帝内经》《经络全书》，不看一会儿睡不着觉。依然不断有人上门求医。这种时候，老陈先生一概推托，说自己老了，眼也花了，手也抖了，脉也把不准了，叫他们去找别人看，找大队的赤脚医生。老陈先生不是不想看，是不敢。政府有政策。政府对他这种身份的人怎么能信任呢。但社员们对大队的赤脚医生的医道信不过。也不愿上公社卫生院，也不愿上县医院。不方便嘛。他们偏找老陈先生看。眼前就有会看病的大夫，为啥非得舍近求远呢。这方面，群众有自己的主意，不信政府那套。老陈先生看不了病人被病痛折磨，架不住央求，也是技痒难耐，忍不住还是看了。似乎很多病人都是在这种情况下看的。大多选在晚上，里边把门插上，挡上窗帘，油灯下，坐在炕上，把睡觉的枕头当做脉枕。老陈先生依然像原先那样慢条斯理的。

都知道陈树德也会看病，不然怎么会叫他"小陈先生"呢。看妇女病很拿手。但陈树德却从不给人看病。陈树德怕看病看出是非来。所以大伙都知道陈树德胆小。其实陈树德并不完全是胆小，陈树德是不满，是怨恨。但表现出来的，给人的印象，好像是胆小。这一点，倒是老陈先生显得大度仁厚些。老陈先生是这样，哪怕你做过对不住他的事，甚至刚参加过他的批斗会，还喊过"打到陈守仁"的口号，第二天便来看病，老陈先生该咋看还咋看。把脉，开药方，告诉你怎么煎药，怎么吃药，慢条斯理的。给人的感觉，老陈先生看病，不看病人是谁，或者说不看病人的脸孔，只看病人的脉搏。

冬天死人，最让人打憷的是"打墓子"。"打墓子"是我们当地人的说法。就是挖墓坑。棺材越大墓坑自然也越深越大，越难挖。冰天雪地，地冻三尺，一镐下去，地上只是一个白印。给老陈先生挖墓坑的社员是头一天就开始动手的，也是十几个强壮的劳力，轮换着干，足足刨了一天零半宿。旷野上没有挡风的地方，生产队用马车拉来一大车的柴火，人们在墓坑旁笼着一堆火取暖，隔一会还要喝上两口烧酒。他们的身上挂满了白霜。身后是一座冻土块堆成的小山丘。棺材抬到墓地，陈树德上来就给那些挖墓坑的人磕头。

就在准备把老陈先生下葬的时候，公社的包队干部老梁来了。老梁挺远就下了自行车，黄大衣的下摆被风雪刮得飞舞起来。平常老梁是个紧跟形势的人，兜里经常揣着报纸，揣摩上边的风向。开会回回都是先给大家讲一通"国际国内形势一片大好"，"阶级斗争要年年讲，月月讲，天天讲"。讲的都是报纸上的话。挂在嘴边的一句话是，"忘记过去就意味着背叛"。据说是一位伟大导师的话，老百姓也不大懂啥意思，觉得老梁很厉害。过年的时候组织群众开忆苦思甜大会，大人小孩全参加，煮一大锅野菜叫大伙吃，请苦大仇深的老贫农上台诉苦。老贫农讲着讲着，就说起过去给地主扛活，活儿累是累，吃的比现在好，黏豆包可劲造。赶紧叫他停下喝口水。再上来一个，又讲自己小时候给地主放牛，冬天没有棉鞋穿，就跟在牛屁股后，见老牛拉屎了，赶紧把脚插进牛屎里。牛屎里可热乎呢。众人不哭反笑。不是笑别的，大伙都听过广播，脚插牛屎里取暖，似乎已成了"忆苦思甜"的经典范例。老梁便亲自上阵，声泪俱下，讲小时跟着母亲去讨饭，冬天了还只穿条单裤，被地主家放出来的狗咬伤了腿，一瘸一拐的，化了脓，腿差点烂掉。说着撸起裤腿让大伙看伤疤。认识老梁的，差不多都看过老梁腿上的伤疤。逮谁让谁看。群众看着伤疤撇嘴，咋不说说他们家是咋穷的呢。岁数大点儿的人都知道，老梁的祖上并不穷，土地、车马、房子，什么都有。家里还雇了长工。怎么也得算个富农了。老梁的爷爷死后，到老梁父亲这辈，不行了，开始败家，吃喝嫖赌什么都好，硬是把家给败坏完的。老梁的母亲最后上了吊。老梁的父亲在屯里呆不下去，加入了叫花子队伍。老梁命苦，成了孤儿，没人管。老梁说自己冬天穿不上棉鞋棉裤也是实情。解放后念过几天书，识几个字，有点文化，被培养成了干部。所以老梁时刻不忘党的恩情，党的恩情比天高，比海深。老梁说，没有共产党，就没有他老梁的今天。

老梁不像支书那样没涵养，动不动就打人骂人。老梁有病，肝炎，胃溃疡，一把一把吃药，干瘦干瘦，估计打人也打不动。老梁只是讲道理，讲政策。从历史讲到现实，从中国讲到世界。讲得嘴丫子冒白沫，讲得社员直打哈欠。大伙私下笑骂老梁的嘴像个没松紧的屁眼。老梁有双锥子一样的眼睛，喜欢盯着人看，像是一下能看透你的内心，看到你灵魂深处肮脏的东西。被老梁盯着看上一会儿，谁都发毛。不吱声，反而比吱声还有威严。所以成分不好的人家，跟支书比，反而更怕老梁。社员们对老梁，怎么说呢，见了面点头哈腰，但不是从心里尊敬。此时老梁一来，大伙心都一沉，暗说坏了。老梁把自行车支在雪地上，挤上前来，大伙自动把道闪开。老梁面色凝重，眉头紧锁。队长硬着头皮过来招呼。这种时候也只有队长可以跟公社干部老梁说上话。队长说，这么冷天你咋还来了呢。一面递烟。老梁不抽，也不说话。老梁望望甸子上黑压压的人群。雪下得正紧。多数人抱着膀子跺脚。雪地上发出一片嘎吱嘎吱的声响。老梁组织开会的时候，也没有这么多的人来，还冒着这样大的雪。大伙以为老梁要给大家开会，然而没有。老梁往下看了看深深的墓坑，又走到老陈先生的棺材旁，将上面的落雪拿手套扫了扫。老梁解开黄大衣上面的一个纽扣，伸手在里面掏。大伙以为老梁在掏报纸，要给大伙念一段，然而也不是。老梁从黄大衣里面掏出来的，却是一沓黄表纸。然后老梁蹲下来，手拢着，划火柴，一连划了几根。火苗渐渐蹿起来，烤着老梁的脸。胡子眉毛上的霜化成了水珠。有纸灰飞舞起来，像一群黑蝴蝶，在人群的上空盘旋。烧罢，老梁对着棺材头跪下去，摘下棉帽子，磕了三个头。头发上粘了雪粒子。站起来，扑拉一下膝盖上的雪，拉过队长到一边去小声说话。老梁跟队长说，今天的事叫大伙不要往外说。然后匆匆消失在风雪中。

大雪纷飞，转眼就把老陈先生高大的坟包埋住了。天地间一片苍茫。

葵花向阳

师范毕业后，我被分回我们公社中学教书。刚上班不久，一天教数学的高老师趁屋里没别人，凑到我跟前，趴在我办公桌的对面，脖子伸过来，近乎耳语地对悄声问我说，有对象没有呢？我瞅着他摇摇头。高老师说真的假的？并且认真打量我一番，有点儿不太相信的意思。我点头说真的。他嘴里浓重的旱烟味熏得我张不开嘴。高老师说真没有？是不是心太高了？我捂着嘴含糊地说高啥高。高老师见状往后缩缩，歉意地龇龇牙，说二十几了？我回答二十二。高老师说可找得了。我二十二的时候，孩子都能到供销社打酱油啦！我看着他笑笑。高老师问我家里都有啥人，我说父亲是民办老师，一个月挣三十一块五。这个数挣十来年了。家中男孩我是老大，我身上还有个姐，已经结婚。身下有俩弟弟俩妹妹，都在上学。我索性把自己的家庭状况一口气都汇报给他。高老师哎呀一声，家庭人口挺多，负担挺重啊！高老师叹息一声。停了一停，又把身子往上提提，鼻子快碰到我的脸了，那什么，我看你人不错，想给你介绍个对象？我唔唔着，一时不知如何应答。其实我已经猜出来了。说实的，在城里念了两年书，乍回乡下，看哪儿都不顺眼，情绪一直低落。高老师以为我是面子矮，不好意思，就说，男大当婚女大当嫁。没啥不好意思的。姑娘家条件可不错呀。绝对。比你家可强多啦！人也长得漂亮，百里挑一。瞅瞅我脸，配你那是一个来一个来的。绝对。顿了顿又道，她爸嘛，一说你就能知道，我禁不住抬头看他一眼，就是中心校陈校长。高老师说时眼睛一直观察着我，以为一说出陈校长的名字，我肯定会受宠若惊。我低头翻一本杂志。高老师见我反应并不像他预期的那样强烈，又说，要不这样，姑娘在红旗小学上班，叫陈春燕，教音乐的，能歌善舞。你先个别了解了解，若是感觉合适的话，就处处。不合适呢就当没这回事。咋样？我也不好驳高老师的面子，只好点头。于是高老师非常热情地指引我红旗小学怎么走，说只要听见教室里有教唱歌的，肯定是她。过了几天，高老师听听没动静，沉不住气了，低低地问我怎么样，去了吗？见着没有？我暗暗摇摇头。高老师就有些着急，扯扯我衣角，跟他一路去厕所。高老师说不相当？我说不是。我说我还没去呢。高老师诧异。我说是这样，我始终没想出个啥理由去看人家。高老师瞅瞅我说，你书肯定没少念。这话听起来像夸我，其实我知道是说我有点呆。高老师噔哈一声，可也是。平白无故趴窗户上看人家，确实不大好。高老师也看出我对此事不是很上心，但又不肯就此罢休。吧嗒吧嗒嘴说，要不这样吧，我安排一下，你们干脆见见面得了。高老师虽然语气很坚决，不容我反对的样子，但眼光却看着我，还在征求我的意见。我犹豫不决。高老师说姑娘长得出众，性格又开朗。过了这个村就没这个店儿啦。再说你将来若是想进城的话，陈校长能不使劲？他跟教育局长的关系嘎嘎的。可能高老师看出我为什么犹豫不决，所以后面这句话一下子说中了我的心思，我真的没打算在农村扎根。毕业的时候，许多同学都留在了城里，这让我不能不感到失落和不平。高老师忽然哎了一声，说有了，"十一"汇演，你去看看节目不就得了么？我也觉得这倒是个机会。看看节目，捎带着把人也看了，总比偷偷摸摸看人家强，名正言顺。

"十一"那天,秋高气爽,阳光明媚。公社大礼堂里,人声鼎沸,喜气洋洋。墙壁上斜贴着用五彩纸写的标语口号:"伟大的中华人民共和国万岁!";"伟大光荣正确的中国共产党万岁!"等等。主席台正上方悬挂着大红的横幅,揭示着本次汇演的主题:"红旗公社热烈庆祝中华人民共和国成立三十一周年文艺汇演"。各学校来的文艺演出队里,孩子居多,一个个都和过年一样激动,打扮得花枝招展,红脸蛋,红嘴唇,黑眼圈,黑眉毛。各学校有各学校自己的固定位置。演出前各队都在老师的指挥下,不停地唱歌,有点拉歌的意思。每个文艺代表队唱的基本都是那几支老歌,《东方红》《社会主义好》《歌唱祖国》《没有共产党就没有新中国》,翻来覆去,百唱不厌。但唱的顺序不一致,先唱后唱也不一致,于是礼堂内不同的地方就有不同的歌声响起,都不甘示弱,乱糟糟的,像锅粥。台上摆一溜桌椅,桌子上铺了线毯,放了茶杯。演出前领导慷慨激昂地讲了话,之后桌子椅子撤下来,就近放在第一排,台上的领导下来之后都在前排就坐。紫红的大幕拉上之后,台下立时肃静了,过道上开始有拿着花枝的小学生一个跟着一个地从舞台的一侧上台。台上准备节目的人拥来挤去,人很多,连幕布都抖动着。又过了半天,两块幕布中间一撩,钻出一男一女,那时叫报幕员,就是现在所说的主持人。台下响起一阵稀稀拉拉的掌声。二人向台下深施一礼,然后由女报幕员首先开口,是那种充满激情的朗诵:"十月的蓝天阳光普照——!"男报幕员:"十月的大地万马奔腾——!"由于太想激情豪迈了,没有控制好音量,所以声音有些破裂的感觉。台下发出笑声。一段之后二人合道:"红旗公社庆祝建国三十一周年文艺演出——现在开始!"俩人行过礼又从大幕中间钻了回去。接着,在暴风雨般的掌声里大幕徐徐拉开,露出了齐刷刷的合唱队,仿佛撩去面纱的新娘。第一个节目就是红旗小学的大合唱。第一排就地站在舞台上,第二排是一溜木板,垫了砖头,第三排是一溜长凳,第四排是几张桌子，这样由低到高，后一排总比前一排高出一头，能把演员的脸露给观众。那些祖国的花朵，都是白上衣红领巾，朝气蓬勃，瞅着真像一排排的葵花那样灿烂夺目。一名小学生站在队伍前面，面向观众行了少先队礼，然后回转身，手里的指挥棒（其实就是一根剥了皮的白色柳条棍儿）一挥，队伍一侧便有音乐响起，一名拉手风琴的女老师开始拉前奏，动作幅度很大，浑身充满韵律和激情，我猜想这应该就是陈春燕。但由于陈春燕是伴奏，站在不显眼的地方，加上怀里抱着挺大的手风琴，遮挡了半个身子，就更看不清了。接着清脆嘹亮的歌声响彻礼堂："东方红，太阳升，中国出了个毛泽东。他为人民谋幸福，他是人民的大救星……"台下观众不约而同地跟着一起唱，有人还随着音乐的节奏，手在腿上打着拍子。掌声过后，是《没有共产党就没有新中国》，之后又是《歌唱祖国》。在整个的伴奏过程中，拉手风琴的女老师都在边拉边唱，身体和头部也随着音乐的节拍摇摆，用自己的肢体语言指挥着自己学生的合唱，同时将不少观众的注意力也吸引到了她的身上。合唱过后，接下来是歌舞，主要是孩子们的表演唱。孩子的节目自然引不起我的兴趣，场内也不似刚才那么的鸦雀无声，秩序井然，有些人开始回头回脑的说话。我有些烦。就在我走神的工夫，台下响起一阵极其热烈的掌声。再看台上，孩子们不知啥时已经退到幕后去，陈春燕快步走上舞台，果然就是拉手风琴的那位。我当然不知道她就是陈春燕。我是从观众兴奋地说着陈春燕的名字猜到的。陈春燕穿着白衬衫，挽着袖子，裤子像是一条草绿军裤，白衬衫掖在裤子里。梳两个略微翘翘的"造反辫"。灯光晃在脸上，脸和嘴唇都涂了红，描了眉，远一看，比祖国的花朵大了一号，像盛开的一朵大葵花。我当时心就蹦了几下，不知道为什么。第一个感觉是挺兴奋。陈春燕很专业地在舞台正中靠前的位置站好，双脚站成丁字步，面含微笑，目视前方，一张嘴台下又是一阵潮水般的掌声。"边疆的泉水清又纯,边疆的歌儿暖人心,暖人心。清清泉水流不尽,声声赞歌唱亲人。唱亲人边防军,军民鱼水情谊深,情谊深……"这是那时流行的电影《黑三角》的插曲。开头,陈春燕还是规规矩矩站那儿只是唱,没有动作,唱着唱着,手脚便不由自主带上了表演动作。一曲唱罢,台下掌声经久不息。第二首叫《妹妹找哥泪花流》:"妹妹找哥泪花流,不见哥哥心忧愁,心忧愁……"这是电影《小花》的插曲。场内静静的,只有陈春燕饱含深情的歌声在回荡。观众还没有听够,喊再来一个再来一个。陈春燕也早有准备,就自己报了节目,说我再给大家唱一首电影《归心似箭》的插曲——《雁南飞》!话未落音,掌声雷动。"雁南飞,雁南飞,雁叫声声心欲碎。不知今日去,已盼春来归,已盼春来归……"优美舒情的旋律,唱出了忧伤与思念,深深打动了在场的观众。陈春燕一连唱了三首电影插曲,令人耳目一新,深受人们的喜爱,观众还喊"再来一个",陈春燕也兴犹未尽。看样子,让她唱上一天也唱不够,也唱不完。陈春燕会的歌曲太多了,也太爱唱歌了。但陈春燕犹豫了一下,还是没有再来一个,礼貌地谢了幕,朝大家挥挥手,对不起大家的意思,挺着胸脯扭着腰肢走到后台去了。后来的节目我就看得马马虎虎了,不是那么聚精会神。心中不住地想,像她这样一个又漂亮又能歌善舞的姑娘,追求者肯定少不了,怎么会还没对象?肯定是心太高了。心中不免生出胆怯。

回去后高老师迫不及待地问我印象如何,我红着脸说行。高老师就高兴了,我说不错嘛。绝对。百里挑一。你可千万别错了主意。我不由自主地点点头。那就处处?我心存感激地看一眼高老师。高老师领会了我的意思,当下就说,好的好的。晚上我就叫春燕来,你们正式见见面。在哪儿见面好呢?高老师完成一项任务似的搓搓手,办公室吧,办公室肃静,我把值宿老师打发走。我又点头。我现在已经对高老师产生了足够的信任,几乎是言听计从了。吃过晚饭，高老师果然领着陈春燕来了。给我们介绍之后高老师就撤了，说家里有事。办公室只剩我们俩，一时无话。只有墙上的挂钟滴答滴答地走。陈春燕依旧是白天演出时那身装束，只是脸上的红擦掉了，略施一层薄粉。原来描了黑眼圈，瞅着眼睛是大的，现在黑眼圈一洗掉，原来却是单眼皮，不过是眼皮精薄的那种。眼睛细长，有点像蚂蚱的眼睛。可一笑，挺好看。脸型圆而略胖，鼻子小了些，但嘴也小，所以很谐调。总的感觉是没有舞台上看到的那个陈春燕妩媚动人。但若是跟我们生产队那些粗手大脚粗声大气的劳动妇女们比起来，还是靓丽得多。陈春燕主动跟我搭话，说你今年刚参加工作。我点头。在地区师范念书。我又点头。学的中文。我说你都知道了。陈春燕得意地一乐，说我能掐会算。我明知道这些都是高老师告诉她的。我说你呢？陈春燕说你猜猜。我说你顶多是高中毕业，参加工作顶多两年，在红旗小学顶多教个音乐。陈春燕说你顶多也就知道这些。我说基本情况就这些，别的相关资料还没搜集到。陈春燕嘴一撇，这算啥基本情况？搞对象么，你得了解跟搞对象有关的。本人今年芳龄二十有一，处过两个对象，一个是县里的，姓马，在物资上班；一个是祯祥街里的，姓姜，供销社的会计。都黄了。原因么，双方都有，不是我看人家不顺眼，就是人家父母嫌我能疯张。本人活泼开朗，喜欢音乐，团结同学，热爱劳动，尊敬师长，孝敬父母……陈春燕眉飞色舞地进行自我鉴定，毫不掩饰。并且说话的时候，眼睛一直注视着我，就好像老师讲课的时候，眼睛一直注视着自己的学生，捕捉学生眼睛里反馈的信息，是听懂了还是没听懂。相比之下，我倒显得有些拘谨和羞涩，便低头翻抽屉里的杂志。陈春燕一拍手说对了，你还喜欢看书。陈春燕伸手把我的杂志夺过去哗哗翻，然后扔在桌子上，说没啥意思。我说就《大众电影》有意思。其实我说这话的时候，语气里多少带有几分揶揄的味道。因为我觉得《大众电影》没什么文化蕴涵，没品位。可陈春燕不以为然，反而自豪地说对呀，我就喜欢看《大众电影》。那里那些演员，都贼精神，贼漂亮！渐渐熟悉了，陈春燕便从座位上站起来，说会跳舞吗？我摇头。陈春燕说我教你，说着便将椅子噼里啪啦靠到一边，中间腾出块地方，然后拉住我，说我教你跳藏族舞，非常好学的。来，过来。我躲着。陈春燕便自己跳，嘴里给自己哼着拍子，一会跳藏族舞，一会跳新疆舞，一会又跳朝鲜舞。我的视觉跟不上她的节奏。跳着跳着她说你看我像不像王芳？她说的是《英雄儿女》里那个能唱会跳的女战士王芳。就是英雄王成的妹妹。我摇摇头说你可没王芳眼睛大。陈春燕瞪我一眼，不跳了。坐到一个老师的桌前翻桌上的学生作业，拿起红蘸水笔，说我来给他判判，我还没给学生判过作业呢。我慌忙阻止她。说你可拉倒吧。陈春燕将蘸水笔一丢，溅了一桌子红墨水。接着她又拉开抽屉，翻一通，拿出一本书，封皮上写着"李淑芬"，陈春燕念着说"李淑芬"？这不是那个破鞋吗？我看她一眼。陈春燕说，她跟谁你知道吗？我摇头。公社主任。我问"跟"是啥意思。其实我是明知故问。陈春燕以为我真不知道，用那种眼神看着我，你真不明白还是假不明白？这"跟"嘛，陈春燕扑哧乐了，乐得说不下去。半天才说反正这"跟"和俩人搞对象不一样。这种关系嘛，陈春燕想了半天，搜索枯肠，一时也想不出一个恰当的说法来阐释这个"跟"的含义。你歌唱得挺好听。真的？这一下碰到了陈春燕的兴奋神经，她一下蹦起来，你喜欢听歌？太好啦，往后我天天给你唱。陈春燕兴奋得双颊泛红，张嘴又唱"北京的金山上光芒照四方……"，我忙示意她小点声。她不管，一面歌一面舞。喘口气，腾出嘴来说，唱歌你也怕？又不是做贼养汉。我唔唔着说不是。直闹到很晚。陈春燕走后，我把被她弄得乱七八糟的学生作业重新摞好，东倒西歪的椅子重新摆好，被她称为破鞋的李老师的课本我也重新按原样放在人家的抽屉里。

第二天高老师又扯扯我衣角，我犹犹豫豫跟他上厕所。在厕所，高老师神神秘秘地问我昨天谈得如何，挺融洽吧？我半天才说还行。高老师就仔细地看着我的脸，意思是在研究我说的"还行"到底是个什么概念。其实我内心真有些矛盾，一时拿不定主意。高老师说那就好好处一段吧。其实，人哪，就怕在一块久了，一久，什么感情都出来了。要我说，爱情都是处出来的。这世上有多少是一见钟情而又能白头携老的夫妻呀？我和你婶，结婚前还不咋认识呢，现在那感情，不照样嘎嘎的！高老师打个激灵，提着裤子与我说话，我不敢看他，先出来等。我承认高老师说的有点道理。

接下来陈春燕就开始主动找我。头两次还等下班之后，老师们都走了，她才敢来，后来竟然在上班时间，也不敲门，也不进屋，直接敲窗户，因为我的办公桌紧靠窗户。陈春燕梆梆两下，所有的老师便抬头朝窗外张望。我吓一跳，见窗外的陈春燕正拿手指勾我。我红了脸，收拾起教案，矜持着出去。陈春燕冲我勾完，躲到门后，等我出去，嗷地喊一声。我说你疯了，还没下班呢。屋里传出老师们的笑声。陈春燕伸一下舌头，然后也不管我的脸色好不好看，拉着我的胳膊说去她家吃饭。我说吃什么饭哪？陈春燕说芹菜馅饺子。我说我是问吃的哪辈子饭。陈春燕嘻嘻乐，说上辈子我欠你的呗。我执意不肯去。陈春燕脸红了，说你啥意思？我们家饭里有毒呵，还是门口挂杀人刀啦？你若瞧不起我，给个痛快话！上赶子不是买卖。一扭身气呼呼地走了。我在众目睽睽之下讪讪地回到办公室。有两天的时间陈春燕一直没露面。那两天我感觉到了孤独，吃罢晚饭一个人闷闷地坐在办公室里看书，耳朵却一直在倾听，希望听到那梆梆的敲窗声。第三天傍晚陈春燕又来了，像什么也没发生一样，拉我出去散心。我们就在学校旁边的一条林间小路上漫步。草木枯黄，落叶覆盖了小路，晚霞普照，遍野金黄。旁边的玉米地，玉米穗子被农民们剥开皮晾晒，灿烂地笑着。另一边是一片葵花地，葵花们早已告别了豆蔻年华，寻不到往日风姿绰约的身影，棵棵如负重的老农，弯腰弓背。葵花林深不可测。陈春燕猫腰钻进去，葵花干巴巴的叶子刮了她的脸，她嗷地叫一声，骂一句。我知道她要干什么。陈春燕挑一棵沉甸甸压弯了腰的葵花，伸手拉下来，然后抠几粒葵花子，嗑着尝一尝，尝尝上得成不成。一连尝了几个。葵花个高，陈春燕伸手跷脚也只能勉强够到。这样一来，她胸前的衣裳便随着她手臂的上扬而被拉了上去，露出一截雪白的肚皮。我贪婪地看了两眼，心跳得跟做贼似的。我真希望陈春燕多挑一会儿才好。陈春燕终于抱着个葵花头出来了，掰给我一半说好吃。我说你这是破坏老百姓的庄稼，"三大纪律，八项注意"咋学的？陈春燕嗑着瓜子，呸地吐飞一片瓜子皮，说屁。走到没人的地方，说腿酸了，扯着我在草地上坐下。陈春燕不停地说她的同学张丽的对象，边说边乐。乐着乐着，妈呀一声，一头扑在我腿上。我不知道发生了什么，她手指着一枚黄绿草叶上一只毛茸茸的黄虫子，变貌变色的。我说那么点个东西你也如此害怕，刚才的贼胆儿哪儿去了？陈春燕瑟缩着，说你快点，快点！半晌陈春燕才敢睁眼，怯生生寻找那枚草叶，发现那毛茸茸的黄虫子依旧还在，抱着脑袋又伏在我腿上，拿嘴咬我的腿，说快点整走。我嘟哝说你越害怕它越不会离开，我还挺稀罕这小东西的呢。多可爱呀。我是故意气她。陈春燕看着我，说你稀罕它，那你跟它好吧！抓一把树叶扬在我脸上，起来便跑，一路咯咯地笑。跑出一段，回头见我并没有追她，还在原地未动，没了兴致，远远地说你今晚就搁这跟它住吧。幽幽地回家去。我静静地坐在草地里，听傍晚秋虫的唧唧嘶鸣，闻庄稼成熟的浓郁气息，感叹草木一秋的短暂命运。暮色苍茫了，起身回学校。脑子里乱乱的，想着什么，陈春燕突然从背后跳出来，大叫一声，这回真的吓我一跳，骂她是个疯子。陈春燕说疯子就疯子，从身后抱住我。并且头抵在我的背上蹭，嘴里喃喃道，你到底咋回事么，到底咋样你才能高兴？我心中忽的一热，用手在身后抚弄着她的头发，陈春燕则顺势将我的手放在她脸上，有泪水湿了我的手。不由浑身一紧，回头抱住她，让她的头靠在我不算宽阔也不滚烫的胸前。她的手指在我的后背上用力抓，指甲快抠进我的肉里。后来陈春燕缩着膀说冷，我明白她的意思，但我并没有按她的意思去做，拉着她踏着哗啦哗啦的落叶回家。我把她送到家门口，看着她开门进屋。等我回头走出几步，陈春燕却从后面跟上来，坚持送我到学校。临别，塞给我个纸蛋儿，眼睛望着我。我说还有你不敢当面说的话吗？陈春燕温柔地瞪我一眼。回到办公室一看，纸上只有歪歪扭扭撩撩草草一句话：葵花永远向阳开。后面连用了一串感叹号，像是一句歌词。我有些莫名其妙。

  入冬之后，外面冰天雪地不再适合谈情说爱，农村也无城里那样的电影院，办公室又有值宿老师碍眼，有几次陈春燕一来，值宿老师就知趣地躲出去，一再嘱咐我们看好炉子，很不放心我们。后来有一天，陈春燕兴高采烈地拉我上他哥家，神秘地说我哥家没人，硬拖着我去了。陈春燕一路蹦蹦跳跳，专找路边有雪的地方踩，喜欢听那嘎吱嘎吱的踏雪声。陈春燕开了房门，将钥匙哗啦抛向空中，再伸手接住，回头将门插上。"千家万户哎嗨哎嗨哟，把门开哎嗨哎嗨哟，快把那亲人迎进来呀咿儿呀儿哎嗨哟……"陈春燕看着我唱。笑嘻嘻的唱。屋子里温暖如春，我摸摸炉子，烫得哎呀一声，陈春燕哈哈大笑，蹲下笑，笑出了眼泪，说你虎不虎，炉子你也摸！我尴尬着，说我以为是死炉子呢。陈春燕鬼气地一乐，我早就引着了，都烧一下午啦。扯着我的手用嘴吹，又端来酱碗，不由分说就往我烫得发白的手指上抹大酱。你师傅没教你么，铁烧红了不要摸。我说拉倒吧，谁想到你会这么勤快？！我反唇相讥。这不是千里扛猪槽子——喂（为）的是你么。我并没领会陈春燕的意思，只当她是骂我。陈春燕头上蒙了围巾，一边给炉子透灰，一边拿手在嘴前扇着，呸呸地吐唾沫，然后又往炉子里填拌湿的煤。看着她里里外外的忙活，忽然有一种家的感觉，温馨而幸福。做完这一切，陈春燕便坐在炕沿上，悠荡着两腿嗑瓜子，抓一把递给我，说尝尝，手艺咋样？我说你炒的？她说当然。屋子的四壁糊了报纸，还有过年时贴的年画，一溜家具依墙而立，鲜亮而又时尚。有大立柜、高低柜，还有被橱、碗橱，都镶着玻璃画。所谓玻璃画，其实就是普通的玻璃，找了画匠在里面画上山水花鸟，然后镶到家具的面上。那些年结婚几乎家家都要做这样的家具，都要配上这样色彩艳丽的玻璃画，特别时兴。北墙上则挂了几块镜框，里边装了密密麻麻的照片。主人在布置它们的时候，什么人放在什么位置，显然是经过经心考虑的，叫人一看就能看出人物关系的远近亲疏，主次分明。中间显著位置是一张四寸的黑白订婚照，我自作聪明地说这肯定是你哥和你嫂子。陈春燕点头说算你有眼力。想不想照一张？我说那还不容易。陈春燕说这可是你说的。将瓜子仁放在舌尖上伸着往我的嘴里送。我张嘴欲接半路又缩回舌头。陈春燕说你嫌我？我说不是，我又不是小孩还用你喂。陈春燕说我不懂浪漫，一面说，一面身子猛地往后便倒，仰躺在炕上，而她的双手拽着我没撒开，令我冷不防顺势压倒在她身上。那一刻我感觉到陈春燕富有弹性的胸脯在有力地跳动。我挣扎了一下，陈春燕却不放开，紧紧搂住我的后腰。我的头嗡嗡的像是钻进了一只蜜蜂。

其实，我们就是那次之后分的手。坦白地说，陈春燕的疯狂让我陶醉，让我快乐，让我刻骨铭心。但陈春燕的大胆和泼辣也同样让我感到震惊和疑惑。我甚至怀疑陈春燕骨子里就是一个风流下贱的女人。高老师知道后跟我翻了脸，骂我不知好歹。那么些书，叫我白念了！还骂我根本不懂啥是爱情。末了，高老师说，你知道吗，陈春燕喝药啦！我吃一惊，看高老师一张铁青的脸，不像是吓唬我。后来怎么样？总算抢救及时。我不敢看高老师的脸，低着头，像小时犯了错误被老师剋。

　　我后来调到另一所较大的片高中,在那里处了对象。听说,陈春燕很长一段时间都不再唱歌,不再跳舞,不再疯张。谁给介绍对象也不同意。后来有人介绍了一位工农兵大学生,毕业分在公社机关,条件不错。处了没几天,那位干部就摸摸搜搜动手动脚,竟被陈春燕毫不留情地抓破了鼻子脸。

"盲流"大高

想不起来大高一家四口千里迢迢，从关里到我们队上落脚具体是哪年哪月的事了。只记得他们一家人初来乍到连个住的地方都没有。场院门口旁边有个破旧的小房子，是看场院的老头夜晚睡觉的地方，又矮又小，窄窄巴巴，人站在屋里将能直起腰。房顶的秫秸被孩子们抽得露了天，冬天的时候，场院里的粮食都打完了，那房子空闲起来，大高一家就暂时住在了那里。屋里原是半铺火炕，大高一家住进去之后，把那半铺火炕又接出来半铺，这样勉强睡得下一家四口。闲置起来的场院，中间大片平坦的空地被雪覆盖着，东边垛着金黄的谷草，西边垛着碧绿的羊草，那是给牲口们预备过冬的草料。高大的草垛，夜里看上去，黑乎乎的像山梁一样。大高家住的房子，跟高大的草垛一比，显得更加矮小。去场院打麻雀的男孩子，踩着房后的雪堆，一迈腿，就迈到大高家的房上去。不一会儿，房子里先是跑出大高的两个女孩，六七岁、七八岁的样子，小的跑在头前，站在下面歪着头向上望。房顶上的男孩子见了，用脚往下踢雪，雪尘飞溅，落在下面女孩的头上，女孩拿手挡在头顶，一面冲着屋里喊娘，随后就会出来女孩的母亲，一个瘦弱的女人，操着关里口音，商量这些孩子们下来，不要踩塌了她家的房盖。房上的孩子听了女人的关里口音，禁不住发笑，口里学着女人的口音，一跳便跳下房去。仅有的一扇窗户，本来是有玻璃的，是那种带着花纹，既看不清窗里也看不清窗外的乌玻璃，后来都被小孩子们拿弹弓一块一块地打碎了，现在是糊了一层窗户纸，风一刮呼哒呼哒响。屋里的墙壁和房顶，挂了白花花的霜，屋外呢则到处都是雪。屋里的霜和屋外的雪，那才真叫个白。只有进进出出的门口，扫出一条小道，引来麻雀们落在黑土地上觅食，人一出来，扑啦飞起来，落到高大的谷草垛上去。我们队那时已经有十来户关里人，有王广印、王烤火、杨木匠、大老侯、梁乃伦、刁大牙、老马头……不知道大高是扑奔谁来的。第二年，在十来户关里老乡的张罗下，在屯头的空地上，大伙帮大高盖了两间极其简陋的土坯房子，比场院的那个略大了一点。

房子的问题马马虎虎算是解决了。可是呢，大高一家最大的问题还没有解决。最大的问题是，大高一家没有户口。没有户口的人家，属于盲流、黑户，社员们的叫法是，"悠荡户"。那个年代，报纸、广播、红头文件，还有各级领导，大会小会，每天都在不厌其烦地大讲特讲阶级斗争，叮嘱人们"千万不要忘记阶级斗争"，相信"阶级斗争，一抓就灵"。所以搞得老百姓个个神经兮兮的，看谁都不像好人。对于像大高这样的流动人口，人人心存戒备。上边管得也非常之严。不是开玩笑，那时谁家来了亲戚，夜晚要住下的话，都得向上级报告的。像大高这样的外来户，是必须得调查清楚的，往往要搞"外调"，就是暗里派人，或者写封公函，去你的老家调查调查，看看你在老家是不是因为什么问题，才跑出来的。然而，大高顾不了那么许多。对于大高来说，眼下最主要的是，没有户口就没地方分给你粮食。没有粮食，一家四口，四张嘴，怎么活呢？所以当务之急是户口问题，得把户落下。那时候落个户，很麻烦的。大高是从关里来的，要在我们生产队落户，第一步，首先需要我们生产队同意接收才行。我们生产队同意接收，当然也就是指队长同意接收。队长点头了，然后由大队给你开一个"准迁"证明，盖上大队的大红公章，你再拿着这个证明，回关里老家起"迁移"，也就是把你一家人的户口起过来，"迁移"也须盖上你老家的大红公章，大队的，公社的，有了这些东西，回来到公社派出所，户就落了。大高再笨，心里也清楚，这些环节当中，最关键的人物，是我们生产队的队长。只要队长点头了，别的就迎刃而解了。

可是，如何才能打通队长这个关节呢？队长是轻易不会点这个头的。这个情况，其实大高早在未来之前就已经从别的老乡那里知道了。老乡说，来了，一半会儿落不下户，咋办？大高孤注一掷了，说去了再说。总会有办法的。结果，什么都没有安排妥当，说来就来，火烧屁股似的。老乡们埋怨大高办事太毛糙，于是谁都不插手，看大高有什么能耐。那时候，我们生产队跟别的生产队比较起来，还是相当不错的，社员们年终分红，比别的生产队要多分几毛，属于上游吧。所以，从关里，从别的地方，通过关系，到我们生产队落户的人家一年比一年多。于是，控制外来人口势在必行。大高在与队长郑重地谈这个问题的时候，队长始终皱着眉头。队长的理由是，生产队的外来人口一年比一年多，而生产队的耕地却没法增加。这样一来，僧多粥少，不是他这个队长不好说话，是大伙都反对呀。这关系到大伙的利益嘛。大高说了自己一家许多许多的难处，说得嘴都冒了白沫子，但队长依然不点头。大高就再也无话可说。就在队长转身离去的时候，大高突然一把拉住了队长的胳膊，双膝一软，给队长跪下了。这或许就是大高早就想好的"办法"。队长吓一跳，扔了半截烟头，赶紧双手扶大高，说别这样别这样。你也是五尺高的汉子，哪能说跪就跪呢。队长挠着光头。接下来的日子，社员们就发现，大高往队长家跑得勤，三天两头一趟，赶上什么活儿，伸手就干。无论什么时候看见队长，大高都马上露出笑脸，赶紧给队长掏烟，卷上，点着，递到队长嘴里。整个过程，大高的手一直在抖。队长抽着，眯着眼吐口浓烟，看着大高。队长一脸愁云。现在，队长一看见大高就有点头疼，就一脸的愁云。后来队长看大高一家实在可怜，在社员会上也替大高说过话，说，大高这人，实在。话也有了松动，说大高的户口，大伙研究研究吧，看看咋整。大伙正蜜蜂一样嗡嗡成一团，立时住了声。大高就高兴地等着队长跟大伙研究。大伙却始终不吭一声。后来，队长又说，你好好干吧。干出个样来，大伙就没话说了。

可大高的农活干得实在是不怎么样。大高干活的时候，社员们在一旁拿眼睛瞟着，瞟着瞟着，就把嘴撇出了声响。社员们看出来了，这个大高，看样子，没干过几天庄稼活。或者，原本就不是个正经的庄稼人，二五子。就说最基本的铲地吧，手头一点准儿也没有。社员们铲地，铲苞米，都是一面锄草，一面间苗，人家别的社员，间苗不用猫腰拿手薅，而是用锄头尖一剜，干净利索，就把几棵紧挨着的苞米苗挑苗壮的一棵留下来，其他多余的，跟草一样锄掉了。一点也不耽误时间。大高开始时还弯腰拿手薅，后来看看落后了，有点着急，就也直接用锄头尖来间苗，结果，常常是一锄头下去，把苗壮的给干掉了，把弱小的给留下了。这还算好的，有时候，一锄头下去，几棵苗，连大带小，全干掉了，该留苗的地方，空了，一棵苗也没有了。这种情况，大高自有大高的办法，大高把锄掉的苞米苗再重新栽在原来的位置上，看着像好的一样。但大高没想到，只一会儿工夫，那些苞米苗就被太阳晒蔫了，叶子打绺。队长在他的后面检查，发现了问题。队长骂，你没长眼哪？糊弄鬼呢！队长攥着一把苞米苗，在空中挥舞着。以后再弄缺苗的地方，大高不敢糊弄了，剜一棵带根的苗栽上，然后对着苗根儿呲泡尿，给苗浇水，确保成活。栽一棵呲泡尿，栽一棵呲泡尿。到最后，掏出来家什，却半天无尿可尿。割地就更是手忙脚乱，没一点章法，茬儿高不说，麦秸横躺竖卧，可地是麦穗，一划拉一把。队长在后面来来回回地走，到大高哪儿，不走了，说，你这是割地呢还是打场呢？社员就纷纷过来参观大高割的地。大高汗流浃背，哈着腰，张开五指，像耙子似的可地划拉，屁股蛋子上是两块湿漉漉被汗水浸透的痕迹，狼狈不堪的。后来，大高干脆把家里两个小姑娘领到地里，叫她们专门跟在自己屁股后，负责拣掉落的麦穗，大高把两个小姑娘吆喝得鬼哭狼嚎的。社员们取笑大高，说大高是"老母猪还愿，俩不顶一个"。其他技术性稍强一点的农活儿，像装车，码垛，更不行。大高走路风风火火，雄赳赳的，干活儿却是个慢手熊手，大伙都纳闷。知道大高不是偷懒，不是不肯使劲。就叹气，说大高就是这么个手儿了，瞎子闹眼睛，没治啦！谁看了大高干活儿，谁都会皱眉头。落在后面的大高，脱光了膀子，使出吃奶的劲，就是撵不上。开始，关里的老乡看不下去，到了地头，自己也不歇，过来帮大高。久而久之，回回要帮，帮不过来，也就不帮了。社员们都在歇气儿了，磨刀的磨刀，说笑的说笑，坐着，躺着，很惬意。唯有大高还在那里拼搏。远远传来大高的歌声，"临行喝妈一碗酒，浑身是胆雄赳赳……"。有人冲大高喊，再大点声，来一段"阿庆嫂"，我们大伙接你！大高嗓门果真就尖尖的起来，杀猪一样。有人笑着骂大高没心没肺。

　　大高并非一无是处。大高也有长处。大高的长处是，有文化，用社员的话说，字笔不浅。大高自己说，是高中毕业。且写得一手好字。但大高写字用的不是毛笔，用的是一把自制的木刷子，刷出来的字，带着飞白。再者，每个字的一撇一捺，抑或一点，大高不是有板有眼地写成一撇，一捺，一点，写成标准的宋体，或者黑体。写着写着，来了花样，将手腕子随意地一拧，拧来拧去，挥洒自如，就将那一撇一捺一点，拧成个翘着尾巴的鸟，或是朵咧着嘴的花骨朵。谁都没见过这样写字，看着称奇。啧着嘴夸大高，说没看出来，大高还有这两下子。大高的这个才能被发现之后，生产队再布置"毛泽东思想大学校"的时候，就不用会计了，用大高，因为大高不但会写字，还会画画儿。经大高之手布置出来的屋子，比别的生产队弄的"毛泽东思想大学校"都漂亮。夜晚社员开会学习的时候，大高也取代了会计，给大伙念报纸，大高念报纸，声情并茂，社员们一边笑一边放屁。

社员谁家脱坯盖房子，大伙多数去帮工。大高看人家去，他也去。大高不会脱坯，更不会垒墙，连抹墙也抹不光溜，只能干些出力的活儿，打打下手，比如挑水，和泥，搬坯。很大程度上是为了晚上东家供的那顿酒。大高喝酒也不藏奸，有多大量喝多大量，能喝一大碗。大伙就夸大高海量。大高就越发显出英雄气概，酒从通红的胸脯子上往下流。饭桌子摆在院子里，夕阳普照，映着大伙一张张红彤彤的脸。都看着大高喝，喝凉水一样。大高喝上酒，戏匣子就打开了，扯着身旁的社员唱道，"亲家母，你坐下，咱们拉拉心里话……"大高唱的是河南豫剧，大伙听不惯，说大高你唱的这是啥玩意，不好听。还是唱样板戏好听。大高就改唱样板戏，唱了这段唱那段，一会儿是《红灯记》里的李玉和，一会儿是《智取威虎山》里的杨子荣，一会儿是《沙家浜》里的刁德一。唱着唱着，人高马大的大高，会突然把嗓子捏起来，变成细细的女声，唱"我家的表叔数不清，没有大事不登门……"，唱"只盼得深山出太阳，只盼得能在人间把话讲……"。这是京戏里的"青衣"，是旦角。大高还能唱旦角。有点意思。更有意思的是，大高自己一个人，能把《沙家浜》"智斗"一场戏里阿庆嫂刁德一胡传魁三个人物的对唱，自己一个人一句不落完整地唱下来，一会儿是女声，一会儿是男声。吃饭的人都住了嘴。但是喝多酒的大高，回家常打老婆，说我的命咋怎样……大高的老婆身体单薄，哪里经得住大高打？邻居听见了，赶紧过去劝解，埋怨大高，说刚才还好好的呢，又说又唱的，这是咋的了？

后来，人们不知从哪个关里人的嘴里知道，大高原来在关里老家是有工作的，在公社当宣传委员，搞宣传，因为酒后给公社革委会主任的老婆写诗，写"生命诚可贵，爱情价更高。若为自由故，两者皆可抛"。办了半个月的学习班不说，最后还丢了工作。据说，公社革委会主任的老婆原来跟大高是同学，两个人念书时就多少有点那意思。社员们见大高沉默的时候，就会凑到大高跟前，说干啥呢大高，写诗呢？念一个大伙听听。大高一把将人家推出去多远，说去去去，烦人！

大高的弟弟二高，后来也来到东北，住在大高家。二高体格没大高结实，性格也比较柔弱，不爱说话，没人的时候，表情忧郁，心事重重的。遇见人，只是一咧嘴，点点头，算是招呼了。二十大几了，没媳妇。主要是家里太穷。有社员逗二高，说给他当媒人，二高也不当真，只是一笑。也有的社员，骂大高，说咋不给二高张罗说媳妇？饱汉子不知饿汉子饥。是不是你们哥俩一个媳妇？二高听了这话，像是没听见，说句去你的。大高则瞪圆了眼珠，扬起手中的家什，把那社员吓跑。低低地骂道，你才哥俩一个媳妇。

上东北来的关里人，无论是儿子娶媳妇，还是闺女找婆家，没有找东北人的。多是关里人与关里人之间割亲家，实在没相当的，便千里迢迢的，领着儿子闺女，回关里老家去寻。可见关里人到东北，并不想在此扎根。所以社员们说是给二高当媒人，那是瞎扯。而关里人当中，也没有谁家的闺女愿给二高当媳妇，宁可舍近求远。一是嫌二高太老实，一杠子压不出个屁来。再者呢，要户口没户口，要身板没身板，怕二高养活不了一家人家。

大高的小姨子，身材高挑，留两根长辫，只是瘦弱了些，脸色不好，可能是营养不良所致。大高的小姨子是在大高一家来东北之后两三年的样子，投奔姐姐姐夫来的。父母希望闺女能在东北找个好人家。那时候大高一家依然没有落下户，还是"悠荡户"。本来队长已经动了恻隐之心，可是大高的活计实在不能令人满意，队长就泄劲了，没法说服大伙，这事就一拖再拖。但大高的小姨子从姐夫的家信里得知，姐姐一家在东北已经混得不错了，要吃有吃，要喝有喝，比关里好过多了，便千里迢迢地投奔来，也跟大高一家挤在一个小屋里。不知道他们六口人，是怎么在里面住的。

大高的小姨子一来，一开始社员们还以为是二高在关里家娶上媳妇了呢，都咂嘴，说乖乖，二高娶了怎好个媳妇？知道是大高的小姨子，就说，可也中。二高的媳妇，这回也算是有着落啦。哥俩娶姐俩，也般配。二高的脸红到耳根。

大高的小姨子来没多久，就跟队长的闺女相处的非常好，俨然亲姐妹一般，干活儿落后的时候，队长的闺女总是第一个过去接应她。别的女社员见了，也纷纷来帮忙，你一手，她一手，就撵上来，然后一块休息。大高和二高，帮上的时候少。有时候二高干到前面了，二高会往女社员那面望一望，见大高的小姨子落后了，就过去，红着一张脸。有男社员在一边看着，便朗声念白道："脸红什么？精神焕发——"都知道这是样板戏《智取威虎山》里面的台词。二高抿着嘴，说哪里呀，干活儿累的嘛。

一年当中，生产队里总要有一些社员被派到外地去干活，比如修公路，修水库，社员们把这叫做"出工"（实际上就是旧社会所说的出劳工。现在新社会不这么叫了，把"劳"字去掉，直接叫出工。当然，性质也绝对不一样）。那时候好像没有专门的工程队，有什么大型的土木工程，都是从各生产队抽调强壮劳力，到工地上挑土方。一出工往往就是一年半载。也有的生产队为了搞点副业，增加点收入，派社员出去干活儿挣钱，像冬天的时候上山里去"倒套子"（就是用马而不是马车，从山上将伐下的木材拽到山下），上城里去"拉脚"搞运输，等等。这种时候，有些年轻的社员恋家，舍不得老婆孩子，不愿意去，而二高却积极主动，不用队长找到头上。二高知道家里住的地方挤巴，再者，自己光棍一人，无牵无挂。从打大高的小姨子来了之后，二高就显得不那么积极了，推三阻四的。那回是上一百里外的河套修胜利水库，二高犹犹豫豫的，队长瞪着眼，说你一个跑腿子，在家守什么？上外头，不比家里吃得好？大高当然得站在队长这面，说就是。去吧去吧。大高有大高的想法，一个呢这样一来，家里住的地方也能宽绰一下，更主要的，是能省了份口粮。可社员们不这么看，社员们凡事好往那方面琢磨，说二高夜里不睡觉，净偷听大高跟他老婆的动静。要不，你看大高咋看不上二高呢。更有埋汰大高的，说，你这家伙。你把二高支走，想一个人吃独食是吧。晚上睡觉，一面搂一个，是不是？是不是？说话的社员现出一副猥亵的嘴脸。大高瞪圆眼珠，恶狠狠地盯着他，别瞎说！

　　就在二高出工没多久，便有媒人走进了大高那个破烂的家，是来给大高的小姨子做媒的。起初大高一家以为是哪个关里人家看上了大高秀气的小姨子，热情地招呼。媒人东一嘴西一嘴绕扯了半天，一棵烟只剩下个烟屁股了，这才说出让他来的人家是队长家。是队长家看上了大高的小姨子，老实贤惠，想叫大高的小姨子给他家当儿媳妇。媒人说，队长看你家也实在不容易，你瞅瞅，你瞅瞅，一家六口，挤在这么窄巴的房子里，又是兄弟，又是小姨子的，多不方便。再说二巧（二巧就是大高的小姨子）也老大不小了。队长早就看得明明白白，你们那些关里老乡，谁家也不想娶二巧。也不怪人家，没户口啊。你可别以为队长是在拣便宜，队长可是好心，替你们着急呀。媒人后面说的什么，大高根本就没听进去。队长的儿子是个瘸子，至今娶不上媳妇。大高的小姨子捋着辫梢，推门站到当院去。媒人走出门外的时候，跟送出来的大高耳语了几句，大意是，队长的儿子就是腿有点瘸，别的啥都好好的，跟正常人一样，啥都能干，二巧过了门遭不着啥罪。说不定有福享呢。再说，人家队长答应了，这事要是成了，他保管帮你们把户落下。媒人临走掐了沉默不语的大高一把，听你信儿啊大高。

大高一家人，好几天谁都不跟谁说话。饭桌上只有大高一个人，稀里糊涂地喝玉米面菜糊糊，把碗喝得空响。其他人，老婆，孩子，小姨子，都远离饭桌，远离大高，抱着饭碗，蹲到院里去喝。

秋末的一个晚上，大高被大队孙支书派民兵叫到大队去。大高不知道发生了什么事，一路上都很紧张。大高走在前面，民兵跟在后面。孙支书早年当过志愿军，想当初也曾"雄赳赳，气昂昂，跨过鸭绿江"，上过朝鲜战场。以"阶级斗争为纲"的年代，孙支书是"地富反坏右"五类分子的克星，三天两头就把这些人弄到大队教训一顿，让他们老老实实改造，不许兴风作浪。否则，就一定叫他们尝尝无产阶级专政的铁拳。孙支书终日是一脸严肃的"阶级斗争"，从没见他脸上有过轻松愉快的表情，好像历史的重担都压在他一个人的肩上了。就连那些出身好的社员，见了孙支书，都不敢多看一眼。孙支书打量了大高一会儿，开口问大高，知道找你干啥吗？大高摇头，说不知道。支书又问，你有户口吗？大高又摇头，说没有。你家粮食够吃吗？大高还摇头，说不够吃。支书说，你最近表现怎么样？大高不知道该如何回答。半天，大高才说，我表现挺积极的。这回轮到孙支书摇头了。孙支书看定大高的眼睛，像是要把大高心中藏着的鬼从大高的眼睛里挖出来一样。你这个盲流！孙支书倒背双手，围着大高转圈子。你们队现在有阶级斗争新动向。孙支书言之凿凿，你们队丢了粮食，就在靠近你家的那块地。有人反映，你的嫌疑最大。你老实交代，是不是你干的？我们党的政策是"坦白从宽，抗拒从严"，顽固到底，死路一条。大高彻底蒙了。大高蒙了一阵之后，马上意识到这件事情非同小可，所以大高死不承认自己偷了队里的粮食。无论孙支书怎样逼问，大高都不承认。大高说，"士可杀，不可辱"。又说，"冻死迎风站，饿死不倒槽"。大高是在说自己是一个有气节的人，绝不会干出那些苟且之事。头一句孙支书没听懂，后一句听懂了，听懂了之后，孙支书踢了大高一脚，大高腿一软，差点倒下。孙支书就笑了，说还不倒槽呢。我看你倒不倒槽。孙支书接着又踹了一脚。大高咧一咧嘴。最后孙支书让大高好好反省反省，大高就靠墙直挺挺立着，反省了一个晚上，第二天没精打采地回到生产队。社员们都停了手里的活计看大高，问，上大队给支书唱戏去了？孙支书可是爱听样板戏呢。大高把手里的家什使劲扔到地上，突然蹲下身，抱住头。

不几天媒人又上门，没等媒人开口，大高先说话了，大高说，这件事，得先落户，我们一家六口的户都得落。落了户再订婚。媒人大喜过望，满口应承，听你的听你的。啥都听你的。你说什么时候订就什么时候订。你说什么时候结就什么时候结。媒人没想到大高会这么痛快就答应了。媒人兴高采烈地向队长家报喜去了。

媳妇蹲在灶膛门口，一边往灶坑里填柴火一边落泪，这可咋跟俺爹娘交代呀。大高的小姨子依门而立，手指绞着辫梢不言语。晚饭的时候大高突然想喝酒，家里又没有，掏遍了所有的衣兜，抠出一块钱来，打发孩子上供销社，装了一玻璃瓶子烧酒。大高把烧酒狠劲往肚子里灌。大高的媳妇抢了一次没抢下来，小姨子又上去抢。那晚，喝多的大高破例没有打老婆。大高只是唱。大高先是坐在炕上唱，后是躺到当院地上唱。谁扯也不起来。大高的歌声引来不少社员，站在当街，往大高的家里望，知道大高这是又喝多了。"听奶奶讲革命英勇悲壮，却原来我是风里生来雨里长。奶奶啊，十七年的教养恩深如海洋……"唱着唱着，突然一声道白"爹——"，比铁梅还要悲怆几分，身子一下挺立起来，由先前的慢板转为快板，"我爹爹像松柏意志坚强，顶天立地是英勇的共产党。我跟你前进决不彷徨。红灯高举闪闪亮，照我爹爹打豺狼。祖祖孙孙打下去，打不尽豺狼决不下战场！"趴在墙头上的社员，一齐给大高鼓掌。

上个世纪八十年代中期,我们那里的关里人陆续回了关里老家,原因是关里的日子好过了。大高一家也回去了,扔下大高的小姨子一个人在东北,想家的时候心里就特别恨大高。

女同学张影

　　高中快毕业那年，班里新来了一名女生，穿着很时尚，水粉色"的确良"半袖衫，高跟凉鞋、白丝袜，往班级一进，如一道闪电划破夜空，无论男生女生，眼睛都一亮。而更多的女生是看过之后便低了头，怕看羞了人家，还是自惭形秽，不得而知。这女生叫张影，父亲刚从县里调到我们红旗公社当革委会主任。

　　这张影虽说是城里来的，可性格却随和开朗，平易近人，一点也没有傲气和娇气，没架子。开始，我们这些男生都不敢正眼看人家，更不敢跟人家说话。不敢是不敢，却还装出一副不愿搭理人家的样子。而张影却主动和大家说话，不是单跟某一个人，而是跟所有的同学，包括所有的男同学。张影跟我们男生说话时，有的女生还捂了嘴，转过身去乐。有点接受不了。那时，同班的男女同学是很少说话很少往来的。不管心里多么想说话，可表面上谁也不跟谁说，见了面扭过脸，脸都红了。即使实在有事，必须说话，无论男生女生，主动的还是被动的，面红耳赤，甚至语无伦次，仿佛做了见不得人的事。而张影跟谁都自然大方。学校搞庆"十一"演出，班主任安排谁出节目谁都摇头说不会，不会唱，也不会跳，会也说不会。张影则主动报名参加，一曲《太阳出来照四方》，把我们唱得既兴奋又愉快。张影来时正赶上我的同桌因故没来，老师便叫张影先坐我那儿。老师公布这一决定之后,同学们的目光唰地射向我们,同时伴有哧哧的笑。张影大方地走到我的旁边,挨着我坐下,我的脸顿时发烧,挨着张影这面的半面身子,莫名其妙地产生一种麻苏苏的感觉。张影冲我礼貌地一笑,露出一口透明的白牙,身上一股香皂雪花膏的香味一齐扑过来,这大约就是城里人的味道吧。我假装皱皱鼻子,脸拧一边去。整个一节课,我的头一直就那么拧着,只给张影一个后脑勺。时不时的,我能感觉到张影在看我,因为有微风一样的气息吹到我的后脖颈上。张影写字时胳膊肘碰到了我,我触电一样,赶紧往外挪挪。那堂课,我一直装作全神贯注地听讲,耳朵里却一个字也没听进去,神经一直高度关注我的背后。第二节课,我一如既往,头拧着听课,给张影个后背。老师发现了,指了指我,说你坐端正点。我勉强正正身体,不过脸还是偏着。一连两天都是如此。有一天,语文老师讲完课,让我们自己读课文,趁同学们都在嘟嘟囔囔的时候,张影拿钢笔捅捅我,我回过脸,张影冲我一乐:脖子酸了吧?我脸腾地红了。往一边挪挪,跟张影保持一定的距离,不自然地咧咧嘴。大约是几天之后的一节课,我靠得太往边儿了,屁股不知不觉只搭了长条凳的一端,张影见状,悄悄往起欠欠屁股,长条凳一下失重,我差点坐到地上,出一头冷汗。回头再看张影,趴桌子上,身子一抽一抽的,正咯咯乐呢。我就明白是她使坏,便在桌子底下,拿脚踩一下她的凉鞋,样子狠狠的,其实脚上并没有真的使劲。张影却神经病似的,"妈呀"一声,弄得全班一时鸦雀无声,直着脖看她。不知我俩这张桌发生了什么事。张影自知失态,趴在桌子上,半天没敢抬头。后来抬头了,狠狠瞪我一眼,悄悄掏出一块手绢,擦被我踩脏的凉鞋。我心中暗骂:资产阶级臭小姐。后来索性把这句话写在一张纸条上,递给她。张影看了,立即回击,也用同样的方法,写了张纸条:贫下中农坏小子。其实她还不知道我家是富农成分。知道了,说不定会骂我是"地主富农狗崽子"呢！渐渐熟了，后来张影无论吃什么零嘴，都偷偷塞给我，一块水果糖，或者两块压缩饼干。我不接，张影就悄悄放在我的桌堂里。后来，时不时的，我就能在桌堂里书包里发现这些小玩意。小时候很少吃到这些糖果之类的美食，所以尽管不好意思，但还是经不住诱惑，偷偷接受了张影的好意。除此，本啦笔啦小刀橡皮圆规三角板之类的学习用具，张影应有尽有，我可以随便使，跟使自己的没什么两样。她还将自己多余的本壳本夹送给我。张影家条件好，生活富裕，又是城镇户口，吃商品粮，这些都是我们这些农村孩子望尘莫及的。因此尽管张影在我们面前并未摆出多大的架子，显出多高贵多优越的身份地位，可我们这些农村孩子对她还是既羡慕又嫉妒，敬而远之，内心总觉得人家比我们高一头，我们比人家矮三分。

我就更自卑。因为，我是富农子弟，那时候叫狗崽子。我很担心有一天，张影知道了细情，会写纸条骂我，不理我。应该说，这种自卑阴暗的心理，直接影响了我青春时代的成长，让我的性格色彩中多了些忧郁，少了些明快。

我们那时念书，确切地说，属于"半农半读"。因为一年当中，大约有一半的时间帮助生产队干活，名曰"支农"。春天种地，我们帮助点种、踩格子；夏天铲地、间苗、薅草、割小麦；秋天就更不用提了，俗话说"三春不如一秋忙"，扒玉米割高粱打葵花起土豆……反正地里的庄稼都要收回来，我们都要支援。有时候是集体支援，全校出动。有时候是单个的，分散的，学校放假，这种假叫"农忙假"。学生回到各自的生产队，加入到农民的队伍里，轰轰烈烈地跟着搞秋收，开展农业生产大会战。假期结束，回到学校，也不能坐下来安安稳稳地学习念书，干什么？开展"小秋收"活动，捡粮捡柴，成天像一群牛羊一样在野地里遛。捡回来的粮食被学校卖掉，为学校增收，柴火便充作冬天教室烧炉子取暖的燃料。冬天了，连农民们都开始猫冬了，我们这些学生们却还要捡粪积肥，支援"农业学大寨"。等这些大型的劳动都基本结束之后，班级要评"劳动模范"，评上的，名字被写在红纸条上，贴在墙上，红纸条的顶端，压一朵鲜艳的花。之后，还要结合自己的劳动实践，结合学习主席著作，写一篇心得体会，也要上墙的，一溜一溜的作文纸，竖着，一个压一个，用订书机订在"学习园地"里。最上边的，压着别人的，名字露在外面，就好比刊物的头题，报纸的头条，意味着写得好，意味着重要。是谁的，谁就美滋滋的。

说实话，连我们这些农村长大的孩子都懒得干的农活，对于从小娇生惯养的张影来说，就更加为难了。兴许是因为我曾经吃过人家的糖果，用过人家的东西，"吃人家的嘴短，拿人家的手短"，这种时候，我便尽力发挥我的特长，多出一点力气，帮助张影。但帮的时候，还不太敢大大方方的，有点偷偷摸摸的，苟苟且且的，怕同学笑话。自己给自己找理由，心里说，谁让我是她的同桌呢。我甚至装出一副无可奈何的样子，说：你呀，真是的。张影龇一下白牙，脸也不红，把活儿让给我。很乖的样子。其实，那种时候，我心里的感受是很甜很美的，一种说不出的幸福。

那年秋天栽树，往公路两边栽，植树造林，绿化祖国，造福后代么。同学们几人一组，有挖坑的，有栽树苗兼培土的，还有抬水浇水的。搭配的时候，都愿意找能出力会干活的。自然剩张影跟我一组。挖坑属力气活儿，由男生来干。栽苗培土，抬水浇水由女生干。这当中稍微轻松一点的要数栽苗培土。事先班主任老师就告诉，培土的同学要穿胶鞋，平底，这样能把土踩实踩严，不透风，保水分。而张影没有胶鞋，依然穿高跟鞋。班主任老师见了，摇摇头，没办法，便让张影抬水浇水。其实水源并不远，公路两边的壕沟里即是。事先挖一个深坑，远处的水便流过来，集中到坑里，就多了，水桶下去就没影，猛的提上来即是满的。这项工作需要技巧，需要力气，否则不但提不上来，倒有闪到水里的危险。当然如果水桶控制的好，不让它灌满，只灌半桶便往上提，就轻松多了。男生提水都不用到水坑边，拿扁担一端的扁担勾，勾住水桶，投到水坑里，再用胳膊当杠杆，只用力一轮，一桶水便稳稳地甩到岸上。脸不红，气不喘。而女生一般做不到，需要蹲到坑边，猫腰拿手拎着水桶的梁提水。工夫一长，水坑边弄得又湿又滑。张影和另一女生抬一桶水，俩人轮换着下去灌水拎水，然后将一根木棍穿到水桶梁下，抬起来走。轮到张影提水的时候，闹笑话了，差点出事。张影穿一双高跟鞋，一向喜欢干净，此时不大愿意靠近水坑边，但又不能总让人家一人干哪。那时学生都讲究脏活累活抢着干，吃苦在前享乐在后，发扬雷锋精神。张影硬着头皮上去，她不想太靠近水坑，那儿太泥泞，怕脏，就学男生的样子，拿扁担勾住水桶，将水桶沉到水坑里，她应该趁水桶还未沉底的时候，也就是水桶里装了半下的时候就往起拎。可她控制得不能恰到好处，结果水桶已经沉底，已经满满一下子的时候，张影再往上提，哪里提得动？技艺又不佳，水桶刚出水面，因为有水浮着，感觉不沉，离开水面就不中了，死沉死沉。张影口中喊着"快点"，她是想喊快来人哪，可还没喊完呢，胳膊一软，水桶就咔嚓一声，砸到水坑里，水花飞溅，张影身体栽歪几下，没有栽到水里，却一屁股坐在了泥地上，溅一身水，沾一屁股泥。在场的人大笑，女生蹲着笑，男生拍手笑。张影一张白脸蛋羞得像个熟透的苹果。坐在地上半天不起来，放赖。我听见笑声，远远望见，不自觉地跑过来，想帮她。我怕张影受不了，以为非哭不可，没想到张影一见我跑过来，要帮她，反到来劲了，爬起来，扑拉扑拉屁股，抖一抖被水溅湿的裤子，又去拿扁担捞水桶。我过去帮她她也不用，把我搡一边去。扁担在水里勾了半天，钓鱼一样，才勾上水桶，慢慢拽到坑沿，这回她不用扁担，直接用手抓住水桶的梁。我说你拎不动的，听我这么一说，张影身体一用力，竟把一桶水提了上来。由于身体用力，凉鞋的高跟深深扎在泥里，一迈步，没迈动，水桶与身体的节奏就不一致了，水桶一悠，张影一个趔趄，我在一旁，瞅得真切，赶忙伸手扶住她，另一只手趁势接住水桶，替她拎走了。久久，我的手抓住张影胳膊的那种软软的温润的感觉，一直留在心头，并且不断的温习。张影的鞋带由于用力往出拔鞋，断了。张影趿拉着鞋，一瘸一拐跟在我背后，造得水裆尿裤的，没孩子样了。说实的，看着一向打扮得漂漂亮亮利利索索的张影那狼狈不堪的样子，别人都笑，我则笑不出来。张影根本就不在乎，哼哼呀呀的唱"男女老少齐参战哪，要把那些吃人的豺狼全埋葬，全埋葬！"张影唱到"要把那些吃人的豺狼全埋葬"时，冲着笑她的男生恶狠狠地做个鬼脸，并且跺了一下脚，意思是要把那些嘲笑她的同学全埋葬。结果，连她自己也忍不住笑起来。

　　我们班有个叫马战友的男生，人长得精神帅气，高大魁梧，学校篮球队的，运动场上风光无限。用现在的话说，也算我们红旗公社的一个大牌"球星"了。就是人多的时候好表现，用我们东北话形容，叫"嘚瑟"。"嘚瑟"这个词用在他身上，实在是再恰当不过了。尤其在女人面前，"嘚瑟"得更欢。那时的人不像现在这么开放，这么不管不顾直来直去，跟谁好大街上就敢搬脖搂腰的亲热。那时的人肚子里有那意思，一般不大敢表露。只有经过父母同意媒人介绍这道程序，才算正当，才算合乎道德规范，才敢坦然面对。社会风气，怎么说呢，说封建落后也可，说淳朴敦厚也可，应该是二者兼而有之吧。马战友就算是思想解放的了。

　　自打张影来到班级之后，马战友异常兴奋。他原本对高志芹有意思，黏黏糊糊的，同学们都看出来了。有一次劳动，是放秋垄，人都钻在苞米地里，绿海一样的青纱帐，谁也看不见谁，只能听到声音，听到唱歌。这面男生唱："朝霞映在阳澄湖上，芦花放，稻谷香，岸柳成行……"，那面女生唱："十七年的教养恩深如海洋……"

庄稼地里尽情地抒发豪情。一人一根垄，铲到地头休息。老师布置完，同学们便一撒欢没了影，淹没在绿海中。马战友这小子比较滑头，他根本不去哈腰铲地，而是将锄头倒拽着走，到地头上才象征性地铲两下。这样，马战友总是第一个到地头。马战友第一个到地头的目的，就是为了帮高志芹铲。他早已经默默记住了高志芹是第多少根垄。女生都慢，第一没男生有力气，第二没男生胆子大敢糊弄。高志芹铲到一半，发现自己的垄被别人给铲了，开始没明白咋回事，还扯脖子喊谁铲错垄啦？没人搭腔儿。苞米地里闷热，苞米叶子刮胳膊刮脸的，谁都希望快点到头。高志芹便拎着锄头走，一直走到地头，挺自在，偷着乐。休息时，还跟大伙说，不知哪个傻小子铲错了垄。人都抿嘴乐。高志芹也乐。

后来又有这么两回，高志芹慢慢就明白了。明白之后就有点害羞，再不敢正眼看马战友，再不敢跟马战友说话，再不敢到球场上看打球。见了马战友，羞答答的，不过看得出，浑身洋溢着一种快乐和幸福。

班级突然又冒出个比高志芹更漂亮的女生，马战友的兴趣立刻发生转移。看张影的目光，贼亮贼亮。当然只是偷偷的，闪电一般，一扫，隔一会，再一扫。一天总要扫上那么无数眼。正面的，侧面的。方便的时候，扫瞄的频率更多，比如人少的场合，他甚至可以大胆的，肆无忌惮的直视张影，不仅直视张影的脸，还直视张影的眼睛，捉住张影的眼光不放，用自己的眼光强行地跟张影的眼光对接，然后通过眼光传输信息，传输内心想要表达的东西，更希望在张影的眼睛里寻找到什么。在张影身旁走过的时候，步伐也不自然。衣裳擦着张影的衣裳，蹭一下，似乎也是一种享受，也是一种亲昵的表示吧。

马战友的这些基本上属于细微的眼神和举动，我相信我是第一个察觉到的。因为我与张影同桌，离她最近，或者说离目标最近，自然也就经常在马战友的目光扫射的范围之内。初时马战友的目光飞来，我还有种错觉，很心虚，以为我和张影被他抓住了什么尾巴了呢（其实我们本来就什么也没有）。就老老实实的，规规矩矩的，不敢跟张影说话了。而马战友的目光一碰上我的目光，便躲开，装作往前看黑板，或者转向窗外，或者游移到别人的身上，闪闪缩缩的。我恍然大悟。

张影一如既往，没什么特别的反应。起码我还没发现。有一天球赛的时候，同学们围在场外观战，张影大咧咧的，又鼓掌又欢呼又唱歌，比谁声都大，拉拉队似的，搞得马战友情绪特别高涨，每每超长发挥。球滚过来，马战友一见滚到女生这边来，就抢着跑过来拣，张影帮着拣起来，亲手递过去。马战友接球的时候，故意碰了张影的手。

那一刻，我的脑袋嗡的一下，仿佛挨了一闷棍，人就木木的立在场外，被速冻了一样。苏醒过来之后，失魂落魄的感觉，万念俱灰的感觉，自惭形秽的感觉，全部搅和在一块，汇成一股酸楚的洪流，汹涌着将我整个淹没了。半晌，暗暗瞧一眼周围，别人依然兴趣盎然的看球，喊叫，没谁注意到那个瞬间发生的微小的细节。而对这样一个微小的细节，我根本想不到自己会有这样强烈的心理反应，并且如此敏感。现在想来，那其实就算"吃醋"吧。

那场球赛，我当然无法坚持看到结束。因为，这之后，我的情绪突然变得很坏，烦躁不安，看什么都不顺眼，且又恍恍惚惚。马战友漂亮的投篮，纯熟的传球，地道的防守，近乎完美的每一个动作，我却越看越觉得难看，差劲，十分反感，有种要呕吐的感觉。没等打完，便蔫蔫地回了教室，像个霜打的茄子。

那之后，有几天，我依然像最初一样，拧着脸听课，只给张影一个后背。过了两天，张影拿笔杵我，小声问你咋了？我不知道我的脸上是一种什么样的表情，心里却还在赌气，不愿搭理她。张影又拿笔扎我：你咋的了？我心里说咋的了你自己知道。但嘴上就是不吱声，埋头写作业。过了一会，张影将头歪贴在桌子上，从下往上看低头写字的我：到底谁惹你了？我经不住张影那双纯真的目光，绷不住了，扑哧笑了，说没人惹我呀。明显是在搪塞。张影一听，反到生气了，说没人惹，你不理我干啥？我知道因为啥，小心眼儿！一下拧过身，将笔什么的稀里哗啦装进文具盒，啪嚓一声盖上。而后将脸埋在桌子上，使起小性子来。我的脸顿时滚烫。半天，我听到抽鼻涕的声音。我将她桌堂里的手绢悄悄拿给她，她却没好气地推开我，手绢掉在地上。我将那洁白的手绢拣起来，悄悄揣在自己的衣兜里。后来张影到处找手绢找不到，我则躲在一旁不吭声，过了一会儿，我将手绢递给她，她又不接，自己从作业本上撕了张纸擦鼻涕。

　　这一年暑假，我们高中毕业了。毕业之后，我们这些农村孩子自然是回乡务农了，美其名曰"回乡青年"。有门路的，可以学一点手艺，或者当兵。张影父亲是公社一把手，吃商品粮，城镇户口，毕业没几天就被安排到供销社当了售货员。那年头，当一个售货员也是一份让人眼馋的工作。有一句顺口溜儿，叫"听诊器，方向盘，国营商店卖货员"，说的是当大夫的，开车的司机，商店售货员，工作清闲，风吹不着雨淋不着，又有些油水，人人羡慕。比如医生，包括赤脚医生，都牛。人吃五谷杂粮哪有不长病的，有了病自然得找大夫，笑着一张脸，先敬上支烟。如果是上门，自然还要喝两盅。那年头，物资缺乏，商店来点紧俏商品，售货员心一乐卖给你，心眼子不顺，脸一拉拉，没有了！其实都留着走后门呢。闲时手里织着毛衣，顾客来了，连眼皮都懒得撩，爱搭不理的，很牛皮的。张影本来长得细皮嫩肉的，像早晨顶着露水珠开放的牵牛花，谁见了都想多看两眼。张影所在的摊儿是布匹组，应该说到她那买布的多是妇女，而那些不是买布的男人们，本是买别的货，买完了，也喜欢转到布匹组，摸一摸，装作想买布的样子，问问价钱，问问这种料子多少钱，那种料子多少钱，他这个身材做件上衣得多少尺，做条裤子得多少尺，问了半天，也不买，逗壳子。其实就是为了想方设法跟张影说上一句话，近距离地看上那么一眼两眼。

有几个小混混，没啥工作，成天叼着烟卷在街头闲逛，东家进，西家出，哼哼呀呀，一个个流里流气，长头发烫着卷儿，跟鸡窝似的，美其名曰"波浪式"；喇叭筒裤子，下边粗上边细，细的裤腿像鸡肠子，粗的裤脚能扫大街，皮鞋仅露个鞋尖，这都是跟那些城里知青们学的。几个小子有一天突然发现供销社冷不丁冒出个美女，就成天到供销社起哄，问花布多少钱一尺，格布多少钱一尺。唉呀，大妹子，这白"的确良"是新来的吧？嚯，真白。赶上啥白啦。说这话时眼睛瞟着张影。说大妹子，这缎子被面结婚得使多少，你看哪种颜色好？问完了，张影要动剪子了，赶紧摆摆手，说不买，还没媳妇呢，丈母娘还穿开裆裤呢！张影先是耐着性子一一回答，后来见这帮小子挤眉弄眼的不怀好意，也就不搭理他们，喊也不动。那几个小子就骂咧咧的，说你什么态度，耳朵塞鸡毛了？过来拽张影的胳膊。张影骂滚犊子！十冬腊月生日？一甩手，甩开了。啥？叫姑父？差辈了，应该叫丈夫。张影脸通红，骂：缺德样！有个胆更大的，从后面上来，扒拉开别人，说大妹子，别害怕，哥儿来啦——！竟去拉张影的手。张影仗着老爸是公社革委会主任，根本就没把这几个小混混放在眼里，嘴里骂瞅你那德性，回身抄起柜台上的算盘子，照那小子的脑瓜吭嚓就是一下。这一下子，连算盘珠子都打飞了，稀里哗啦滚可地。张影这一出手真是惊天动地，连旁边的人都吓一跳。那几个小子没事还找事呢，一见张影动了手，嗓子眼儿伸出小巴掌，骂着往柜台里闯，抓起东西乱打，布匹扬得到处都是。其他售货员和顾客都赶紧躲起来，有的猫在柜台下，抱着脑袋，有的跑出门去喊人。正此时，马战友出现在供销社里。马战友不顾一切地冲上前去，用身体护住张影，一个人抵挡着那几个小子的进攻，上演了一出英雄救美的好戏。马战友毕业后，由于有打球的特长，被公社种子站要去上了班。公社种子站离供销社很近，所以，马战友几乎天天泡在供销社。马战友被打个鼻青脸肿，感动了张影他爸，后来被转了正。转正之后的马战友，真个是"春风得意马蹄疾"啊，腿往供销社跑得更勤了。

自从毕业回乡务农，我就加入了劳动人民的队伍，整天贪黑起早跟社员们一起劳动，终日一身臭汗，两手泥巴，本来一张白脸，风吹日晒，又黑又糙。有几次去供销社，惦记着看看张影，都没敢，只隔着窗户望一望，闻一闻供销社屋里飘出的酱油的香味。

就在我毕业那年的十一月份，国家恢复了高考制度。说起来惭愧，作为一名高中毕业生，当第一次听到"高考"两个字时，我根本就不明白它是个什么概念。结果可想而知。接下来的一冬一春，我进了公社文教组组织的补习班，拼命复习，仿佛抓住了一根救命的稻草，看到了一线黎明的曙光。这一次，学习目的十分明确：只为考上大学。我的口号是：为考大学学习，为考大学奋斗。原则是，考不上本科，大专也可；考不上大专，中专也可。其实，在我的潜意识里，有一个强大而又不可告人的原动力，时时刻刻激励我，鞭策我，那就是，一定要打败马战友。在我心里，早已经把他当作自己势不两立的敌人对待了。而要想做到这一点，必须有一个光明的前程。要想有一个光明的前程，只有改变自己目前这个农民的身份和地位。这样一来，"国家干部""吃商品粮""城镇户口"，这几个字眼，在我的心里，具有了别一种含义，具有特殊的吸引力。为了心中的这个远大的目标，我拼了。

补习的时候，张影去看过我，鼓励我好好用功什么的。没见到她时，总是想人家，人家来了，见到了，我又放不开，拘束得很，手脚没处搁，鼻尖冒汗，说话也前言不搭后语，该说的话一句也没说出来，该表达的意思一点也没有表达。反而比以前更生疏了。张影怅怅地走了。等人家走了，自己才来了章程，在肚子里跟人家对话，说，你放心，我一定不辜负你老人家的希望，"好好学习，天天向上"，读毛主席的书，听毛主席的话，做毛主席的好孩子。我为自己的幽默得意地发笑。可是在她面前，我这嘴怎么就笨得像棉裤腰？怎么就那么害怕呢？

后来我真的考上了地区师范。我梦寐以求的"国家干部""商品粮""城镇户口"，就这么解决了。这些在那个时代象征一个人身份地位的要素，我一一具备了。想一想也不免自豪起来，这些身份地位的象征，标签一样，仿佛一下子一张一张都贴在我的脑门上，我自己也感觉自己一下子变成另外一个人了，我再不是从前那个猥猥琐琐的我了。我按捺不住地跑到供销社，想把这一切都告诉张影，可是到了供销社，我看到神采飞扬的马战友在那儿，我连屋也没进。

寒假的时候，我找了个借口，去供销社，想看看张影。那天我穿戴的干净利索，特意打扮了一番，要到供销社的时候，还将棉帽子的两个耳朵挽起来，在上面系上，这样看着端正、精神。我将来就是国家干部了，跟她一样，吃商品粮，落城镇户口，不再是农村人，可以跟张影平起平坐了，一想到这些，底气就足了，走路腰板溜直，脚步坚实有力。我一面走，一面谋划着见到张影头一句话该怎么说，怎样向她表达自己心中蓄积已久的那种意思。

当我按捺住心跳，迈进供销社门槛的时候，眼睛并没有最先看向张影所在的柜台，而是装作很随意的样子看别处，然后再慢慢将头转向那个方向。那样子给人的印象，似乎是，这个人并不是专门来看张影的，而是来买什么东西，意外碰见了老同学。可是，当我满怀希望望向那张柜台的时候，脸上的表情便僵住了，就好像精心准备的一场演出，大幕拉开却不见观众一样。那里没有我所熟悉的身影，换成了一个又粗又胖的妇女。我以为可能是换柜台了，急切地满商店扫了一圈，也没见张影的身影儿。最后我只好走到那胖女人的柜台前，很客气地说：请问，张影在不在？那女人撩起眼皮看我一眼，说不在。我又问：她休班了？那女人一边咔哧撕着布一边说，她调走了。那女人可能见我一副学生模样，不像流氓什么的，就又补充道：张影跟马战友离婚了，调县百货商店去了。

离婚啦？我半天没有反应过来。他们什么时候结婚的？又是什么时候离婚的？为什么离婚？这一切我都想问个明白，可看看胖女人爱搭不理的样子，我只好憋住了。怎么从供销社出来的，我自己也说不清。

一路上，看辽阔的原野，看皑皑的白雪，看路两边光秃秃的树木，看远处的电线杆和电线杆上的麻雀，看蓝蓝的天，看白白的云，看什么都没了兴致，都不顺眼。似乎又什么也没看到。两眼模模糊糊，脑子里一片空白。

我闷闷地在路上走了很久很久，心里有一种说不出来的滋味，特别难受，也特别复杂。手心的汗把衣兜里揣着的张影的那块白手绢都攥湿了。我真想对着树木大骂一通，也真想对着旷野大哭一场。后来，我把那块洁白的手绢别出心裁地系在了路边光秃秃的树枝上，让它像战败的白旗一样在冬天的原野上迎风招展。

应该说，接下来，命运再一次赐给我的机会，是被我自己主动而又愚蠢地放弃的。是当时那种陈旧的价值观念支配了我的行为，蒙蔽了我的心灵，"吃别人嚼过的馍没有味道"。而张影正是那别人嚼过的馍。在我的心中，她起码已经不是那个完美无缺洁白无瑕的女孩子张影了。

毕业二十年我们同学聚会的时候，张影早就下岗了，原来的百货商店如今改名商贸城，张影租了两节柜台卖服装。人到中年的张影，衣着依然很入时，脸也依然光艳动人。张影跟我开玩笑说，有机会上我那买衣裳，我六折优惠。吃饭的时候，同学们唱歌跳舞，跟我们念书的时候大不相同，开放多啦。张影拉着我，唱了一首《敖包相会》。唱罢，同学们起哄不答应，又点了一首《夫妻双双把家还》。张影的嗓子也还是那么好。还是张张罗罗的那么开朗大方，拽这个跳舞，跟那个干杯。张影的第二个丈夫是位机关不大不小的领导，据说，在外面还有个家。看张影的样子，好像不知道。也许是知道，咽泪装欢，也许是内心正进行着比前一次更加痛苦的抉择。同学们背后看张影的目光，都带着深深的同情和忧虑。生活就是如此的捉摸不定。每个人都难说自己一生的命运自己能完全把握。其实，爱和生活本来可以是一回事，但也可以是两码事。告别的时候，我认真却又半开玩笑地对张影说，如果有来生，绝不放过你。张影一下子涌出眼泪，别转脸去，我瞥见一丝柔肠百转的幽怨。那一刻，我的久已麻木而又蒙尘的心，针刺般疼了一下。面包车渐行渐远，我只能在心里默默地祝福张影，祝福女同学张影万事如意生活幸福。

父亲的自行车

在屯里,我们家差不多是第一个买自行车的人家。倒不是因为家庭条件怎么好,主要是因为我父亲是民办老师,起初在大队的小学教书,后来调到公社中学。顺便说一句,我父亲是文革前县一中的高材生呢,后被学校保送到松花江师院,怪就怪赶上三年困难时期,饥饿难耐,父亲从哈尔滨跑回乡下。学校觉得可惜,三番五次来信催我父亲回去将学业完成,但我父亲当时已经谋到了小学民办教师的职业,结果学业就这么半途而废了。后来每每忆起那段往事,特别后悔,当时如果再咬咬牙也就顶下来了,何苦在农村当了二十多年的民办老师?公社中学离家有四、五里路,父亲每天要走几个来回。而学校对时间的要求向来是很紧的。父亲有好几次都是在老师晨会开到一半的时候,才脚步匆匆地赶到,汗津津的脸上带着歉意。父亲对待工作的态度一贯是认真敬业的,在这种情况下,买一辆自行车已是势在必行。

那时候,一辆好的自行车,像上海产的"永久""凤凰",天津产的"飞鸽",这样的名牌产品,难买不说,也贵,一般都二百多,大约需要父亲半年的工薪(父亲后来转成公办代课时的月薪是三十一元五,而民办教师是不挣工资,跟社员一样挣工分的)。好在母亲勤俭持家吃苦耐劳,除了操持繁重的家务之外,还要养猪养鸡添补家用。相比之下日子过得还算凑合。所以商量来商量去，最后父母还是决定买一辆自行车，但只能买一般的，便宜一点的，又不必求人。父亲便上街里的百货，花了一百二十块钱，买回来一辆哈尔滨产的"孔雀"牌自行车。

那个年代家里能有辆自行车的，估计比现在有电脑的家庭还要少，还要稀奇和珍贵。且不说屯里人是用怎样一种羡慕的眼光看我们，单就我们自己家里人，也都把这辆"孔雀"自行车当成宝贝一样爱护。首先是父亲，除了上班出门之外，在家是轻易不骑车子的。比如放假到几里地以外的园田地劳动，有时还要背负沉重的农具，父亲从来都是步行，父亲说路不好，坑坑洼洼的，费车子。意思是有损自行车的寿命。刮风下雨就更不肯骑了，怕弄脏，怕淋湿。那时候，父亲有个习惯，每天上班前，父亲都会站在院子里观一阵天，观察云彩是多是少是薄是厚，风向如何。诸如"云彩往北发大水，云彩往南跑旱船""朝霞不出门，晚霞行千里"这样有关天气的谚语，父亲十分的熟悉，担心车子骑出去会赶上雨。后来有了收音机，每天的天气预报父亲是必听的。若是在上班时间下了雨，父亲肯定要将自行车存放在办公室里，走着回来。若是半路遇上雨，父亲则干脆将自行车扛在肩上，变成车子骑人了。遇见的人很奇怪，这雨也不大，能骑的呀？！父亲说粘泥。人就笑父亲，说粘泥怕什么。这个老师，也忒那什么了。当然，如果雨下大了，道路泥泞的话，泥就会将自行车的瓦盖与车轱辘之间塞满，车轱辘就不会转动，必须得扛着。可是刚下雨的时候，地皮还硬，这种情况是不会发生的。我父亲就是在这种时候将自行车过早地扛在肩上，自然惹得人家笑话。父亲每日回家，擦自行车是我们必须做的一项劳动。开始我和弟弟都争着抢着擦，擦车梁，擦车瓦盖，擦车圈儿。车圈儿最容易落灰土和溅上泥水，也最难擦。因为有车辐条一根一根的碍事。大面好擦，抹布转一圈儿半面就立马光亮了，再转一圈儿另半面也光亮了。但最麻烦的是每根车辐条的跟儿部，须逐个逐个地擦到。每次擦车，我们都是先将抹布洗净拧干，擦去灰尘，然后再用旧棉花蘸了柴油擦一遍，这样可以使车圈儿擦得光亮耀眼。连车辐条都一根一根擦得干干净净的没一点锈斑。父亲说自行车得保养。啥机器都得保养。父亲的自行车始终是新鲜着的，骑起来也得心应手，不像有的人家的车子造得那么"狼虎"，除了铃不响浑身哪儿都响。为了保持自行车黑亮的油漆不被磕碰，永久如新，父亲还买了一卷彩色的塑料条，大约有二指宽窄，将车架子都缠起来。那时有自行车的几乎个个都这么弄，等于是将自行车包装起来，穿上一件美丽的外衣。有的通身缠成一种颜色，绿的、粉的、红的、黄的。有的是几种颜色搭配起来，看着就更加鲜艳夺目。母亲还特意将塑料条剩下的边角废料利用起来，铰成铜钱一样大小的圆片，各种颜色交错开，夹在车辐条与车辐条紧密交叉的地方，这样在车轱辘的中间部位，围绕着车轴的地方就形成了一个盘子大小的五彩花环，很美观的。尤其是自行车飞跑的时候，看到的就不再是一枚一枚单个的圆圈，而是隐隐约约一道旋转的彩虹。自行车的坐垫也是母亲用各种颜色的花布头儿拿手工一针一针对出来的，套在原来的皮座上，底边坠着一圈儿金黄的流苏，嗦嗦地抖。连车钥匙的屁股上也系了绿色的塑料管编成的马莲垛，成为一种点缀。这样一打扮，仿佛这自行车根本就不是供人骑的用的，而是一件家具，一件摆设，是专门供人观赏似的。所以，对于这辆自行车，除了父亲，我们只有伺候的份，连动一下的权利都没有的。每天回来，父亲直接就把自行车推到屋里，放在地中间。父亲直接把自行车推到屋里的意思，就是防备我们偷着推出去玩。

可以说，这辆"孔雀"自行车，说是父亲的心肝宝贝也差不多。

一天，屯里的王凤桐来借自行车。王凤桐论着跟我家沾点偏亲，管我父亲叫表姐夫，有时见了面还可以开句玩笑呢。比如，见了我父亲骑自行车过来，先打"上班了""下班了"这样的招呼，招呼过后，他每每会在我父亲的身后喊"没气儿啦！"意思是说我父亲骑的自行车车胎没气儿了。没气儿自然车胎就瘪了，瘪着骑，这里的"瘪"与"鳖"同音，意思是"鳖"骑了。这是拐弯抹角地骂人。头一回我父亲经他一喊，竟信以为真，赶紧下来，摁一摁车胎，知道上了当，挨了骂，父亲回一句"狗嘴"。再怎么喊，父亲只顾骑了走。那天是星期天，王凤桐知道我父亲不上班。王凤桐带着一身白濛濛的雾气走进屋里的时候，我们一家人正围着一张炕八仙吃早饭，大人热情地让座让烟。父亲坐在炕头，说来了，咋这么得闲？往里挪了挪屁股，说王凤桐，再吃点儿？王凤桐摆着手，说不了不了。将狗皮帽子摘下夹在胳肢窝里，接过母亲卷的一支旱烟，直接到炉子前去抽。母亲又划着火柴过去，王凤桐说不用不用，用炉子对着得了，省根儿火柴。见母亲手里的火柴已经哧啦燃着，便略微弯一弯腰，一只手习惯地做出挡风状，抽着，呲哈着说你别麻烦了，快吃饭吧姐。王凤桐是个憨厚的农民，话语不多，接下来便只是抽烟，抓着手在火炉前烤，嘴里呲哈着，说一些天气冷暖方面的话，半天也没转入正题。王凤桐的一支烟已抽了一半，我父亲说你来是有事吧？王凤桐涨红了脖子，支吾着说也没啥事……那啥……我老兄弟今儿个"相门户"，想借自行车骑一趟。所谓"相门户"就是相亲，看媳妇，捎带着看看家庭，认识认识老亲少友，所以我们那里的乡亲们都将这道程序称做"相门户"，你别说还挺贴切。我父亲显然一点心理准备没有，没想到会有人来借自行车，竟愣了半晌，没反应过来是怎么回事。反应过来之后，脸上显出十分难看的表情，说笑不是笑，说哭不是哭，仿佛父亲那一刻身体的哪一部位嗞儿的疼了一下。父亲那时心中肯定是一千个一万个不愿意的。非但父亲不愿意，连我们也都一千个一万个不愿意。母亲当时的表现是一声没吱，父亲也没吱声。就好像，脑子里在思考着什么事，没听见刚才王凤桐说什么。估计是在找不借的理由，可一时又找不到不借的理由。自行车就明晃晃地摆在屋地上，说不在家，被人骑走了，显然不妥，瞪眼说瞎话么。说坏了，轮胎撒气，可眼睁睁看着轮胎鼓鼓的。说自己出门吧，又想不出出门上哪儿，去干啥？父亲总想找一个非常妥帖令人信服的理由，却又转了半天脑子也没有。有点像考试时大脑一下出现抑制状态，出现空白，连眼面前最熟悉的字都不会写了一样。父亲十分窘迫，自己把自己搞得十分慌乱，夹了酸菜在碗里，还没吃，却又夹了一筷头子回来。乱了章法，错了程序。父亲镇定了一下，问闺女是哪儿的？王凤桐说红旗的。姓陈。父亲噢一声，心想足有二十里呢。父亲又问去多少人，怎么去，王凤桐说十多个人，队长给派挂马车。父亲想，去挂马车为什么还要骑自行车呢？王凤桐这会儿也显得局促不安，已经开始抽母亲卷的第二支旱烟。其实他知道我父亲的自行车是新买的，不是一般的娇贵。可今天是给兄弟相媳妇，他是想借我们家的自行车装装门面，到女方家显摆显摆，别让人家小瞧了他们。所以在家里核计来核计去，觉得我们家这辆自行车对于他们家这次的相亲行动至关重要，犹如一场好戏的一件关键的道具，可以给相亲的队伍增光添彩，也可以增加几分成功的把握。否则只一挂马车，不够体面嘛。王凤桐是硬着头皮来的。本想将这些想法一五一十跟我父亲解释清楚，希望得到我父亲的理解和支持。可进门之后，王凤桐准备的这一肚子说辞，由于舌头临阵不听指挥，竟一句也表达不出，只是闷闷地抽烟，烤手。

　　再说我们家，平时在屯里人缘不错，谁家写个信了，过年贴个对子了，都找我父亲代笔，甚至连信纸连大红纸都搭上。母亲的针线活儿好，屯里有名，谁家闺女出门子儿子娶媳妇，有些细致讲究的活计，套面的碎花面袄，扎花的包包鞋，也求母亲代劳。所有这些，都奠定了我们家在屯里的名誉和地位。所以，社员们什么时候见了，全都主动打招呼，尹老师长尹老师短，热情着呢。父亲考虑到这一层，心就软下来，就抹不开情面了，最后咬咬牙，从牙缝里挤出一句话，相门户是大事，骑吧。王凤桐原以为没戏了，已经准备抬脚走了，听父亲如此说，当时松了一口气，千恩万谢的。送出门，父亲又叮嘱说，千万加小心，冻天冻地的，摔坏车子是小事，别摔伤人。王凤桐说那是那是。父亲又说可不能驮人，这"孔雀"自行车单薄。王凤桐又说那是那是。

父亲回屋脸就撂下了，摔筷子撅碗的，埋怨母亲，说你瞅你像个死人似的，也不会撒个谎。母亲说，你会撒谎你咋不撒呢？父亲没话说了。其实父亲的意思是母亲应该配合他，先编个谎，然后父亲就可以在旁边溜溜缝，让母亲扮黑脸父亲扮红脸，这样父亲在外面时候多，见到乡亲们的机会多，不至于太尴尬。可母亲根本没有领会到这一层。父亲的半碗饭也不吃了。整个那一天，父亲什么都干不下去，在屋地上编炕席也不专心，既没有前一天编得快，也没有前一天编得好。心里一直惦记着自行车。下午的时候，打发弟弟去王凤桐家好几趟，看看自行车骑回来没有。那天直到鸡上架的时候，王凤桐才把自行车送回来。王凤桐嘴里喷着酒气，帽耳朵上挂着白霜，坐在炕沿儿上跟我父亲唠了半天嗑儿。王凤桐一走，父亲的第一个反应就是检查自行车。父亲端着煤油灯将自行车前后左右仔仔细细地察看。自行车在外面冻过，到屋里一缓，先是白汪汪一层霜，随即变成湿漉漉的一层水珠，父亲命我们赶紧拿抹布擦。父亲已经将自行车察看了半天，甚至还一个劲吸溜鼻子，好像能闻出自行车身上的气味似的。母亲坐在炕头做针线，撇撇嘴说，有啥好看的，不认识呀？父亲说，我怎么越看越觉得不对劲儿呢？母亲啧啧一声，说有啥不对劲儿？不还是咱家那辆吗？父亲说不对劲儿，好像摔过。母亲又啧啧一声，那意思是揶揄父亲有点神经病。父亲歪着头，闭上一只眼，打枪瞄准的样子，说你看看，车把歪没歪？！然后到自行车前面，面向自行车，双腿并拢夹住车轱辘，双手轻轻用力,左右矫正车把。发现这一处毛病之后,父亲确信自行车肯定是挨过摔的,仿佛自己的孩子在外面受过什么委屈似的(其实即使我们在外面受过什么委屈,父亲也不太在意的),越发心疼起来,小心翼翼地摩挲着自行车。父亲摩挲着车大梁,又说这儿好像有个弯儿,你快下地。母亲就停了活计,赶忙下地,趿拉着鞋过来。父亲相信母亲的手感要比自己好,做惯了针线活儿的。父亲望着母亲,母亲又仔细来回摸一摸,摇摇头,说哪有?!好好的嘛。父亲方才放下悬着的心。不过母亲又说,黑灯瞎火的,明天再仔细瞅瞅。借人家东西哪能不加小心。母亲也心疼。那一夜,父亲连觉也没睡好,第二天一早就起来,又对着自行车端详,连车辐条都一根一根地检查,结果这一检查,父亲突然就骂了一句粗话。父亲是很少骂粗话的。父亲骂这个王八犊子,咋把车子造这样!也不吱一声。母亲赶紧过来,我们一家人都紧张地注视着自行车,不知道自行车究竟什么地方被摔坏了。这回看得真切,自行车前轱辘有一根辐条折了,虚虚的安在原来的螺母里,明显是被人伪装的,一碰,辐条便离了位置,辐条间出现一个不谐调的空挡。父亲气大了,当即决定去找王凤桐。父亲说我去找他!父亲说时望着母亲,意思是征求母亲的意见。母亲说不是没大毛病吗?父亲说那他也该说一声的。我们不吱声,他还以为咱看不出来呢,拿咱二百五啊?王凤桐开始说没摔过,说我骑着格外加小心的呀。父亲说那怎么造成那样?王凤桐说造哪样?父亲说你自己去看看,把也歪了,辐条也折了!王凤桐吓坏了,脸通红,挠着脑袋,说不可能啊。想了想,便说可能是在老陈家喝酒时,自行车搁在院子里,被哪个小嘎子推出去玩了?大伙儿都夸你们家的自行车漂亮,围了一圈人看呢。王凤桐不知该说什么是好。要不我上街修修吧。父亲听他说的也有可能,不是故意隐瞒,气也消了大半。心疼归心疼,总不能伤了和气。不过有了这次的教训,以后再逢星期礼拜天,父亲都把自行车锁在仓房里,事先编好故事，遇有来借自行车的，父亲就告诉家里人，统一口径，如此这般。不是说父亲今天有事出门，就是自行车被某某某某借走了，把来人打发。总之，那次之后，父亲的自行车再不肯借给任何人。来借车子的碰一鼻子灰，渐渐就谁也不来借了。

父亲再不为借自行车的事而烦恼了。

然而此后许多莫名其妙的怪事却接二连三地发生。比如说我们家养的鸡鸭鹅狗什么的，常常遭遇不测，不是今天丢只鸡，就是明天丢只鸭。狗在房后乘凉，没着谁没惹谁，无缘无故的就会从什么地方飞来块土坷垃，或是一颗弹弓的泥蛋，把狗打得嗷嗷叫，夹着尾巴跑回院里，不敢出门。有时候，猪屁股也会被人砍出个鲜血淋漓的大口子，这还得感谢人家手下留情，否则，一镰刀搂开肚子，肠子流出来，小命就没了。原本一个太平世界，一时间变得鸡犬不宁，惊险恐怖。更有甚者，我家园田地远离村庄，动不动就遭人祸害，麦穗子还青青的就被人割倒一片，或者是被人放了马。土豆成垄成垄地连秧薅掉，只有牛眼珠大小的土豆白花花点缀在黑油油的泥土里。葵花还盛开着，还在招蜂引蝶，脑袋就被人削掉了。父亲恨得牙根直，却又不能像一般社员那样可以站在全屯都能听得见的地方骂大街，即使解决不了什么问题，起码也可以叫干坏事的人知道知道，出出气。母亲说这不是纯心造害人吗！能是小孩子干的吗？问题是你根本就不知道是什么人干的。我家在生产队没劳力，队里有个啥事也不知道。早先是有许多热心人主动上门通知，告诉你分粮了，分菜了，分这个，分那个。或者是队长指派社员直接送到家里。现在也没人理你了，简直就当没你这户人家。等我们看见邻居往回扛东西，去了，基本是些残羹剩饭，看看众人的冷脸。

父亲一开始只是感叹世道越变越坏，很长一段时间才注意到，只有我们家发生类似不幸的事件比较频繁，别人家基本是太平无事的，方才意识到问题不那么简单。私下跟母亲说，看来，这地方是越来越难住了。母亲说我们咋得罪谁了呢？父亲说，这还不明白，母亲真不明白，直着眼看父亲。父亲拿嘴拱拱院子里的自行车。那怎么办？还能搬家？父亲半天没吱声。到院子里对着自行车久久的发呆。后来有一天，父亲咬着牙，把自行车推到街里，干脆卖掉了。

半导体收音机

大雪把屯子完全覆盖了。住在房檐里的麻雀，比人还勤快，天一放亮就出了窝，在园子的柳条障子上叽叽喳喳。后来一只叫着飞走了，另一只也赶紧从窝里钻出来随着，一前一后飞到生产队的场院去。场院里有谷草垛，麻雀们把谷草垛包围了。全屯的麻雀们每天都在谷草垛上集合，黑压压的，地上的白雪被它们刨出密密麻麻的黑土窝。有人在雪地上支了个柳条筐，下面撒些秕谷，扣麻雀。阳光照在窗户上，窗户上的霜雪开始往下滴水。烟囱冒出白色的柴烟，烟囱上落的雪就慢慢被柴烟熏化了，显出黑黑的烟囱。太阳一出来，屯子顿时有了生机。家家推开门的头一件事，就是打扫房前屋后的积雪。人们把这些无穷无尽的雪堆到园子里去，堆到房屋的后山墙上，再用铁锨拍打瓷实，一直堆到房顶那么高，堆成一面雪墙，让它帮助房子抵挡一下呼啸的北风。所以从后面你几乎看不到房屋了，房屋被雪包裹了起来。人们远远的看不见房子，看不见村落，却能望见屯后那些高大的榆树，望见榆树树梢上缭绕着的炊烟。

少年向阳穿着他爹的一双大靰鞡，头戴狗皮帽子，狗皮帽子差不多已经磨成了光板。母亲的粗针大线在儿子的黑布棉袄黑布棉裤上随意行走，仿佛犁杖在黑土地上趟出来的一行行不规则的田垄。向阳扫完院子里的雪，扫完房前屋后道路上的雪，吃口饭，便挑上挑子，扛上铁锹和洋镐，出发了。黑狗围着他身前身后的很兴奋，看见什么都要上去嗅嗅，研究研究。它知道主人要去什么地方，跟了一段就不跟了，头前跑进了树地里。队里做车辕子，做场院的大门，做其他的农具，挑榆树当中粗大成材的锯掉使用了，剩下一截离地有半尺多高的树墩子，现在少年向阳就是来刨这些树墩子的。北风很硬，把地上的浮雪从胡同里刮出来，然后在墙根下，柴火垛下，在所有背风的地方，堆成一道道的雪岭子。路边的壕沟填满了，地里的垄沟刮平了。树地里的蒿草，在雪中露出焦黄的草梢子，发出噬噬的声音。树墩子虽然被雪埋上了，但向阳能够准确地找到它们。而且他把那些还没轮到刨的树墩子都用粉笔写上了自己的名字，意思是占上了，这些树墩子只有他向阳可以刨，不许别人动的。其实，刨树根这种活计不适合冬天干。冬天地冻得坚硬如铁，树根埋在地下的部分根本无法刨净，浪费呀。人家屯里六十多岁的刘老疙瘩，往往是在清明之后，大地解冻了，化透了，才开始刨树根，天天挑着个挑子出门，一把洋镐，一把铁锹，南北二屯地刨树根。刨得汗流浃背的时候，干脆甩掉衣裳，光着膀子。门前的园子里，垛起来高高的一大垛桦子。冬天的时候，再将晾干的桦子挑到供销社去卖掉，挣点买油盐酱醋的钱。这么寒冷的天气，如果不是实在没有柴火烧，谁会出来抠树根。

其实向阳家不缺柴火烧。向阳是想刨桦子卖了，然后买一台半导体收音机。向阳对收音机的渴望已经很久了，却一直没想出用啥办法能挣到够买收音机的钱。

向阳对收音机着迷，主要是对收音机里讲的评书着迷。之前向阳每天中午一到讲评书的时间，都是上于国臣家去听。全屯只有于国臣家有一台台式木壳收音机，像一件漂亮的家具摆在柜盖上，是于国臣他姐的婆家给的聘礼。孩子们坐在他们家的炕沿上，悠荡着腿听，听到紧张的地方没一点声息，听到可笑的地方呢竟然手舞足蹈，把人家的炕墙都踢掉了墙皮。于国臣的父亲开始还可以，大人孩子全上他们家听评书，感觉是件挺有面子的事，张张罗罗特别热情，给大人们拿烟倒水，给孩子们捧出炒得香喷喷的葵花子嗑。回回都那么热情，热情得大人们渐渐就不好意思再去了。只剩下孩子们每天还按时地守候在于国臣家的炕沿上，依旧不断地把于国臣家的炕墙皮踢下来，把外面的雪带到屋地上。时间一久，于国臣的家人就觉得有些厌烦了，闹得慌。后来有一天，于国臣的父亲脸拉拉得像驴脸那么长，鼻子不是鼻子脸不是脸地骂自己的儿子于国臣。孩子们都紧张地看着于国臣的父亲，也听出于国臣的父亲不只是在骂于国臣，却又正听在节骨眼儿上，舍不得走。于国臣的父亲干脆把收音机关了。后来孩子们不敢去了，到了中午说评书的时间，都在于国臣家的院外绕来绕去，伸长脖子向于国臣家的屋子里张望，看看于国臣的父亲在不在家。可于国臣的父亲偏偏也喜欢听评书，到了那个钟点必从外面回家。孩子们便躲在他家的门外听，听着听着，慢慢慢慢凑到窗户下，又怕被于国臣的父亲发现，就把身体缩小，把头窝在胸前，一个一个蹲在窗台下。窗台下的阳光里，小鸡们缩着脖子闭着眼睛打盹。孩子们占了它们的地方，它们只好抖抖膀子，找食去了。半个钟头的评书听下来，孩子们的脚蹲麻了，身上也冻透了。那工夫，孩子们真恨不能像故事里说的那样，会个什么法术，把自己变成个小东西钻进屋里，却又让于国臣的父亲看不见自己。

  向阳发现有人在树地里挥舞着洋镐，便加快了脚步，厚厚的积雪没过了他的靴鞡，雪面子灌进鞋裹里。雪面子一挨到肉皮马上就化了，脚脖子上冰凉冰凉。向阳顾不得这些，大步流星地奔过去。刨树墩子的是海军。海军刨几下就要停下来，把手放在嘴上哈热气，鼻涕挂在嘴唇上。海军没带棉手焐子，棉手焐子厚，戴上握不住镐把儿，所以海军把两只棉手焐子挂在脖子上，缠到屁股后。海军刨一下，棉手焐子就在屁股上拍打一下。向阳见海军刨了他的树墩子，生气地对着海军大喊大叫：你干什么你？那是我的树墩子！海军正刨得全神贯注，被吓了一跳。他环顾一下四周，说哪个是你的？向阳说你刨的那个就是我的。海军说怎么是你的呢，树不是生产队的么，树墩子怎么成你的了？向阳说当然是我的，我先在树根上写了名字，不信你看看！向阳指着树墩子上用粉笔写的名字。白色的粉笔字被雪给模糊了，海军草率地看一眼，说写上名字就是你的了？你说是你的，你叫它，看它能答应吗？它要是答应就算你的！海军眯细了眼睛，挑衅似的看着向阳。树墩子当然不能答应。向阳就扔了肩上的挑子，气急败坏地扑向海军，海军也扔下洋镐迎战。向阳家的黑狗冲着海军汪汪。两个人穿得都是那么厚实的棉袄棉裤，臃肿笨拙，看着像两头小狗熊。向阳抓住海军的膀子，海军也抓住向阳的膀子，这在摔跤里面叫"支黄瓜架"，都想把对方用力摔倒，可使了几下劲儿，双方力气差不多，结果谁也摔不倒谁。向阳又去揪海军下巴底下的棉袄领子，只要紧紧地揪住不放，海军就会被勒得喘不上气来，也就没了力气，有点类似于武术里边锁喉的招数。海军也用同样的方法来揪向阳的棉袄领子，两个人的脸和脖子都憋得通红。一招不成又来一招，向阳又想用腿在下面绊倒对方，可海军却似乎早有防备，把两条腿岔开，像两根木头桩子，怎么绊也绊不倒。此时什么"力劈华山""回头望月""黑虎掏心""回马枪"，评书里听过的招数，一样也用不上。打到最后全没了力气，一起摔倒在雪地上，又一起往对方的身上爬，像骑马那样骑在对方的身上。于是就在雪地上滚来滚去，滚了浑身的雪，雪挨到脸上便化了，弄的一脸湿湿的。手上也是雪，也是湿湿的。鞋窠里也是雪，也是湿湿的。连棉裤里也进了雪。到后来，两个人干脆抓起雪来抛掷，变成打雪仗了。

　　躺在雪地上的向阳问海军，你刨桩子干啥？海军说你问我，那你刨桦子干啥？向阳没告诉海军是为了买收音机，向阳说干啥也不告诉你。海军说你告诉我我就帮你刨。向阳说真的？海军说谁不帮你刨谁是儿子。向阳就告诉海军，说是给李奶奶家刨桦子，李奶奶家屋子冷。向阳说的李奶奶，是个孤寡老人，"五保户"，腿脚不利索。学校号召学雷锋，向阳就承包了李奶奶家的家务活，每天去给李奶奶家挑水扫院子。海军说你这是学雷锋，做好事呢，我也算一个，咱俩是一组。

十几岁的他们毕竟不如大人力气大，不如大人体力耐久，大人刨一个树墩子需要半天的话，他们就得需要一天的时间。冰封的大地一镐一个白印儿，每一镐都把虎口震得麻苏苏地疼。刨上几镐才能把地刨出个裂纹，有了裂纹就好办了，沿着裂纹再刨上几镐，一块冻土块就刨下来了。向阳像个技术指导似的，让海军把树墩子周围的冻土开得再大一点，海军就听话地再往外开得大一点；向阳让往下刨得再深一些，海军就往下刨得再深一些；向阳说差不多了，海军就住了手，汗从红涨涨的脸上淌下来，干脆把棉袄怀儿敞开，嘴唇上眉毛上全挂了白霜，嘴唇上的霜一会就变成了一粒粒晶莹的水珠子。树墩子周围的冻土被刨开了，树墩子差不多全裸露出来，这时候，该轮到主将上阵了。向阳抄起自己的独门兵器——专门劈木头用的片镐，大叫一声，金兀术，拿命来！朝手心吐口吐沫，对着树墩子稳稳地劈下去，一大块桦子咔嚓给劈了下来。海军吓一跳，吃惊地瞪大眼睛。向阳又是咔嚓一下，又一块桦子被劈了下来，向阳一连劈下好几块。对海军说，看，金兀术的脑袋开花啦！海军身上和头上挂了层白霜，他指着自己的身上说，看，银盔银甲，岳云来也！海军也不甘示弱，从向阳手里夺过片镐，挥舞着朝树墩子猛劈下去。向阳喘着气说，人家岳云手使双锤。海军把片镐抡得高高的，却一镐刨偏了，劈在了树墩子的边沿上。第二镐又劈得往里，吃得厚了，桦子没劈下来，片镐反被木头夹住，半天晃悠不下来。

海军觉得很没面子。一旁的向阳笑话他，说岳云若是像你这熊样，长八个脑袋也被金兀术砍掉啦。海军劈桦子没向阳有经验，手头没向阳准，使的是蛮力，半天也没劈下一块桦子。向阳给他作示范，说你看着，向阳的第一镐劈在树墩子边沿往里二三寸的地方，第二镐落下去，镐刃又从第一镐的茬口下去，第一镐桦子没下来，但躲不过第二镐第三镐。海军呢，第一镐没劈下来，原想再补第二镐，可是第二镐却偏了，没有落在第一镐的茬口上，落在了别处，重新劈了个茬口，第三镐又落在了别处，又劈了个新茬口，这样一个又一个的茬口，把个好端端的树墩子劈得是千疮百孔。

一群毛腿鸡儿从树梢上掠过，翅膀扇出唰唰唰唰的风声，有雪粒子从树枝上飘落，雪粒子在白色的阳光里晶莹地飞舞。向阳和海军眼睛一直盯着毛腿鸡儿在白茫茫的天地里消失。羊群在地里四散着，不停地走，不停地走，半天才能找着一片露在雪外面的草叶子吃。谁家园田地里的土豆秧没拉回家去，被大雪一埋上，看上去像是地上隆起个大包。路边的树木稀稀落落的，挺立在白色的旷野里。

大朵的雪团从树上落下来，落在他们的脖颈里。也不时有干树枝无声地刮落在雪地上。零下二十多度的严寒，把树木都冻得发出咔咔的响声。麻雀在树枝上蹦来蹦去，缩着脑袋向地上张望，后来就试探着落在离向阳他们不远的雪地上，然后一点一点地蹦跳到刚刚刨出的黑土块上，战战兢兢地寻找食物。房后的园子早已被撒开的牲畜们破坏得破败不堪，栅栏七零八落，残缺不全。谁家园子里没有割倒的烟秆子，挂着几片干黄的烟叶在寒风中颤抖。队上的老牛，围在一家苞米秸秆垛上，慢条斯理地嚼着苞米秆子。

向阳走到壕沟边去撒尿，脚下的雪地上被尿钻出一个冒着热气的黄窟窿。壕沟里有零乱的兔子脚印。以往，到了这个季节，数九隆冬大雪封门，谁还干什么活儿呀？早就上柳条通里领狗撵兔子去了。柳条通里雪能没过人的膝盖，兔子在里面跑起来费劲。偶尔也能碰上色彩艳丽的野鸡出没。野鸡害怕的时候，惊叫着把个脑袋慌张地钻进雪堆里，却把屁股露在外面，以为这样就谁也看不见它了。落光了叶子的柳条，雪地里显得越发的红艳，为色彩单调的冬季增添了一份少有的美丽。屯外的泡子里是另一片乐园，孩子们在冰面上抽冰尜、滑冰。不过孩子们滑冰可不是用冰刀来滑，孩子们哪有冰刀呢，孩子们是找两块跟自己鞋那样大的木块儿，下面钉上两根铁丝，然后拿麻绳把两块木块儿绑在鞋底儿上，就当冰刀了。可是眼下，向阳什么都顾不上，他必须抓紧时间刨树根卖钱，好早一天实现自己的梦想。

一天向阳挑着桦子上供销社，海军说不是给李奶奶家送去吗？向阳诡谲地一乐，说咱上供销社卖了它。海军说你不是说给李奶奶家劈的柴火吗？海军有些急了，觉得向阳不地道，说话不算话。向阳说卖了桦子买个收音机，比于国臣家的还要好，买半导体。海军一听买半导体，蹦起来，真的？向阳说糊弄你是儿子。那，回来得让我听。向阳说那当然。海军说要不这样，你听一天，我听一天。向阳又说好。海军就抢着挑挑子，一气挑出一里多地。向阳在后面悠闲地跟着。卖完桦子他们就上了街里，在百货商店的柜台前选来选去，最后买回来一台能在手里拿着的黑色半导体收音机。一路上海军几次央求着从向阳的手里要过来，说给我看看吧。向阳有点信不过海军，叮嘱说你可拿住喽。海军就谨慎地把半导体抓在手里，很怕一不小心半导体从手里滑落到地上，小心翼翼地摆弄着，把半导体贴在耳朵上，歪着脑袋，张着嘴巴。向阳问你听什么呢，这么大声你听不见吗？海军说我想听听到底是几个人在里面说话。你说，半导体这么小，怎么比于国臣家的收音机装的人还多呢？向阳就笑他，说根本不是那么回事。海军说那你说是咋回事？向阳摇摇脑袋。向阳也说不明白。

第二天中午讲评书的时间一到，向阳和海军就故意站到于国臣家的门前去听，故意把半导体的音量放到最大，很怕于国臣家听不见，意思是让于国臣家知道知道，他们也有收音机了，比他家的好，是半导体呢，接收的台子比他家的多，比他家的收音机听着方便，可以揣在衣服兜里，走到哪儿听到哪儿。很快，向阳和海军的身边就围了好几个伙伴，一个个热切地望着向阳手中的半导体，轮番把半导体拿在手里摸来摸去。就在向阳和海军忘乎所以的时候，谁也没想到，于国臣家的大白狗会突然从院子里冲出来，愤怒地冲向几个在他家门口吵吵闹闹的狂妄小子。几个少年四散奔逃。半导体是拿在向阳手里的，屯中的路面，积雪被轧得光滑如镜，向阳慌乱中脚下一滑，一下子重重地摔倒在地上，连头上戴着的棉帽子都摔掉了，半导体的黑色塑料壳子摔碎了，在洁白的雪地上四处飞溅，正在播讲的评书戛然而止。向阳一脸死灰，海军两眼僵直，全像遭了雷击。只有几个伙伴愣怔了一霎便清醒过来，赶紧东一块西一块，帮向阳寻找半导体摔得七零八落的零件。向阳捧着那堆崭新的半导体残骸，忍不住咧开大嘴呷呷地哭起来。向阳长这么大，还从来没这样伤心地哭过呢。

看露天电影的夜晚

天边的晚霞尚未褪尽,小学的操场上,雪白的银幕便已经竖起来,"电锅子"(其实就是个小型发电机,不过我们小时都管那玩意叫电锅子)哒哒哒哒的轰鸣声传遍了家家户户,告诉人们,快点吧,电影可是要开演啦。放映机耀眼的光束直射在银幕上,放映员在调整角度,白光或偏上或偏下,或偏左或偏右,引逗得孩子们连声叫喊:歪啦,歪啦!射向银幕的光带里,无数的蚊虫在飞舞。孩子们见了那刺眼的白光就兴奋,将自己的帽子往头上扔,银幕上就有飞舞的黑影七上八下,像一只只黑老鸹。还有人用手扮成兔子和小狗的模样,伸到光带里,银幕上就出现一个个活脱脱动物的形象。银幕前的地上,坐了一片人。他们并不是就那么坐在潮乎乎的地上,来时的路上便顺手从谁家的柴垛上夹一把干草,或是拣一块坯头,垫在屁股下。所以电影散场之后的第二天,我们上学的第一项劳动就是打扫操场。往日干净的操场上,到处都是垃圾、干草、坯头、白花花的瓜子皮,给人一种杯盘狼藉的感觉。正对银幕的位置属于最佳位置,既能目不斜视,又能看得清楚,且能稳稳当当地坐着。在这些坐着的人的两侧及后面,是站着的人,形成厚厚一道人墙,将坐着的人包围在当间。再往后,更远更高的树上,树杈上也坐了人。几乎是,所有的人,这会儿的嘴都没闲着,嗑瓜子、打招呼、唠嗑儿、说笑，整个操场热闹异常，欢声笑语，洋溢着节日的气氛。一会儿，银幕上那块亮亮的白光不动了，人们也跟着安静下来，仿佛哭闹的孩子，望着母亲解怀儿，顿时住了哭声。挂在银幕旁的黑匣子这时候"噗噗"两下，试试话筒有声没有，又干咳两声，有人小声嘟囔一句，说又要放屁了，身旁发出咻咻的笑声。

果然，黑匣子第二次"噗噗"两下之后，一个干哑的声音说话了：广大社员同志们，当前，国内形势一片大好，啊？这个这个……老支书每次电影开演之前差不多都要讲话，不失时机地对他统治下的臣民进行思想政治教育，以期在他的治下，百姓人人遵纪守法，家家户户安居乐业。只不过老支书自己也不是知道得很多，斗大的字认不上一麻袋，只能将广播里听到的这几点"形势"讲了又讲。国际形势、国内形势、公社形势、大队形势，众人已经听得十分厌烦，操场上遂又嗡嗡起来。

杨海林挤在人群里，嘴里和别人一样嗑着瓜子，身上披了件遮挡蚊子的草绿军装，朝着东南角上那群妇女聚集的地方张望，一副神不守舍的样子。整个操场上，顶数那里最吵。俗话说三个女人一台戏。这一群妇女到一块儿，你想想会啥样，仿佛一群麻雀，唧唧喳喳谁都不肯少说一句，又谁也听不清对方说的是啥。听不清也说。人们因为电影而兴奋的心情实在是难以言表。杨海林调动全部的感官，不仅用眼睛搜索，又支起耳朵，想从喧嚣嘈杂的吵闹中接收到来自田红梅的信息。没人注意他的举动。但杨海林还是十分谨慎，悄悄从人群儿里溜出，绕场半周，来到东南角麻雀成堆的地方。这里离银幕太近，在银幕的一侧，看电影里的人物都是扁的。因为妇女们往往要走在最后，要刷锅洗碗，要喂猪，经管鸡鸭，都弄完了，电影也要开演了。刚一走近，就有一股浓浓的脂粉扑面而来。杨海林从后面往里挤，不敢硬挤，只能慢慢的，一点一点的。眼睛在人堆里搜索，鼻子使劲吸了又吸，那股湿乎乎的芳香便一直飘进他的五脏六腑，顿觉浑身轻飘飘的，欲醉欲仙。一般的男人，一闻到这股混合着女人气息的脂粉味，像吸了迷浑香，免不了心旌摇荡。可有意思的是，有的男同志当着众人面，偏偏作出一付十分厌恶的样子，拿手煽着那股香气，让那香气远离自己，或者把鼻子捂上，表示自己不喜欢这股女人的味道。杨海林则不同，杨海林喜欢闻那股胭脂味。每每洗完脸，自己还要擦点雪花膏呢，保护皮肤是其一，主要是喜欢闻那股香味。这胭脂的香味，让他越发地想一下子见到田红梅。田红梅身上散发的也是同样的香味。杨海林左顾右盼，不想踩了人家的脚，一个女人嗷地一嗓子：是谁，眼瞎啦？哎呀妈哪！杨海林反被吓一跳，意识到是自己踩了人家的脚，也不敢说对不起，赶紧缩身出来。

　　杨海林脸热辣辣的，将披在身上的草绿军装拉到头上，连头带脸地遮围起来。人堆里有人小声说，肯定是趸摸相好的呢。于是一个女人就大声跟另一个女人说：喂，老李婆子，你还不快出去，你相好的找你上北边柳树林儿呢！那个老李婆子也不是个东西，说：找我？我这老天巴地的，哪有你招人稀罕哪！姑娘们捂上耳朵，头低下去，却极快地回头扫一眼，看看是不是找自己的那个他？哎呀，是不是春兰对象啊？一晃我看咋像是呢。就又有个鸭子似的声音喊春兰春兰，喊了半天，也没人答应。没人敢搭腔。

　　杨海林专门往女人多的地方钻，找了一圈儿，大失所望，连新闻简报"大寨人民战天斗地夺高产"的加演片都演完了，灯光哗地一亮，换片子了。刺眼的白光一下子晃得人们睁不开眼睛，一张张脸，暴露在夜幕里。杨海林趁这工夫，赶紧满场子扫描，依然没有发现田红梅的身影。是没来？不可能啊。全大队除了走路有困难的老头老太太，有几个年轻人会不来看电影？还能是坐在中间的人堆里吗？他又跷着脚往里张望，耀眼的白光照着那些人的后脑勺，单从后脑勺上，他根本分辨不出谁是谁。若是到放映机那儿，叫放映员用喇叭给喊一下，肯定能找到。有不少找人的，比如领着的孩子不见了，都是这样，放映员用喇叭一喊，说谁谁请到放映机前有人找。结果一喊就把人给喊出来了。可杨海林哪敢去喊，搞对象这种事，还怕人知道呢，哪敢那么张扬。正疑惑间，忽觉什么东西硬硬地顶在他的后腰上，抓住李向阳！你的，死了死了的！他很恼火，转身要对那人发作，那人正面目狰狞地瞪着他。杨海林认识，是大队会计的儿子高胜利，握着把木制的假枪，叼着烟卷儿，头上歪戴着草绿军帽，一副鬼子模样。你的说，什么的干活？高胜利学着电影里的样子，拿枪逼着杨海林。跐摸谁呢？高胜利嗓门很高，故意让周围的人听见。杨海林脸又一热，也不理会高胜利，扭身便走。高胜利在身后说，你的不说，我的知道，你的良心坏了坏了的！跐摸人家花姑娘的干活！

田红梅跟杨海林一个家在五队，一个家在六队，一个前村，一个后屯，俩人是正月里在秧歌队认识的。田红梅杨柳细腰，两根辫子比李铁梅的还长，柳叶弯眉，红唇粉面。秧歌扭得也好看。其实就那身段，不扭就十分的受看，再一扭，左手一块彩绸，右手一把粉扇，如风摆杨柳，如彩蝶翩翩，一招一式透着迷人的韵致。秧歌扭到哪儿，人就嗡嗡地跟到哪儿，东头追到西头，前村撵到后屯，一撵撵出几里地。有的大老爷们，不好意思说是追着看人家大姑娘，一个劲儿夸大秧歌，说，今年这秧歌，扭得好！真好，真招看！瞎子闹眼睛，没治啦！后来公社搞秧歌比赛，不少外大队的青年小伙子都拐弯抹角地打听田红梅姓什么叫什么。

再说杨海林，高中毕业之后扎根农村建设边疆，思想积极要求进步，靠近组织，主动带领社员学文件看报纸，主动向组织写思想汇报，在"农业学大寨"的热潮中表现积极，为家乡的建设增一分光，添一分热。家庭出身又好，伯父是"扛过枪，跨过江"的残废军人，父亲是生产队长，根红苗正，很快被提拔为大队的团支书，公社已经答应明年保送杨海林上大学，这将成为全大队唯一的一名工农兵大学生。在广大社员眼里，杨海林前程远大，人人羡慕。

再说秧歌，本来就不是舞台上严肃的歌舞，是娱乐，是宣泄。复杂一点的，热闹一点的，不仅有唢呐，有锣鼓，有成百号人的舞之蹈之。还有杂耍。还要弄些花样，比如弄个"老汉推车"，其实老汉并不是真老汉，真老汉力气不够，由年轻力壮的小伙子装扮，嘴上粘了白棉花，独轮车被装饰得花枝招展，满载着丰收的果实，金黄的玉米，通红的高粱，碧绿的西瓜，都是用五彩纸糊成的。这样，内容就丰富多彩，就不仅仅是娱乐，也有宣传"农业学大寨"的意义。推车的老汉也不是死巴巴的只是推着车走，要踩着鼓点，要推着车扭。还有"跑旱船"，哪有什么船，将车糊成船的样子，一人在前面牵了长长的红绸，船上盛开着大朵的莲花，跃动着肥硕的鲤鱼，这叫"连年有余"。"舞狮子"的，也没有狮子，就是人戴了面具又蹦又跳。无论是哪一支秧歌，队伍里总有一个丑角，今天扮成老太太，耳朵上吊两只红辣椒，专门跟推车的老汉眉来眼去；明天扮成孙猴子，前钻后跳，手里的金箍棒翻飞舞动，专门驱赶那些挤进了秧歌队伍里的小孩子；后天又扮成肥头大耳的"猪八戒"，专跟漂亮的姑娘作对，色迷迷地死乞白赖。丑角的意义，就是出洋相，逗乐子，制造一种轻松愉快的气氛。在他的感染下，男女社员情绪高涨，达到忘我的境界，将秧歌扭得热烈火爆淋漓尽致。在这样的氛围里，连平时不苟言笑的人，也会滑稽一下，幽默一把。杨海林遇上田红梅，却连笑也不敢笑，看也不敢看，脸对脸，眼睛却看向别处。动作立时忸怩起来，腰硬邦邦的像绑了根扁担，连锣鼓点儿都踩乱了。妇女主任便嚷嚷：听着点儿听着点儿，别像个黑瞎子似的瞎扑腾！眼睛干啥呢？耳朵塞啥了？

杨海林心里喜欢田红梅，见了人家，却连话也不敢跟田红梅说一句。夜里躺在被窝里，啥时睡不着，编排第二天见到田红梅要说的台词。告诉她，从早到晚，时时刻刻，她的影子都在自己的心里。走路时想着她走路的样子，吃饭时想着她吃饭的样子，睡觉时想着她睡觉的样子，洗脸刷牙时想着她洗脸刷牙的样子。他的心里除了她，已经没有别的了。可第二天一见到田红梅，杨海林的嘴就张不开了，到嘴边的话，一句也说不出来。嘴唇颤抖，浑身颤抖，连心都颤抖。离田红梅远远的，远远地张望。给人的感觉，倒好像，杨海林对田红梅没那种意思。

相比之下，高胜利却比杨海林主动大方多了，有事没事总围着田红梅身前身后黏糊。并且喜欢当着田红梅的面耍戏杨海林，有意损毁杨海林的形象，侮辱杨海林的人格，意思是，让杨海林在田红梅面前颜面扫地，树立自己的光辉形象，确立自己在田红梅心中的地位。比如，趁杨海林走神的工夫，悄悄在杨海林的后背粘张纸条，上面写了"小狗"或是"王八"两个字。杨海林不知道，背着那两个字扭秧歌，谁见了谁笑。

高胜利跟田红梅是一个生产队的，近水楼台，占着天时地利，机会多多，这一点让杨海林没法比。比如，每次扭完秧歌，高胜利都可以千方百计等着跟田红梅一道走。千方百计接近田红梅，不放过任何机会。别人自然都看出这层秘密，不愿妨碍他俩，便你扯了我我扯了你，飞快地走，把田红梅和高胜利两个人甩在后面。田红梅追不上他们，他们也是有意要出田红梅的洋相，看田红梅的热闹，根本不让田红梅追上。田红梅无奈，只好低了头快走。高胜利说你走那么快干啥？来，站一会儿，我给你焐焐脸，看你的脸蛋儿冻的，像红苹果。说着就横在田红梅的前面。田红梅绕开，继续飞快地走。高胜利快跑几步，又赶到田红梅的前面，倒着走，将脸对着田红梅，眼睛直直地看着田红梅说话。田红梅绕不开，也不停脚，直接撞向高胜利，想用身体撞开他，嘴里说好狗不挡道。高胜利笑嘻嘻的，狗皮膏药一样，田红梅骂他也不生气，说：田红梅，我可是真喜欢你的！田红梅说你不害臊！高胜利说，我哪儿赶不上杨海林？田红梅说你脸皮太厚一锥子扎不透。田红梅这么骂高胜利的时候自己忍不住也乐了。高胜利说我脸皮厚也是为了你呀。俗话说，脸皮厚吃个够，脸皮薄吃不着。田红梅呸一声。经过一处没人的柳树林，高胜利便横在前面，张着胳膊不让田红梅过去，说咱俩在这好好谈谈。田红梅说有啥好谈的？我一辈子也不嫁人。高胜利说，你也不想想你们家是啥成分，一个臭富农，你想嫁人，谁要你呀！别指望那个杨海林。田红梅眼泪就在眼圈里转，说你别瞎说好不好？我就是谁也不嫁。高胜利说不嫁好。你不嫁，我不娶，我就等着你！你不嫁，我不娶，我就等着你！高胜利笑嘻嘻一付赖皮的样子。田红梅踢他一脚。

　　田红梅经常独自发呆，少言寡语，性情忧郁，不跟谁说笑。尽管杨海林已经把田红梅熟烂于心，心中已经跟人家亲得不能再亲，早把田红梅当成了自己的知心爱人，可田红梅呢，似乎没丝毫知觉，没任何反应。这让杨海林心中不免有些凄惶。你到底在想些什么呀，心事重重的？杨海林一次又一次用眼睛发问。有一次杨海林偷看田红梅，恰好捕捉到田红梅偷看他的眼光，就那么匆匆一瞥又赶紧躲开。杨海林从那一瞥里读出了无奈，读出了幽怨。杨海林真恨不能将那温柔一瞥照相一样照下来，成为永恒，让田红梅永远永远就那么看着他。捕捉到田红梅眼光那一刹，杨海林无比的振奋，多么希望田红梅能这样多看他几眼。可田红梅呢，打草惊蛇一般，再也不去看他。连一瞥也不瞥。而且，杨海林发现很多人的目光都有意无意地投向田红梅，目光贪婪而又暧昧。田红梅仿佛一块磁石，吸引着那些目光。尤其是高胜利那双炽热的眼睛，到处追逐着田红梅，在田红梅的身上肆无忌惮地侵犯与掠夺。杨海林英勇顽强，执拗地要和众人一较高下，让自己的眼睛时刻守护在田红梅这块阵地上，用眼光将田红梅抚摸了千遍万遍。后来有一天，田红梅走过他面前时，脚步没停，终于对他说了一句挖苦的话，田红梅说，你别把眼睛累瞎喽。还抿着嘴笑了一下。田红梅很少笑。田红梅的笑是那样的动人。

其实田红梅的眼睛也不是不看杨海林，只不过她不像杨海林那样痴痴的，一看就直眼儿。田红梅小心谨慎，田红梅要看杨海林之前，先观察周围，看看周围有没有眼睛注意她，没人注意的情况下，她才飞快地瞥过去一眼。田红梅一直清醒着，克制着自己，不让自己想杨海林，不让自己看杨海林，想人家干什么，看人家干什么？可有时候她就是管不住自己。终于有一次，她大胆地向杨海林走过来，没想到到了杨海林的面前却不敢停脚，从杨海林的面前走过去，走到另一个女社员跟前，红着脸说，帮我系系。她拿手指指自己头上的围巾，同时瞥了一眼杨海林。那女社员明知道田红梅是冲着杨海林来的，就笑一笑，并不动手，用嘴努向一旁的杨海林。女同志的围巾系在头上，并不像平常那样随便系了就行，扭秧歌么，讲究好看，围巾在头上须系出一朵花的样子。男社员的头上，不是围巾，是系了一条雪白的毛巾，结打在额前。需要在头上系出一朵花来，自己当然做不到。所以这个时候，需要别人帮忙，很多男社员此时主动热情，愿意效劳。杨海林心跳骤然加剧，眼睛看着田红梅，等待田红梅点头。田红梅也没点头，也没摇头，也没用杨海林系。田红梅本来的意思是喜欢让杨海林帮自己，却又临阵胆怯，变了主意。杨海林也特别想帮田红梅系，特别想闻闻田红梅身上的气息，那气息令他眩晕，特别想把自己早已经滚瓜烂熟的台词说给田红梅。他的心都要跳出来了，嘴张了又张，那面的妇女主任此时却扯着嗓子喊，开始啦！开始啦！……田红梅匆匆离开了。

差不多半年的光景过去了，杨海林再没有见到过田红梅，他又怎么能轻而易举地错过今天晚上这样的机会呢。

杨海林如热锅上的蚂蚁，东一头，西一头，一刻也停不下来，也不遮遮掩掩了，见着女社员，就不管不顾地看人家的脸。不认识的，人家就白他一眼，骂一句"有病"，瓜子皮吐到他脸上。正此时，沉寂的人群突然一阵骚动，前边传来一声女人尖锐的叫骂，后面有人发一声喊，说打仗啦打仗啦，使劲往前拥，将前面的人群拥倒一堆。这种时候，杨海林从不往前凑乎。可今天不同，今天他心里火烧火燎的，恨不得把操场上每一个女人的脸都扳过来看个清楚。他听见前头有女人叫骂，便急急地挤过去，到了跟前，才看清是一个年轻的女人在骂：瞅你那德行，臭不要脸！谁都拽？拽你们家当姑奶奶去呀？杨海林发现高胜利藏在人后，没准这小子也在找田红梅，错把那个女人当成田红梅了。

杨海林是在一个意想不到的地方突然发现田红梅的。套一句古词，就是"众里寻她千百度，蓦然回首，那人却在灯火阑珊处"。田红梅不是在灯火阑珊处，田红梅是在"银幕背后处"。这让垂头丧气的杨海林惊喜若狂。杨海林已经没一点心情看电影，电影里的李向阳跟田红梅比起来，已经微不足道。他心情沮丧地来到银幕的背面，打算在那里的空地上躺一躺。背面看电影里的人物都是反的，什么都和正面看到的相反，总觉得别扭。却有人图那里不那么拥挤，甚至可以躺在地上看，愿怎么看就怎么看。杨海林不想看了，只想躺一躺。万没想到，在银幕背面的黑暗里，田红梅独自一人，孤孤单单地坐在地上，还不是银幕背面的正中位置，正中位置有电影的光亮可以照到，而是选择坐在光亮之外的暗处，谁都注意不到她，像是有意躲避众人。杨海林心剧烈地撞击着心房，一步跨过去。田红梅愣了一下，当她看清这个冒冒失失奔过来的人是谁的时候，并没有马上站起，眼里分明有泪光闪烁。杨海林激动地抓着田红梅不放，仿佛丢失的宝贝失而复得，想要说的话太多，一时不知道说哪一句最好，便胡乱地将田红梅的袖子扯了，往外走，上小学教室的后面。田红梅犹犹豫豫不肯跟他走。田红梅小声说，不可能的。杨海林说，什么不可能？田红梅扭转脸，说，我们。

　　这时候，杨海林不知被什么人从背后扯住衣裳，扯着他一直离开田红梅很远的地方。杨海林以为是什么人跟他开玩笑，这个时候开什么玩笑？杨海林死命挣脱着，厉声说你干什么？那人也低声喝道，干什么？给我回家！原来是杨海林的父亲，一直暗中跟着他。父亲不同意杨海林跟田红梅搞恋爱，骂他糊涂。父亲不是看不上田红梅，田红梅什么都好，长相、人品，都好。父亲是嫌田家的成分不好。富农成分，这会影响杨海林的前程。你不想上大学啦？！杨海林愣一愣，此刻杨海林的心思全在田红梅身上，他甩开父亲的手，顾不得把父亲的话想一想，回头朝田红梅所在的地方跑，父亲在他的身后抓马一样追过来。

　　电影里，李向阳打鬼子的故事正进入高潮，紧紧吸引着所有人的神经，没谁注意到，流泪的田红梅正深一脚浅一脚地奔跑在田间小路上。在她的后面，不顾一切的杨海林正紧追不舍。

后　记

收在这本小说集里的22篇短篇，是从2005年至2014年这十年间发表在各种期刊杂志上的五十多篇作品当中挑选出来的，读后你会发现，这些作品差不多都有着发黄的底色，像一张张老照片，把你带回到旧日时光。在收入选集的时候，逐篇进行了修订，其中有几篇，如《女同学张影》《葵花向阳》《政治课》《看露天电影的夜晚》《当兵》等，照发表时比，文字方面改动略多。

《葵花向阳》里的大部分作品，是以我青少年乃至童年时代（即上个世纪六七十年代）的社会生活为背景，把我对青少年时期所生长的那个社会环境、生存状态的记忆变成文字。应该说，这种记忆是刻骨铭心的，温馨中带着苦涩与忧伤。它在我个人短暂而又平淡的生命历程中，却是无法磨灭的。

在我二十余年的业余写作生涯中，没有很多朋友的鼓励与鞭策，很难想象我能不能把写作坚持下来。比如，在我把小说写得比现在"烂"得多的时候，青年评论家林超然先生，便不惜浪费自己的宝贵时间，对我2005年以前所写的那些不成熟的小说三十余篇一一进行点评，文章《寻找散落的民谣——论尹群的小说》，发表在2006年第3期的《岁月》杂志上。那个时候，超然先生的鼓励，对于我来说，其意义的重大是可想而知的。十余年过去了，至今想起来，感激之情，油然而生。诗人、作家王立宪先生，则无数次在电话里鼓励我，一定要坚持写下去，要多写。后来，立宪牺牲自己的写作时间，花了很大精力，对收录在本书中的大部分作品写文章给予评论，虽多溢美之词，但我从中感受到的却是一股奋进的力量。是他们的那种真诚的期待的目光，那种恒久的注视，让本来笨拙的我不敢懈怠。除此，我还要感谢那些跟我一样有着乡村情结，并对我的关于乡村记忆的文字给予关注的朋友们。

对文字的热爱与生俱来。在叙述与表达中寻找一种精神的自由与富足。老实说，《葵花向阳》圆了我一个几十年不能割舍的梦。为此我也要感谢我曾经生活过的乡村，和那些永逝的旧时光。

尹群

2015 年 1 月 13 日